BASTEI
LÜBBE
TASCHENBUCH

Weitere Titel der Autorin:

*Der verflixte 7. Mann*
*Sommerglück auf Fehmarn*

Über die Autorin:

Sandra Grauer wurde 1983 im Ruhrgebiet geboren. Schreiben, lesen und in fremde Welten einzutauchen waren schon immer ihre Leidenschaft. In Heidelberg studierte sie Sprach- und Übersetzungswissenschaften; später absolvierte sie ein fachjournalistisches Fernstudium und ein Volontariat in einer PR-Agentur. Mit ihrem Mann, Sohn und Tochter lebt sie inzwischen wieder im Ruhrgebiet.

SANDRA GRAUER

# Sommerküsse

## AUF FEHMARN

Roman

BASTEI LÜBBE TASCHENBUCH

BASTEI LÜBBE TASCHENBUCH
Band 17939

Dieser Titel ist auch als E-Book erschienen.

MIX
Papier aus verantwortungsvollen Quellen
FSC® C014496
FSC
www.fsc.org

Originalausgabe

Dieses Werk wurde vermittelt durch die litmedia.agency, Offenburg.


Lektorat: Dr. Stefanie Heinen
Einband-/Umschlagmotiv: © shutterstock:
Aleksei Potov | Eisfrei | Magenta10 | art_of_sun
Umschlaggestaltung: Christin Wilhelm, www.grafic4u.de
Satz: two-up, Düsseldorf
Gesetzt aus der Minion
Druck und Verarbeitung: GGP Media GmbH, Pößneck
Printed in Germany
ISBN 978-3-404-17939-8

1 3 5 4 2

Sie finden uns im Internet unter www.luebbe.de
Bitte beachten Sie auch: www.lesejury.de

*Für Niklas, Betty und Christian*

*Gib niemals deinen Traum auf!*

# Prolog

Detlef sah mir tief in die Augen und senkte die Stimme, als er mir die alles entscheidende Frage stellte. Die Frage, die mein ganzes Leben von heute auf morgen ändern konnte.

»Für eine Million Euro möchte ich von Ihnen wissen …«

Im Saal wurde es dunkel und gleichzeitig mucksmäuschenstill. Detlef Straub zögerte den Moment der Wahrheit hinaus. Ich fühlte mich wie in Trance. Sechzehn Fragen hatte ich bis hierhin mithilfe der vier Joker richtig beantwortet, siebenhundertfünfzigtausend Euro konnten mir gehören, doch jetzt war ich auf mich allein gestellt. Die Joker waren weg, und es ging noch einmal um alles. Wenn ich einen Fehler machte, würde ich alles verlieren und mit nur fünfhundert Euro nach Hause gehen. Das war zweifelsohne nicht wenig, aber jetzt, wo die Million bereits zum Greifen nah war, wollte ich sie auch haben.

»Wer gründete 1912 die Universal Studios?« Detlef hob herausfordernd die Augenbrauen. »a) Adolph Zukor, b) Erich Ludendorff, c) Charlie Chaplin oder d) Carl Laemmle?«

Fassungslos schüttelte ich den Kopf, ich war wie erstarrt. Hatte ich mich vielleicht verhört? Nein. Auch als ich die Frage auf dem Bildschirm vor mir noch einmal las, wurde nach dem Gründer der Universal Studios gefragt. Ich sah auf.

Detlef musterte mich besorgt. »Ist alles in Ordnung, Frau Sommer? Angesichts der Eine-Million-Euro-Frage ist uns schon so mancher vom Stuhl gekippt.«

»Wie? Nein, alles in Ordnung.« Ich schwieg kurz, dann sagte ich: »Es ist d. Carl Laemmle hat das Filmstudio gegründet.«

Detlef zog erneut die Augenbrauen hoch. »Sind Sie sicher? Ich fasse noch mal zusammen: Wenn Sie jetzt aussteigen, sind Sie um siebenhundertfünfzigtausend Euro reicher. Wenn Sie falsch antworten, fallen Sie auf fünfhundert Euro zurück, und wenn die Antwort richtig ist, gehen Sie heute Abend als Millionärin nach Hause.«

»Ich bin absolut sicher. Ich erinnere mich noch genau an den Zeitungsartikel anlässlich des einhundertjährigen Jubiläums vor ein paar Jahren. Carl Laemmle stammt aus Laupheim. Das ist nur vierzig Kilometer von Bad Buchau entfernt, wo ich herkomme.« Ich holte tief Luft. »D.«

Die Antwort war eingeloggt, und ich hielt mir die Augen zu. Oh Gott, was hatte ich nur getan? Ich konnte gar nicht hinsehen. Plötzlich war ich mir nicht mehr so sicher, dass die Antwort wirklich richtig war. Verwechselte ich irgendwas? Hatte tatsächlich ein Schwabe eines der größten Filmstudios Hollywoods gegründet? Ich hatte bereits die Worte meiner Mutter im Ohr: »Wie konntest du nur so unvernünftig sein, Evie? Siebenhundertfünfzigtausend Euro – eine Dreiviertelmillion – zu verspielen.«

»Also …« Detlef ließ sich nichts anmerken. »Die Frage war wirklich schwer, denn alle vier Herren waren in den 1910er-Jahren Gründer oder Mitbegründer eines Filmstudios.« Durch das Publikum ging ein Raunen. »Erich Ludendorff haben wir die Ufa zu verdanken, Charlie Chaplin die United Artists. Bleiben noch a und d. Adolph Zukor und Carl Laemmle gründeten beide 1912 jeweils eines der sechs größten Filmunternehmen der Vereinigten Staaten. Die Rede ist von den Universal Studios und von Paramount Pictures, Letztere ursprünglich als Famous Players ins Leben gerufen. Doch wer von beiden gründete nun die Universal Studios?« Detlefs Miene war nach wie vor undurchdringlich, und mein Herz klopfte so schnell, dass ich befürchtete, tatsächlich jeden Moment vom Stuhl zu kippen. Da schrie der Moderator nahezu: »D ist richtig! Sie haben eine Million Euro gewonnen, Frau Sommer!«

Goldenes Konfetti rieselte von oben auf mich herab, das Publikum brach in Jubel aus, und Detlef kam auf mich zu, um mir als Erster zu gratulieren. Doch ich konnte nur an eines denken: an das Gesicht meiner Mutter, wenn sie erfuhr, dass ich bei Detlef Straub die Million gewonnen hatte.

# Kapitel 1

**Auswahlfrage**

Ordnen Sie die folgenden Personen nach ihrer Größe, von klein nach groß:

a) Danny DeVito
b) ChrisTine Urspruch
c) Reese Witherspoon
d) Natalie Portman

B, a … Mist, ich muss raten.

»Du willst *jetzt* deine Mutter anrufen?«, fragte Melanie, als ich die Tür zu unserem Hotelzimmer mit der Chipkarte öffnete.

Ich unterdrückte ein Seufzen. Von Wollen konnte nicht die Rede sein. »Du kennst sie doch. Was soll ich denn machen?« Ich betrat das Zimmer und schaltete das Licht ein.

»Champagner bestellen und feiern? Überlegen, was du mit dem Geld anstellst? Auschecken und in ein vernünftiges Hotel gehen?«

Ich sah mich in dem Zimmer um, das nur mit dem Notwendigsten ausgestattet war: Doppelbett, Kleiderschrank, Fernseher an der Wand. Zumindest der Ausblick aus dem Fenster war nicht schlecht. Er bot mir und meiner Cousine das touristische Köln – die Hohenzollernbrücke samt Dom und Rhein. Allerdings waren die ständig vorbeirollenden

Züge schon ein wenig nervig. Die letzte Nacht hatte ich kaum ein Auge zugetan, was natürlich auch an der Aufregung gelegen haben konnte – oder an beidem. In Anbetracht der Tatsache, dass ich seit wenigen Stunden um eine Million Euro reicher war, überlegte ich wirklich einen Moment, uns ein komfortableres Hotel zu gönnen. Aber ich wollte nicht leichtsinnig werden, daher zückte ich nur mein Portemonnaie und reichte Melanie mein letztes Bargeld, das ich extra für den Fall der Fälle abgehoben hatte. Nicht, dass ich wirklich an einen hohen Gewinn geglaubt hatte, denn bisher hatte ich noch nicht mal einen Dreier im Lotto gehabt. Überhaupt war es mit dem Glück und mir nicht so weit her.

»Hier«, sagte ich. »Plünder doch schon mal die Minibar und organisier uns Champagner. Notfalls tut's auch Erdbeersekt von der Tanke nebenan. Und bring Schokolade und Eis mit.«

Melanie nickte zufrieden. »Siehst du, so gefällst du mir schon besser. Das muss doch gefeiert werden.«

Sie war bereits auf dem Weg zur Tür, als ich ihr hinterherrief: »Vergiss die Familienpackung Toblerone nicht.«

»Oho, jetzt wird sie übermütig.« Melanie zwinkerte mir zu und verschwand im Hotelflur.

Ich musste lachen, doch die Leichtigkeit und das gerade aufkommende Glücksgefühl verzogen sich sogleich, als mein Handy klingelte. Meine Mutter. Endlich einmal gab ich ihr einen Grund, stolz auf mich zu sein. Bisher war mir das nie gelungen. Das nagte an mir, auch wenn mir eigentlich egal sein sollte, was sie dachte. Schließlich hatte ich mit einunddreißig Jahren den Zenit längst überschritten, wie mein kleiner Bruder immer zu sagen pflegte.

Das Klingeln wurde penetranter, und so zog ich schnell das

Handy aus meiner Tasche und nahm das Gespräch entgegen. »Mama?«

»Na endlich«, ertönte die Stimme meiner Mutter. »Ich probiere es schon den ganzen Abend. Ist es denn zu viel verlangt, sich mal bei seiner Mutter zu melden und sie auf den neuesten Stand der Dinge zu bringen? Normalerweise wäre ich schon vor mindestens einer Stunde zu Bett gegangen.«

»Wir sind gerade erst zurück ins Hotel gekommen, Mama. Die Aufzeichnung ging bis halb zehn, und danach mussten wir noch einige Formalitäten klären. Du hättest ruhig schon ins Bett gehen können.«

»Als ob ich schlafen könnte, wenn ich nicht weiß, wie es war. Du hast dich doch nicht vor Detlef blamiert, Liebes, oder?«

Ich unterdrückte ein Seufzen. »Vielleicht hättest du vorher nicht im ganzen Ort herumerzählen sollen, dass ich an einer Quizshow teilnehme.«

»Aber ich war doch so stolz. Ich meine ... Detlef Straub!« Sie stieß die Luft aus. »Also ist es nichts geworden, ja? Evie, Evie. Ich hab dir gleich gesagt, dass es vor dem Fernseher immer leichter aussieht, als es tatsächlich ist.«

»Ich hab die Million gewonnen, Mama.«

Stille.

Auch ohne sie sehen zu können, hatte ich das Gesicht meiner Mutter in diesem Moment regelrecht vor mir: die moosgrünen Augen weit aufgerissen, der herzförmige Mund offen, ohne dass ein Wort herauskam. Zumindest äußerlich hatte ich einiges mit meiner Mutter gemeinsam. Allerdings hatten sich in meine grünen Augen braune Sprenkel gemischt, und meine braunen Haare lagen auch nie so akkurat wie die meiner Mutter, was ich auch mit ihnen anstellte. *Bad-Hair-Day?* Wohl eher *Bad-Hair-Life*.

Meine Mutter schwieg immer noch, und ich fragte mich, ob sie vielleicht in Ohnmacht gefallen war. *Nein*, beruhigte ich mich – das würde sie aus Prinzip nicht tun, schon um sich nicht vor Dr. Hausmann zu blamieren, der seit Jahren der Hausarzt meiner ziemlich groß geratenen Familie war. Dann endlich fand sie ihre Sprache wieder: »Die Million? Evie, die Million? Verkohl mich nicht, das macht mein Herz nicht mit.«

»Die Million«, bestätigte ich.

»Ha, ich hab gleich gesagt: Wenn Evie zum Straub geht, holt sie die Million. Helmut. Helmut! Evie hat eine Million Euro gewonnen.« Jetzt schrie meine Mutter so laut, dass mir die Ohren klingelten. Kurz darauf war der Jubelschrei meines Vaters zu hören. Und da sagte mein Bruder immer, unsere Mutter sei mit ihren Gefühlen so sparsam wie Tante Elvira mit ihrem Geld. Absolut typisch für sie war es allerdings, ihre Meinung wie ein Fähnchen im Wind ständig zu ändern. »Was wohl Frau Wölfle dazu sagt, wenn ich ihr morgen beim Brötchenholen die Neuigkeit erzähle? Oh mein Gott, die wird Augen machen.«

»Ähm …« Zögernd unterbrach ich meine Mutter in ihrem Überschwang. »Eigentlich soll ich das noch nicht groß verbreiten. Immerhin wurde die Sendung ja noch nicht ausgestrahlt.«

Doch meine Mutter hörte mir überhaupt nicht zu. »Und dein Onkel Theo erst. Er hatte so gehofft, dass du zumindest ein paar Tausend Euro mit nach Hause bringst. Du weißt doch, er braucht dringend neue Zähne und hat aus lauter Verzweiflung schon überlegt, das Ganze in Polen machen zu lassen.«

»Onkel Theo?«

»Natürlich, du willst ihn doch unterstützen, oder etwa

nicht? Er ist immerhin dein Onkel, Liebes, der Bruder deines Vaters.«

»Sicher, aber …«

»Evie Marie Sommer, muss ich dich daran erinnern, wie viel Geld dein Onkel Theo dazugegeben hat, als du deutlich mehr Fahrstunden für deinen Führerschein benötigt hast als der Durchschnitt?« Meine Mutter seufzte. »Du hättest damals einfach noch ein oder zwei Jahre warten sollen, aber du hattest es ja so unglaublich eilig.«

Was eventuell daran gelegen haben könnte, dass ich in einem kleinen Ort am Ende der Welt mit einem miserablen öffentlichen Verkehrsnetz aufgewachsen bin und ein Führerschein Unabhängigkeit bedeutete, aber das sagte ich lieber nicht laut. Meine Mutter hatte ihre ganz eigene Sicht auf die Dinge. Wenn sie etwas nicht verstehen wollte, konnte man sich den Mund fusselig reden, was ich jahrelang versucht hatte, um es dann doch irgendwann aufzugeben.

Die Zimmertür öffnete sich, und Melanie kam herein, zwei prall gefüllte Tüten in der Hand. »Lass uns das morgen besprechen, wenn wir aus Köln zurück sind«, sagte ich schnell, um die Diskussion abzukürzen. »Melanie ist wieder da, und sie hat Eis mitgebracht.«

»Eis um diese Uhrzeit? Nun gut, dann lasst es euch schmecken. Bestell deiner Cousine liebe Grüße.« Damit legte sie auf.

Ich steckte das Handy weg, nahm Melanie eine Tüte ab und leerte den kompletten Inhalt auf dem Bett aus: Eis – zwei große Becher Salted Caramel Brownie von Ben & Jerry's, das wir uns nur zu besonderen Anlässen gönnten – und zwei Flaschen Erdbeersekt.

»Und, was hast du nun mit deinem unverhofften Gewinn

vor?«, fragte Melanie, während sie den Inhalt der zweiten Tüte ebenfalls auf dem Bett ausleerte. Zum Vorschein kamen einige Schachteln Pralinen, Fruchtgummi und Chips, außerdem die gewünschten Toblerone, eine Packung Plastiklöffel und Pappbecher.

»Meine Mutter hat das Geld bereits für Onkel Theos Zähne verplant«, sagte ich, während ich nach einem Becher Eis und einem der Plastiklöffel griff.

»Das klingt nach Tante Elvira.« Melanie nahm sich den zweiten Eisbecher und setzte sich neben mich ans Kopfende des Bettes. »Aber eigentlich wollte ich wissen, was *du* mit dem Geld machen möchtest.« Eis löffelnd zog ich die Schultern hoch, doch so schnell gab sich meine Cousine nicht zufrieden. »Komm schon, jeder macht sich Gedanken darüber, was er mit einem Lottogewinn anfangen würde. Ich würde mir zum Beispiel eine Finca auf Mallorca kaufen und dort die ganzen Ferien verbringen.«

Überrascht sah ich sie von der Seite an. »Du würdest nicht deinen Job aufgeben?«

Nun war sie es, die mit den Schultern zuckte. »Warum sollte ich? Ich liebe meinen Job.«

Ich war ein wenig neidisch auf meine Cousine – nicht auf ihre Anstellung als Grundschullehrerin, aber darauf, dass sie einen Job hatte, den sie so sehr mochte, dass sie ihn nicht einmal bei einem Kontostand von einer Million Euro aufgeben würde. Melanie war zwei Jahre jünger als ich und mit sich und ihrem Leben im Reinen. Das konnte sie auch sein, denn neben dem Job, der sie ausfüllte, hatte sie Stefan, den sie bald heiraten würde. Ich hingegen hatte immer von einem eigenen kleinen Café geträumt, aber der Weg dorthin war steinig, und irgendwann musste ich unterwegs die falsche Abbiegung genommen haben, weshalb ich immer noch als einfache Barista arbeitete. Im Moment war ich von meinem Traum weiter entfernt denn je … gewesen. Die Million, die ich gerade eben gewonnen hatte, änderte alles.

»Also?« Fragend sah Melanie mich an.

»Ich würde gern ein bisschen was von der Welt sehen«, sagte ich schließlich. »Island, Schweden, einmal quer durch Großbritannien, von Cornwall bis rauf in die schottischen Highlands. Und dann … würde ich vielleicht über ein eigenes Café nachdenken.«

Melanie setzte sich aufrechter hin. »Ach richtig, davon hast du doch immer geträumt. Das hatte ich glatt vergessen.« Sie aß noch einen Löffel Eis. »Auf mich kannst du zählen. Ein gutes Café kann Bad Buchau definitiv gebrauchen.«

Ich nickte nur. Tatsächlich hatte Bad Buchau als Kurort bereits einige Cafés aufzuweisen, aber das war nicht der Punkt. Sollte ich wirklich eines Tages den Mut aufbringen, es mit einem eigenen Café zu versuchen, würde ich es garantiert nicht im tiefsten Hinterland und in der Nähe meiner Familie eröffnen. Das konnte nur schiefgehen. Ich sah meine Mutter schon vor mir, wie sie sich über die teure Espressomaschine echauffierte, die sie selbst niemals angeschafft hätte. *Liebes, warum kaufst du so etwas Teures? Der gute alte Filterkaffee tut es doch auch. Tradition war schon immer das Beste, das sagt Gerda auch.* Und dann mein dreizehn Jahre jüngerer Bruder, den ich zwar über alles liebte, der aber unglaublich faul war. Er hatte angekündigt, sich nach dem Abi erst einmal ein Jahr Auszeit zu gönnen – ich wollte mir gar nicht vorstellen, was los gewesen wäre, wenn ich damals auch nur darüber nachgedacht hätte –, und würde garantiert jeden Tag mit seinem Kumpel in meinem Café herumlungern und Gratis-Kaffee erwarten. Und mein Vater würde vermutlich gleich mitmachen und sich durch mein Kuchensortiment futtern. *Nein, nein und nochmals nein.* Außerdem zog es mich ans Wasser. Wenn ich tatsächlich mein eigenes Café eröffnen würde, würde ich das am Bodensee machen. Ich hätte meine Familie in der Nähe, aber nicht so nah, dass sie mir in alles hineinreden konnte.

*Elternhaus von Evie Sommer, die bei Detlef Straub die Million gewonnen hat* – über der Tür meines Elternhauses prangte ein großes Schild in der geschwungenen Handschrift meiner Mutter. Entgeistert warf ich meinem Vater, der mich vom Bahnhof abgeholt hatte, einen Seitenblick zu.

»Wusstest du davon?«

Er schüttelte den Kopf. »Aber ich hätte es mir denken können. Deine Mutter ist heute Morgen extra früh zum Bäcker gegangen, um Frau Wölfle ja nicht zu verpassen und ihr die Neuigkeit zu erzählen. Und du weißt, wenn Frau Wölfle erst einmal Bescheid weiß …«

Ich seufzte. Ja, ja, dann wusste es bald der ganze Ort. Dabei hatte ich meiner Mutter extra gesagt, sie möge es vorerst nicht herumerzählen. Sie meinte es nicht böse, das wusste ich. Sie war nur sehr stolz auf mich, was toll war. Und dennoch …

»Wenn du willst, nehme ich das Schild gleich nach dem Kuchen ab«, bot sich mein Vater an.

»Nicht nötig«, sagte ich. Jetzt war es für Geheimhaltung ohnehin zu spät. Ich hoffte nur, ich würde mit dem Sender keinen Ärger bekommen. Mein Vater schulterte meine Reisetasche und wandte sich zum Haus. Ich persönlich wäre gern zuerst in meine Wohnung gefahren, aber meine Mutter hatte darauf bestanden, dass ich erst einmal zum Feiern zur Familie kam. Ich seufzte. »Lass doch die Tasche im Auto.« Immerhin waren wir hier in Bad Buchau und nicht in Köln.

»Ach, richtig. Du wohnst ja nicht mehr hier.« Lachend stellte mein Vater die Reisetasche zurück in den Kofferraum, schlug ihn zu und legte mir einen Arm um die Schultern. »Na komm, stellen wir uns der Meute.«

Eine Sekunde lang hoffte ich, er hätte übertrieben, doch als wir das Haus betraten und uns dem Wohnzimmer näherten, verriet mir das immer lauter werdende Stimmengewirr, dass wirklich eine ganze Meute auf mich wartete. Und tatsächlich – im Wohnzimmer saßen nicht nur meine Mutter, sondern auch Onkel Theo und Tante Elvira, außerdem Frau Wölfle und die Nachbarin meiner Eltern.

»Da seid ihr ja.« Meine Mutter sprang vom Sofa und kam auf mich zu, um mir einen Kuss auf die Wange zu geben. Dabei strahlte sie übers ganze Gesicht.

»Herzlichen Glückwunsch!«, sagten die anderen im Chor.

Im selben Moment sprang mein Bruder Henrik aus dem Flur ins Wohnzimmer, einen Partyhut auf dem Kopf und Luftschlangen um den Hals. Seine Partytröte war so laut, dass sogar die Nachbarin meiner Eltern zusammenzuckte, obwohl ihr Gehör nicht mehr das beste war. Mit der freien Hand warf Henrik Konfetti in die Luft, was ihm von meiner Mutter lediglich einen tadelnden Blick einbrachte. Ein neuer Fall von Nesthäkchen-Bonus. Ich verzog kurz das Gesicht. Zu gut erinnerte ich mich daran, wie ich ein einziges Mal Konfetti mit nach Hause gebracht und zu Silvester, um Mitternacht, verstreut hatte. Es war die Idee einer Schulfreundin gewesen, und ich war gerade einmal elf Jahre alt gewesen. Trotzdem hatte ich Ärger von meiner Mutter bekommen und musste noch in der Nacht bestimmt eine Stunde lang das Wohnzimmer saugen, um ja keinen bunten Papierfitzel zu übersehen, während alle anderen weitergefeiert hatten. Henrik hingegen durfte sich so gut wie alles erlauben.

»Meine Lieblingsschwester.« Überschwänglich fiel er mir um den Hals. »Ich wusste schon immer, dass du die Einzige in dieser Familie mit Verstand bist.«

»Na, na.« Mein Vater drohte zum Spaß mit dem Zeigefinger und ließ sich sogleich zwischen Tante Elvira und Onkel Theo auf das Sofa fallen. Hungrig betrachtete er die üppige Kuchenauswahl. Wahrscheinlich überlegte er, welche zwei Sorten er heute kosten sollte und ob er sich zur Feier des Tages vielleicht sogar ein drittes Stück Torte leisten konnte. Normalerweise backte meine Mutter selbst. Zum einen wollte sie dem ortsansässigen Bäcker nicht so viel Geld in den Rachen werfen – die beiden kannten sich aus der Grundschule und hatten sich schon früher nicht ausstehen können. Zum anderen war sie der Meinung, mein Vater solle mehr auf seine Gesundheit und seine Figur achten. Dabei musste ich ihr ausnahmsweise einmal recht geben. Aber heute war ein besonderer Tag, und sie hatte es sich ganz sicher nicht nehmen lassen, den Verkäuferinnen haarklein zu erzählen, warum sie so viel Kuchen benötigte.

»Ich hole schnell den Kaffee«, sagte meine Mutter.

»Warte, ich helfe dir«, bot ich an und folgte ihr in die Küche, doch auf dem Weg dorthin winkte sie ab.

»Ich mach das schon, Liebes. Geh dich ruhig ein bisschen frisch machen. Was hast du mit deinen Haaren angestellt? Die sehen aus, als hätte ein Vogel darin gebrütet.«

Eine Stunde später hatten wir uns durch die Kuchenauswahl gefuttert, und das Gespräch wandte sich vom charismatischen

Aussehen des Quizshowmoderators zu einem Thema, das ich lieber vermieden hätte: der Frage, was ich mit dem vielen Geld anstellen wollte. Doch die Frage wurde nur pro forma gestellt, niemand schien wirklich eine Antwort zu erwarten, was mich ausnahmsweise nicht störte. Eine Weltreise zu machen und ein eigenes Café zu eröffnen waren nur erste Ideen gewesen. Ich wusste noch nicht, ob ich es auch durchziehen würde. Eine Million Euro konnten mein Leben von Grund auf verändern. Es musste alles gut durchdacht sein, und ich wollte mir nichts zerreden lassen, solange ich noch unsicher war.

»Es ist wirklich nett von dir, dass du deinem Onkel die neuen Zähne bezahlen möchtest«, sagte Tante Elvira in diesem Moment. »Er wollte es schon in Polen machen lassen, weil es in Deutschland so teuer ist, aber du weißt ja, wie viel Angst er vorm Zahnarzt hat.« Mein Onkel nickte darauf, als wäre er bereits zahnlos und könnte deshalb nicht sprechen.

Ich warf meiner Mutter einen überraschten Blick zu. Hatte sie meinem Onkel zugesagt, ohne meine Entscheidung abzuwarten? Nicht, dass ich nicht bereit gewesen wäre, meinem Onkel in der Not zu helfen. Doch er und Tante Elvira hatten eigentlich genug Geld. Das Problem war, dass meine Tante nicht nur sparsam, sondern geizig war, wenn es darum ging, ihr eigenes Geld auszugeben.

Meine Mutter lächelte. »Entschuldige, Liebes, aber ich konnte diese gute Neuigkeit doch nicht für mich behalten. Theo hat sich solche Sorgen gemacht.«

»Das ist sehr großzügig von dir, Evie.« Frau Wölfle nickte. »Deinen Eltern greifst du doch sicher auch ein wenig unter die Arme, oder nicht? Dieses Wohnzimmer könnte einen neuen Anstrich und eine neue Sitzgarnitur gebrauchen.« Demonstrativ sah sie sich im Raum um.

Ich folgte ihrem Blick. In den letzten Jahren hatte sich hier kaum etwas verändert. Der Teppich war derselbe wie der, auf den ich vor so vielen Jahren das Konfetti geworfen hatte, ebenso die Sitzgarnitur. Sie war zwar noch gut und nicht komplett durchgesessen – »Das war noch deutsche Wertarbeit«, pflegt mein Vater stets zu sagen –, aber in nicht allzu ferner Zukunft musste sie durchaus ausgetauscht werden. Einzig die Wände hatten hin und wieder einen neuen Anstrich bekommen, aber der letzte lag sicher sechs oder sieben Jahre zurück. Überhaupt müsste an meinem Elternhaus einiges gemacht werden. Das Dach war in die Jahre gekommen, die Fenster waren größtenteils alt und zugig, und das Bad war schon renovierungsbedürftig gewesen, als ich vor zehn Jahren ausgezogen war. All das instand zu setzen würde nicht billig werden; mindestens fünfzigtausend Euro, eher mehr, schätzte ich. Dazu kamen die Zähne meines Onkels, und wer wusste, was sonst noch alles. Die Familie war groß, und wenn ich einem etwas gab, würden alle etwas erwarten. Natürlich wollte ich meinen Eltern und meiner Familie helfen, wenn sie Geldsorgen hatten, aber sollte ich nicht erst einmal selbst konkrete Pläne haben, was ich mit meinem Gewinn anstellen wollte, bevor ich anfing, ihn zu verteilen?

»Das Geld für einen Eimer Farbe bringen wir schon noch selbst auf«, brummte mein Vater. Er hatte einen guten und sicheren Job, arbeitete beim Finanzamt in Riedlingen. Das Geld reichte also, auch wenn meine Mutter sich auf die Erziehung der Kinder und den Haushalt konzentrierte – ein Umstand, der meinen Eltern immer wichtig gewesen war. »Außerdem soll Evie das Geld mal schön für sich ausgeben oder für später anlegen, damit sie was hat, wenn sie in Rente geht«, fuhr mein Vater fort.

»Na ja, die Renovierung des Elternhauses wäre doch quasi eine Geldanlage für die Zukunft«, meinte Frau Wölfle. »Immerhin werden Evie und ihr Bruder das Haus doch mal erben, oder nicht?«

Während meine Eltern und Frau Wölfle eine Diskussion darüber anfingen, wie man mein Geld am besten anlegen oder besser gesagt ausgeben könne, ließ ich meine Gedanken zum Meer wandern. Ich stellte mir die Wellen vor, wie sie an den Strand rollten und wieder zurückgezogen wurden, und versuchte, im gleichen Rhythmus zu atmen. Das hatte mir schon immer geholfen, ruhiger zu werden.

Mein Bruder schien ebenfalls nicht zuzuhören, denn er beugte sich zu mir. »Deinem Lieblingsbruder tust du aber ein bisschen was in die Spardose, nicht? Mein Fahrlehrer will mich demnächst für die Führerscheinprüfung anmelden, aber was nützt mir der Wisch, wenn ich kein Auto hab?«

# Kapitel 2

**50 Euro**
Redensartlich verhält sich jemand wie ein Elefant im
a) Teeladen
b) Süßwarenladen
c) Porzellanladen
d) Krämerladen

Ich liebe Elefanten.
Vielleicht sollte ich eine Patenschaft übernehmen, wenn ich ein bisschen Geld gewinne.

»Markus!« Voller Inbrunst fiel ich meinem Freund um den Hals. Markus war leicht überrascht, so viel Überschwang war er sonst nicht von mir gewohnt, aber ich freute mich dermaßen, ihn zu sehen. Endlich jemand, der mir zuhören und mich nach meinen Wünschen fragen würde.

»Hey, Evie.« Er löste meine Arme von seinem Körper und griff nach meinen Händen. »Ich hab schon gehört, du hast die Million geholt. Herzlichen Glückwunsch! Und du sagst immer, ich sei schlauer als du. Wer weiß, ob mir das gelungen wäre.«

»Du kennst ja die Fragen noch nicht. Hättest du gewusst, wer 1912 die Universal Studios gründete?«

»Carl Laemmle«, antwortete Markus, ehe ich ihm auch nur eine Auswahlmöglichkeit geben konnte. »2012 waren die Zeitungen voll von ihm.«

Ich musste grinsen. »Das habe ich Detlef auch gesagt.«

Markus grinste zurück. »Ich bin sehr gespannt auf die Aufzeichnung. Sicher machst du einen kompetenten Eindruck. Hast du dir schon überlegt, wie du das Geld anlegen willst?«

Ich führte ihn den Flur entlang zum Wohnzimmer. Bisher hatte ich deutlich weniger Geld als meine Eltern zur Verfügung gehabt, trotzdem fühlte ich mich in meiner Wohnung viel wohler als in meinem Elternhaus. Hier konnte ich tun und lassen, was ich wollte. Farben, Bilder, Möbel – alles konnte ich so auswählen, wie es mir gefiel. Das war mir vor meinem Auszug nicht vergönnt gewesen. Noch heute erinnere ich mich mit Schaudern an meinen ersten Versuch, selbst über die Gestaltung meines Zimmers zu bestimmen. Damals war ich sechzehn gewesen, hatte total auf Rot gestanden und unbedingt eine Wand in meiner Lieblingsfarbe streichen wollen. Kein kräftiges Alarmrot, sondern eher ein dezentes Kirschrot. Ein knapper Kommentar meiner Mutter hatte gereicht, um mir die Vorfreude zu nehmen: »Rot? Bist du sicher, Liebes? Versteh mich nicht falsch, ich mag Rot, aber dein Zimmer sieht nachher aus wie ein Freudenhaus.« Am Ende war die Wand weiß geblieben. Langweilig, aber dafür unverfänglich.

Heute strotzten meine Wände nur so vor Farben und Mustertapeten. Und, ja, eine Wand des Wohnzimmers war kirschrot. Meine Mutter sagte immer, sie fühle sich in meiner Wohnung wie auf einem türkischen Basar, weil es hier so bunt und voll war, denn auch die Sofakissen und die Deko sorgten für Farbakzente. Ich aber liebte es, und ich hatte auch mit neuem Kontostand nicht vor, das zu ändern.

Markus und ich kuschelten uns auf das blau-weiß gestreifte Sofa. »Ich weiß noch nicht genau«, sagte ich. »Das waren bisher bloß Überlegungen.«

»Lass hören«, forderte Markus mich auf.

Ich zögerte nicht länger. »Eine Weltreise wäre doch ganz schön, findest du nicht? Wann werde ich sonst noch mal die Gelegenheit dazu haben? Jetzt hätte ich die Zeit und vor allem das Geld. Ich muss nicht wirklich einmal um die ganze Welt reisen, aber es gäbe da schon ein paar Länder, die ich mir unbedingt ansehen will. Schweden zum Beispiel.«

Markus ließ sich nicht anmerken, was er von meinem Plan hielt. »Und weiter?«

»Nun ja, ich habe sicher mal erwähnt, dass ich schon lange von einem eigenen Café träume. Das ist meine Chance, mir diesen Traum endlich zu erfüllen.« Markus spannte sich an, als wolle er seine Sitzposition verändern. »Ich bin mir aber unsicher. Ich meine, ein eigenes Café bedeutet auch ein großes Risiko. Ich könnte es vermasseln und was dann?«

Markus atmete aus. »Ganz genau. Versteh mich nicht falsch, Evie, das ist dein Gewinn, aber ich würde an deiner Stelle nicht alles auf den Kopf hauen. Willst du dir nicht ein finanzielles Polster für die Zukunft aufbauen? Ich würde …« Er verstummte, weil mein Handy klingelte.

Seufzend stand ich auf. »Bin sofort zurück.« Das war bestimmt meine Mutter, die noch einen armen Verwandten aufgetan hatte. Hatte sich Cousine Beatrice nicht schon lange eine Brustvergrößerung gewünscht? Doch die Nummer auf meinem Handy hatte ich zuvor noch nie gesehen. Hoffentlich niemand vom Fernsehsender oder ein Lokaljournalist, der ein Interview wollte. »Evie Sommer?«, meldete ich mich vorsichtig.

»Hallo, Frau Sommer. Wie schön, dass ich Sie gleich erreiche. Die guten Neuigkeiten haben sich bereits wie ein Lauffeuer in Bad Buchau verbreitet, und ich wollte Ihnen persönlich zu Ihrem Gewinn gratulieren. Einfach großartig.«

»Ähm, danke schön.« Wer zum Geier war das? Nicht nur die Nummer war mir unbekannt, auch die Stimme.

»Entschuldigen Sie bitte, ich habe mich noch gar nicht vorgestellt. Wie unhöflich und unprofessionell. Ich hoffe, Sie verzeihen mir. Steiger, mein Name. Ich bin der Filialleiter der Gemeinschaftsbank, bei der Sie und Ihre Familie seit jeher Ihre Konten haben. Für Ihre Treue möchte ich mich bei dieser Gelegenheit einmal ganz herzlich bedanken.«

»Ähm, gern. Das ist doch selbstverständlich«, antwortete ich, weil ich nicht wusste, was ich sonst sagen sollte. Was wollte der Filialleiter von mir?

»Ich möchte Sie gar nicht lange aufhalten, Sie feiern sicher groß Ihren Sieg. Ich wollte Sie nur zu einem persönlichen Gespräch in die Bank einladen. Sicher wollen Sie zumindest einen Teil Ihres neu gewonnenen Vermögens in Fonds und Aktien investieren, wofür wir genau der richtige Ansprechpartner sind. Sehr gern stellen wir Ihnen ein individuelles Konzept zusammen. Momentan können Sie zum Beispiel noch deutlich riskanter spekulieren als in dreißig Jahren. Das wird selbstverständlich alles berücksichtigt, ebenso Ihre eigenen Vorstellungen.«

Oh Gott, was sollte ich nur dazu sagen? Ich hatte doch keine Ahnung von Fonds und Aktien. Ich räusperte mich und versuchte, halbwegs kompetent zu klingen. »Das hört sich sehr vielversprechend an, vielen Dank für Ihren Anruf, Herr Steiger, aber das ist alles noch sehr neu für mich. Wenn es in Ordnung ist, würde ich das Ganze gern ein wenig sacken lassen und mich dann bezüglich eines Termins noch einmal bei Ihnen melden.«

»Aber natürlich, liebe Frau Sommer«, antwortete der Filialleiter enthusiastisch. »Alles nach Ihren Wünschen. Ich freue mich schon auf Ihren Anruf. Dann genießen Sie Ihre Party, und bestellen Sie bitte Ihrer Familie viele Grüße.«

Verwirrt legte ich auf und kehrte ins Wohnzimmer zurück.

»Deine Mutter?«, fragte Markus.

Ich schüttelte den Kopf. »Der Filialleiter der Bank, Steiger oder so ähnlich. Er hat von Fonds und Aktien gesprochen.«

Markus lehnte sich nach vorne. Er war gut aussehend – nahezu perfekt gebaut, immer frisch rasiert und gut duftend, dazu blond und diese herrlich braunen Augen –, und er war auch gelassen, vernünftig und vor allem verständnisvoll. Äußerlich und auf andere wirkte er meist perfekt, aber das war er nicht. Auch Markus hatte seine Macken, zum Beispiel legte er für meinen Geschmack viel zu viel Wert auf Prestige, aber das war ein anderes Thema. »Das wollte ich dir auch schon vorschlagen. Du solltest unbedingt den Großteil des Geldes gewinnbringend anlegen. Wer weiß, wie viel Rente wir mal bekommen, vor allem du mit deinem Job als Barista. Heute ist es wichtiger denn je, an die Zukunft zu denken.«

Ich nickte. Sicher war die Zukunft wichtig. Wenn ich doppelt so alt war wie jetzt, wollte ich es gut haben und nicht in Mülleimern nach Pfandflaschen suchen müssen. Aber ich war genügsam, und ich verspürte auch den Wunsch, jetzt zu leben. Was brachte mir das ganze Geld in fünfunddreißig Jahren, wenn ich vielleicht gar nicht so alt werden würde? Meine Großmutter war an Krebs gestorben, als ich zwölf Jahre alt gewesen war – mit gerade einmal einundsechzig Jahren. Ihr Lebensmotto trug ich seitdem im Herzen: *Lebe jeden Tag, als wäre es dein letzter.* Das war keine Ausrede, um unvernünftig sein zu können, aber es steckte auch ein Körnchen Wahrheit darin, oder etwa nicht?

Mein Handy klingelte erneut. Ich nahm es vom Wohnzimmertisch, wo ich es gerade erst hingelegt hatte. Meine Mutter. Kurz erwog ich, den Anruf zu ignorieren, aber ich wusste aus Erfahrung, dass diese Strategie nicht funktionierte. Sie würde es immer wieder versuchen, also brachte ich es lieber gleich hinter mich. »Ja?«

»Evie, hier ist deine Mutter.«

Ich schmunzelte. Würde sie eines Tages noch lernen, dass ich es auf dem Display sehen konnte, wenn sie anrief? »Weiß ich doch. Was gibt's, Mama?«

»Dein Vater und ich haben noch mal über das Gespräch mit Frau Wölfle nachgedacht. Ganz unrecht hat sie nicht. Das Haus zu renovieren wäre eine Wertsteigerung. Wenn Henrik und du es mal erbt, könntet ihr es viel teurer verkaufen, sollte keiner von euch hier wohnen wollen. Auch wenn wir natürlich hoffen, dass es im Besitz der Familie bleibt.«

»Ich weiß«, wiederholte ich und verkniff mir die Bemerkung, dass sehr wahrscheinlich eine weitere Renovierung nötig sein würde, bis Henrik und ich das Haus eines Tages erben würden, denn ich hatte nicht vor, meine Mutter so früh zu verlieren, wie sie ihre Mutter verloren hatte.

»Sehr gut. Weißt du, nachdem Frau Wölfle diesen Vorschlag gemacht hat, ist es fast unmöglich, das Haus nicht zu renovieren. Versteh mich nicht falsch, Evie, das ist dein Gewinn, und dein Vater und ich wollen bestimmt keine Ansprüche an dich stellen. Aber stell dir nur mal vor, was die Leute im Ort sagen würden. Es sähe so aus, als wäre dir deine eigene Familie nicht wichtig.«

*Ja, ja.* Ich verdrehte die Augen. Es war schon immer das Wichtigste gewesen, was die Nachbarn denken könnten. Zu meinen Teenie-Zeiten war das extrem anstrengend gewesen. Ich hatte zum Beispiel nie länger als zehn Uhr schlafen dürfen, nicht mal an Neujahr. »Wie sieht das denn aus?«, hatte es dann immer geheißen. »Die Nachbarn denken noch, wir ziehen hier eine Faulenzerin heran, dabei bist du so fleißig. Das können die Leute ruhig sehen.«

Ich hatte jetzt keine Lust, diese Unterhaltung fortzuführen. »Kann ich dich vielleicht später zurückrufen? Markus und ich haben nämlich gerade Sex«, platzte ich heraus. Ich hörte meine Mutter noch nach Luft schnappen, bevor ich auflegte und rot wurde. *Hoppla!* Was hatte ich denn da gesagt?

Markus lachte. »Das hast du nicht ernsthaft zu deiner Mutter gesagt. Evie, Evie.«

»Das ist mir so rausgerutscht. Ich wusste nicht, wie ich sie sonst abwimmeln soll.«

»Du bringst mich da auf eine Idee … Über Wertpapiere können wir auch später noch reden.«

Er küsste mich und wollte mich mit sich aufs Sofa ziehen, aber ich drückte ihn weg und rieb mir über die Stirn, als habe ich Kopfschmerzen. Ich war enttäuscht, weil nicht einmal er mir zugestand, meine eigenen Entscheidungen zu treffen.

»Kopfschmerzen?«, fragte Markus, der sofort von mir abließ.

Ich nickte. »Tut mir leid, das ist alles gerade ein bisschen viel. Können wir das auf später verschieben? Ich wäre gern ein bisschen allein, um in Ruhe nachdenken zu können.«

Markus drückte mir einen Kuss auf die Stirn und stand auf. »Klar. Ruf mich einfach an, wenn dir danach ist. Aber denk wenigstens darüber nach, dein Geld zu investieren, okay?

Wenn du willst, begleite ich dich zur Bank.« Er hob die Hand zum Gruß, und nur wenige Sekunden später fiel die Haustür ins Schloss.

Seufzend ließ ich mich aufs Sofa sinken. Was hatte ich von dem Gewinn, wenn ich ihn nur gut anlegte und gleichzeitig weiter als Barista arbeitete – in einem Job, den ich zwar mochte, der mich aber nicht erfüllte? Zur Barista war ich ohnehin nur geworden, weil ich nach meiner Ausbildung zur Bürokauffrau und der Erkenntnis, dass das nun wirklich nichts für mich war, weiterhin auf eigenen Beinen hatte stehen und meine Eltern keinesfalls um Unterstützung hatte bitten wollen. Das war jetzt fast zehn Jahre her, und aus dem Übergangsjob war längst etwas Festes geworden, auch wenn ich meinem Chef immer wieder sagte: »Wenn ich was Besseres finde, bin ich weg, Peter.« Inzwischen war dieser Satz zu einem Running Gag zwischen uns geworden, den Peter mir zum Glück nie krummgenommen hatte. Ich machte meine Arbeit gut, und darüber hinaus hatte ich offenbar ein gewisses Talent. Ich wusste immer, was die Gäste wollten, auch wenn sie manchmal etwas anderes bestellten. Peter hatte mich anfangs als verrückt abgestempelt, aber es hatte sich bewährt. Wir hatten tatsächlich Kunden, die nur kamen, wenn ich Schicht hatte. Deshalb wusste ich auch, dass ich durchaus eine Chance hatte, ein eigenes Café zu eröffnen und nach meinen Vorstellungen zu führen.

Was sollte ich nur machen? Ich überlegte gerade, mir ein heißes Bad einzulassen, als schon wieder das Handy klingelte. Tante Elvira. Würde das denn nie aufhören? Um das Telefon nicht mehr hören zu müssen, schaltete ich den Fernseher ein, wo eine Folge von Detlef Straubs Quizshow lief. Bloß nicht! Schnell schaltete ich um.

»Guten Morgen. Na, hast du dich wieder eingekriegt?«

Markus wedelte mit einer Brötchentüte vor meinem Gesicht herum. Der Duft von Laugenbrezeln und Croissants mischte sich mit dem Duft von Kaffee, der aus den beiden Coffee-to-go-Bechern kam. Obwohl ich als Barista durchaus eine gewisse Erfahrung mitbrachte, wie man guten Kaffee zubereitete, mochte Markus meinen Kaffee ironischerweise nicht – was ohne Zweifel vor allem an meiner Kaffeemaschine lag, einem einfachen Kapselautomaten. Markus war der Ansicht, ich sollte mir wenigstens eine vernünftige Maschine leisten, wenn ich schon als Barista arbeitete. Aber dafür fehlte mir bei meinem Gehalt schlicht und ergreifend das Geld.

Ein wenig zerknirscht ließ ich ihn herein. »Du wusstest, dass ich keine Kopfschmerzen hatte?«

»Klar.« Er ging an mir vorbei in die Küche und legte seine Einkäufe auf den Esstisch.

Ich folgte ihm. »Weißt du, ich war einfach enttäuscht. Onkel Theo will neue Zähne, mein Bruder ein Auto und meine Mutter eine Hausrenovierung, weil die Nachbarn sonst denken könnten, sie wäre mir egal. Niemand fragt, was ich will.« Ich unterdrückte einen Seufzer. Außer meiner Familie hatten mich gestern Nacht noch Bekannte und sogar Fremde über WhatsApp oder Facebook kontaktiert:

*Liebe Evie,*
*erinnerst du dich noch an mich? Wir sind in dieselbe Grundschule gegangen und haben in Mathe immer nebeneinander gesessen. Erst mal herzlichen Glückwunsch. Das ist ja Wahnsinn! Ich habe mich gefragt, ob du einer alten Freundin helfen würdest. Es tut mir leid, dass ich dich überhaupt damit belästige, ich will wirklich nicht dreist sein, aber ich*

*weiß nicht weiter. Mein zehn Jahre alter Schäferhund muss dringend operiert werden, der Eingriff kostet aber 1500 Euro. 500 Euro habe ich mit Mühe und Not zusammengekratzt. Würdest du mir den Rest dazugeben oder wenigstens leihen? Das wäre ganz toll. Ich möchte Pebbles nicht verlieren.*
*Beste Grüße, Lisa*

*Liebe Frau Sommer,*
*als Bürgermeister von Bad Buchau möchte ich es mir natürlich nicht nehmen lassen, Ihnen persönlich zu Ihrem Gewinn zu gratulieren. Ich bin sehr stolz, dass es eine Bürgerin des Kurorts so weit gebracht hat, und wollte Sie auf ein Projekt aufmerksam machen, das Sie als Bad Buchauerin sicher gern unterstützen möchten: Das Dach unserer Bücherei muss vor dem nächsten Herbst dringend erneuert werden, und wir suchen händeringend nach Spendern. Daher würden wir uns sehr freuen, wenn Sie als neue Berühmtheit des Kurorts mit gutem Beispiel vorangehen würden.*
*Herzlichst, Franz Birnbaum*

*Liebe Evie,*
*hier schreibt deine Cousine Beatrice. Tante Elvira hat bestimmt schon mit dir gesprochen. Du weißt sicher, dass ich seit Jahren unter meinen kleinen Brüsten leide. Die meisten Menschen verstehen das nicht und machen sich darüber lustig, aber du bist anders. Das weiß ich. Mein Therapeut sagt, es sei ein ernst zu nehmendes Problem. Er hat mir sogar schon Antidepressiva verschrieben, doch dauerhaft helfen würde nur ein Eingriff, den die Krankenkasse natürlich nicht zahlt. (Glaub mir, ich habe schon einige Beschwerdebriefe geschrieben. Eine Unverschämtheit, immerhin geht das Ganze*

*auf die Psyche, und das kann ja keiner wollen.) Jedenfalls hatte ich gehofft, du würdest mir vielleicht helfen. Mama und ich legen seit zwei Jahren jeden Cent beiseite, aber es reicht leider immer noch nicht.*
*Ganz herzliche Grüße von deiner Cousine*

Und das war nur die Spitze des Eisbergs. Ich wusste noch nicht, was ich von den ganzen Anfragen halten sollte. Nur ein kleiner Prozentsatz der Menschen, die mich um finanzielle Hilfe baten, war dreist. Die meisten von ihnen hatten ernsthafte Probleme, und ich wollte ihnen gern helfen. Lisa zum Beispiel. Natürlich konnte ich mich an sie erinnern, und ich wollte auf keinen Fall, dass ihr Hund auf weitere schöne Jahre seines Lebens verzichten musste, nur weil kein Geld für die nötige Operation da war. Aber wo sollte das Ganze aufhören? Irgendjemand würde immer Hilfe brauchen, und eine Million Euro reichte bei Weitem nicht, um die ganze Menschheit zu retten.

»*Ich* habe gefragt, was du willst.« Markus holte Teller und Besteck aus den Schränken und Schubladen und mich aus meinen Grübeleien.

Ich lehnte mich gegen die Arbeitsfläche und sah zu, wie er den Tisch eindeckte und anschließend Butter und Marmelade im Kühlschrank suchte. »Wirklich ernst genommen hast du mich aber nicht«, erwiderte ich. »Weißt du, Markus, es wäre schön, wenn du mich voll und ganz dabei unterstützen würdest, wirklich herauszufinden, was ich will. Stattdessen hast du schon eine genaue Vorstellung davon, wie ich mein Geld anlegen soll.«

»Anlegen ist genau das richtige Stichwort.« Markus setzte sich auf einen der beiden Stühle und nahm sich eine Brezel, die er aufschnitt und großzügig mit Butter bestrich. Ich hingegen blieb stehen. »Es tut mir leid, Evie: Ein eigenes Café ist eine Schnapsidee, und in einer gut funktionierenden Beziehung sollte man sich das auch sagen können. Du hast vielleicht bisher in einem Café gejobbt, nun gut, aber doch nicht als Geschäftsführerin, sondern als Bedienung. Du hast keinerlei Erfahrung, was eine Selbstständigkeit in der Gastronomie angeht. Du müsstest einen Businessplan erstellen, dich mit der Gesundheitsbehörde auseinandersetzen, vorher erst einmal eine geeignete Location finden und dich schlussendlich auch gegen die Konkurrenz durchsetzen, die selbst bei uns auf dem Land nicht gering ist.«

»Na und? Traust du mir das etwa nicht zu? Jeder musste mal klein anfangen.«

»Schon«, Markus verdrehte die Augen, »aber die meisten sind von vornherein zum Scheitern verurteilt, vor allem in der Gastronomie. Das ist ein harter Job, Evie. Nimm das nicht auf die leichte Schulter. Bei Peter hast du nach deinen Schichten Feierabend, aber wenn du dich selbstständig machst, wirst du kaum noch Freizeit haben. Wenn das Café geschlossen ist, musst du dich um die Buchhaltung oder die Lieferung für den nächsten Tag kümmern. Denkst du wirklich, dass das was für dich ist? Ich will doch nur nicht, dass du in ein paar Jahren mit gescheitertem Café und geschrumpftem Vermögen dasitzt und bereust, das Geld nicht besser angelegt zu haben.«

»Vielen Dank für dein Vertrauen«, schnaubte ich. »Außerdem kann man Leute einstellen. Peter macht auch nicht alles allein.«

»Wenn du glaubst, gleich zu Beginn jemanden beschäftigen zu können, bist du noch naiver, als ich dachte«, erwiderte Markus, jetzt deutlich gereizt. »Du musst doch erst einmal schwarze Zahlen schreiben. Ich bin nur realistisch, Evie, wenigstens einer von uns sollte es sein. Aber du kannst dich freuen.« Er seufzte und griff nach meiner Hand. »Ich habe noch mal über die Sache mit der Weltreise nachgedacht. Schweden finde ich nicht so interessant, aber wir könnten zum Beispiel endlich unseren Bali-Urlaub machen. Meinetwegen auch in die Karibik oder auf die Malediven. Ein bisschen Entspannung und Luxus für uns zwei. Was meinst du?«

»Darum geht es dir? Um die verfluchte Bali-Reise und schicke Restaurants? Deshalb darf ich kein Café eröffnen?«

Ich war sprachlos. Wir hatten schon öfter Diskussionen dieser Art geführt. Markus behauptete zwar stets, mein Job sei ihm nicht peinlich, aber das glaubte ich ihm nicht. Er war ein angesehener Anwalt, und das nicht nur im Kreis Biberach, sondern in ganz Oberschwaben. Entsprechend gut verdiente er, entsprechend viel konnte und wollte er sich leisten. Wenn er in ein schickes Restaurant hatte gehen wollen, hatte er mich oft einladen müssen, und ich hatte jedes Mal dasselbe rote Kleid getragen, weil ich nur ein schickes Outfit für solche Anlässe besaß. Ich liebte schöne Kleider, aber vor meiner Beziehung mit Markus hatte ich kaum einen Anlass gehabt, Cocktailkleider zu tragen. Außerdem war zumeist das Geld knapp, und aushalten lassen wollte ich mich nicht. Aus diesem Grund hatten Markus und ich auch nicht zusammen nach Bali oder in die Karibik in den Urlaub fliegen können, was er sich mehr als einmal gewünscht hatte, und wenn wir zusammen verreist waren, waren wir meinetwegen nicht in Fünf-Sterne-Hotels untergekommen. Ich hatte nicht eingesehen, mich zu verschulden, nur damit Markus einen Spa-Bereich zur Verfügung hatte, den er ohnehin nicht nutzte. Es hatte ihn gestört, auch wenn er es nie deutlich gesagt hatte. Bis jetzt.

»Ja, verdammt.« Er warf die Laugenbrezel auf den Teller. Ich hatte Markus nur selten wütend erlebt, aber jetzt war er es. »Ich würde mir halt wünschen, dass du auch ein wenig an mich denkst, jetzt, wo du endlich einmal flüssig bist. Ein eigenes Café bedeutet viel Zeit und Geld, du wirst außerdem einen größeren Notgroschen beiseitelegen müssen. Ich habe bisher immer Rücksicht auf dich genommen, bin mit dir nach Garmisch-Partenkirchen statt nach St. Moritz gereist. Ich finde, jetzt könntest du mal Rücksicht auf mich nehmen.«

Ich schüttelte den Kopf. Hatte Markus das gerade wirklich gesagt? *Egoistischer Mistkerl! Was denkst du dir eigentlich? Mische ich mich dermaßen in dein Leben ein? Nein, stopp.* Ihm die schlimmsten Sachen an den Kopf zu werfen würde alles nur schlimmer machen, also riss ich mich zusammen. »Weißt du, ein wenig kann ich dich ja verstehen«, sagte ich versöhnlich. »Lass uns meinen Gewinn so richtig feiern. Ich kaufe mir ein tolles Kleid, und wir gehen in ein superschickes Restaurant. Lass uns in den Urlaub fliegen, wohin du willst. Aber ich werde nicht mein ganzes Geld anlegen, damit wir deinen gewünschten Lebensstandard pflegen können. Das bin nicht ich. Ich habe ganz andere Bedürfnisse.«

»Wie du meinst.« Schulterzuckend nahm Markus einen Schluck von seinem Kaffee. »Du verhältst dich zwar ziemlich egoistisch, aber bitte.«

»*Ich* verhalte mich egoistisch? Das reicht. Raus.«

»Du schmeißt mich raus?« Ich antwortete nicht, obwohl mein Herz viel zu schnell schlug, und zeigte weiterhin zur Tür. Kopfschüttelnd stand Markus auf und griff nach seinem Coffee-to-go-Becher. »Vielleicht denkst du noch mal darüber nach, wenn du dich ein wenig abreagiert hast. Glaub mir: Mit einem eigenen Café übernimmst du dich, und dann stehst du auch noch mit Schulden da. Wenn du das Geld anlegst, könntest du bis zu deinem Lebensende ein angemessenes Leben führen. Ich weiß, wofür ich mich entscheiden würde.«

»Danke, aber darüber muss ich nicht nachdenken.« Ich ging voraus und öffnete Markus die Wohnungstür. »Es ist aus, ich möchte dich nicht wiedersehen.«

»Übertreib nicht immer so, Evie. Nur weil wir nicht einer Meinung sind, müssen wir uns nicht gleich trennen.«

»Darum geht es nicht, aber das verstehst du ohnehin nicht. Lebe wohl, Markus.«

Ich wartete, bis er über die Schwelle getreten war, dann knallte ich die Tür hinter ihm ins Schloss und versuchte erfolglos, die aufsteigenden Tränen hinunterzuschlucken.

Ich lag auf dem Sofa und starrte an die Decke – traurig, sauer, verwirrt. Fast ein Jahr waren Markus und ich zusammen gewesen. Ja, er hatte Rücksicht auf mich genommen, aber was wäre denn die Alternative gewesen? Hätte ich einen Kredit aufnehmen sollen, um mit ihm in die Südsee fliegen und jeden Freitag in einem Sternerestaurant essen zu können? So ein Idiot.

Mein Handy piepte, und obwohl ich es eigentlich nicht wollte, sah ich nach. Vielleicht hatte Markus ja eingesehen, wie dämlich er sich verhalten hatte. Nein, natürlich nicht. Nur eine neue Nachricht über Facebook:

*Liebe Evie,*
*das Tierheim Bad Buchau gratuliert ganz herzlich zu Ihrem Gewinn! Haben Sie schon einmal darüber nachgedacht, eine Tierpatenschaft zu übernehmen? Sollte Ihre Zeit das nicht*

*zulassen, freuen wir uns auch über jede andere Form der Unterstützung.*

*Herzlichst, Ihr Tierschutzverein*

Seufzend wollte ich das Handy beiseitelegen, doch es trudelte bereits die nächste Nachricht ein. Mein Bruder fragte, ob ich mir das mit dem Auto überlegt hätte, er würde nämlich schon nächsten Monat die praktische Führerscheinprüfung machen. Als mir dann auch noch ein Anruf von Tante Elvira angezeigt wurde, war ich drauf und dran, das Handy gegen die Wand zu werfen. *Nein, nein, nein.* Ich unterdrückte einen Schrei und das Telefonat und schaltete das Handy kurzerhand aus.

So ging das nicht weiter. Ich musste hier weg.

# Kapitel 3

**100 Euro**
Viel Lärm um ...
a) alles
b) nichts
c) wenig
d) viel

Ich sollte mal wieder Shakespeare lesen.

Am späten Vormittag des nächsten Tages hatte ich mein Ziel fast erreicht. Einen Zwischenstopp in der Nähe von Kassel und neunhundert Kilometer von meinem Heimatort entfernt, verließ ich das deutsche Festland und fuhr mit dem Mietwagen über die Fehmarnsundbrücke. Über mir schien die Sonne, unter mir glitzerte das Wasser. Das Meer. Wahnsinn! In der Bucht zwischen Heiligenhafen und Fehmarn schaukelten Boote auf den Wellen, und in der Ferne sah ich Kitesurfer.

Hinter mir hupte jemand, und erst jetzt fiel mir auf, dass ich vor lauter Begeisterung und um ja nichts zu verpassen viel zu langsam fuhr. Doch von dem Miesmuffel hinter mir ließ ich mir den Moment nicht verderben. Ich trat wieder aufs Gas und erreichte nur wenig später die Ostseeinsel. Dann ließ ich das Meer erst einmal wieder hinter mir und fuhr weiter, vorbei an Wildblumenwiesen mit Mohn und Rapsfeldern. Einen

Moment glaubte ich fast, im Kreis gefahren und wieder zu Hause zu sein. Nichts außer Wiesen, Feldern und Wäldern, wohin ich auch sah. Und eine Handvoll Windräder zeigte sich immer wieder im Norden der Insel. Trotzdem ein wunderschöner Anblick.

Schließlich landete ich in Meeschendorf, einem kleinen Ort im Osten Fehmarns. Ich verließ die asphaltierte Straße und bog auf eine unbefestigte ein. Der Wagen ruckelte über den Weg, und es gab keine Fahrbahnmarkierung. Immer wieder wich ich Schlaglöchern aus, und als mir ein Auto entgegenkam, musste ich so weit rechts fahren, dass das Gestrüpp am Rand gegen die Beifahrerseite schlug. Auch das kannte ich von zu Hause.

»Sie haben Ihr Ziel erreicht«, flötete die weibliche Navi-Stimme, die ich kurzerhand Erna getauft hatte.

»Das kann nicht sein, Erna.« Ich trat auf die Bremse und sah mich nach allen Seiten um. Erna klang zwar sehr bestimmt, aber sie musste sich irren. Doch auch auf dem Display des Navigationsgeräts war das Kreuz zu sehen, das anzeigte, dass diese Fahrt beendet war.

Erneut blickte ich mich um. Linker Hand gab es einen Campingplatz, das aber konnte nicht mein Ziel sein, denn Zelten war noch nie mein Ding gewesen. Ich bevorzugte eine Toilette ganz für mich allein, die sich im Idealfall nur ein, zwei Türen neben meinem Schlafzimmer befand. Rechter Hand war ein Parkplatz, und geradeaus vor mir endete der Weg in einem gekiesten Parkplatz, der für Strandbesucher gedacht zu sein schien. Nun gut. Vielleicht sollte ich hier erst einmal parken und das Gepäck im Auto lassen, bis ich meine Bleibe gefunden hatte.

Ich stieg aus. Klare, frische Luft füllte meine Lunge. In

Oberschwaben hatten wir auch gute Luft – klar, wo sollte die schlechte Luft bei all den Wiesen, Feldern und Wäldern auch herkommen? –, aber es war kein Vergleich zu hier. Ich roch das nahe Meer, wurde von ihm angezogen wie die Flussschifffahrer von der Loreley und machte mich auf den Weg über den knirschenden Kies. Eine Familie kam mir entgegen – Mutter, Vater und ein Mädchen im pinkfarbenen Badeanzug mit einem Sandeimer. Warum waren meine Eltern eigentlich mit uns früher nie ans deutsche Meer gefahren?

Da lag es plötzlich vor mir. Vergessen war die Suche nach meiner Unterkunft, stattdessen stieg ich eilig aus meinen Ballerinas und rannte am Strandkorbverleih den Steg hinunter zum Strand und direkt zum Wasser. Das Meer war kalt, obwohl die Luft schön warm war. Trotzdem blieb ich eine ganze Weile in der Brandungszone stehen und ließ mir die Füße umspülen. Schließlich setzte ich mich in den Sand und beobachtete die Wellen dabei, wie sie an den Strand rollten und wieder zurück. Automatisch atmete ich im Rhythmus der Wellen und spürte sofort eine Ruhe in mir, wie ich sie lange nicht verspürt hatte. Der Ärger über meine Familie und über Markus, der Millionengewinn – einen Moment lang war das alles nicht nur völlig egal, sondern vergessen. Wie es wohl sein würde, ein eigenes Café direkt am Strand zu haben?

Das Knurren meines Magens riss mich aus meinen Tagträumen. Ich atmete noch einmal tief die leichte Brise ein, die vom Meer herkam, rappelte mich auf und lief den Steg zurück. Ich hielt mich an einem Geländer fest, um mir den trockenen Sand von den Füßen zu klopfen und zurück in meine Ballerinas zu steigen. Dann fragte ich den älteren Herrn vom Strandkorbverleih nach der *Strandkoje*. Mit einem freundlichen Lächeln zeigte er mir den Weg, und wenige Minuten später kam tatsächlich die Pension in Sicht. Ein altes Backsteinhaus mit hoher Eingangstür. Ich warf einen Blick auf meine Uhr; es war gerade einmal kurz nach zwölf. Ob ich überhaupt schon einchecken konnte? Ich probierte es einfach und drückte auf die Klingel. Sekunden später wurde die Haustür von einer Frau geöffnet, die ungefähr im Alter meiner Mutter sein musste. Der Geruch von Maiglöckchen schlug mir entgegen – Bodenreiniger –, und im Hintergrund war ein Staubsauger zu hören. Neben der Tür stand ein weißer Sack, aus dem Bettwäsche ragte.

»Ja bitte?«

»Schönen guten Tag, mein Name ist Evie Sommer. Ich hab gestern ganz spontan für drei Wochen ein kleines Appartement bei Ihnen gemietet. Wahrscheinlich bin ich viel zu früh dran, ich wollte nur ...«

Ehe ich weiterreden konnte, trat die Frau beiseite. »Ach, Sie sind das. Kommen Sie doch rein. Maria Ahrends, mir gehört die Pension. Sie haben Glück, das Appartement ist gerade fertig geworden.«

»Oh, super. Das ist ja toll.«

Die Frau spähte noch einmal durch die offene Tür, ehe sie sie schloss. »Haben Sie gar kein Gepäck dabei?«

»Das ist noch im Auto, weil ich nicht gleich wusste, wo ich hinmusste«, gab ich peinlich berührt zu.

»Ja, wir liegen hier ein wenig versteckt, aber dafür wird Sie nachts kein Auto wecken. Mein Sohn kann Ihnen nachher beim Tragen helfen.«

Ich folgte ihr eine Treppe nach oben und einen hellen Flur entlang, an dessen Wänden Bilder von Rapsfeldern, Wildblumen oder Steilküsten hingen. Der Maiglöckchenduft verstärkte sich, als meine Pensionswirtin am Ende des Flurs stehenblieb und eine Tür zu einem ebenso hellen Appartement öffnete. »Da wären wir schon.«

Wir standen direkt im Wohnbereich mit der Küchenzeile. Neugierig sah ich mich um. Das Zimmer war nicht allzu groß – es gab ein Sofa samt Fernseher und einen quadratischen Esstisch mit vier Stühlen –, aber für mich reichte es vollkommen aus. Prinzipiell hätte es sogar ein einzelnes Zimmer getan, aber die Küchenzeile war praktisch. So musste ich nicht jeden Tag außer Haus essen gehen, auch wenn ich es mir jetzt hätte leisten können.

Durch die offene Balkontür wehten eine leichte Brise und Kinderlachen herein, und ich trat ein paar Schritte vor. Wahnsinn, vom Balkon aus konnte man direkt aufs Meer sehen. Hier sitzen, ein Glas Wein trinken und den Sonnenuntergang beobachten – ein Traum.

»Das ist das Schlafzimmer«, sagte die Pensionsbesitzerin und stieß eine nur angelehnte Tür auf.

Ich riss mich von der Balkonaussicht los und warf einen Blick ins maritim eingerichtete Schlafzimmer: pastellblaue Wände, blau-weiß gestreifte Bettwäsche, und die Kommode zierten Muscheln, Leuchttürme und Meerjungfrauen. Ein großes Bild mit einer Dünenlandschaft hing über dem Bett.

»Sehr gemütlich«, erwiderte ich.

»Vielen Dank, das hört man gern. Machen Sie sich ruhig erst ein bisschen frisch, bevor wir die Formalitäten klären und uns um Ihr Gepäck kümmern.« Frau Ahrends drückte mir den Schlüssel in die Hand und verließ das Appartement.

Ich drehte mich einmal um meine eigene Achse. Das hier würde meine Unterkunft für die nächsten drei Wochen sein. Ich konnte es selbst noch nicht glauben, ganze drei Wochen. So spontan kaufte ich sonst nicht mal Unterwäsche.

Kurz dachte ich an meinen Chef Peter, der sicherlich fest damit rechnete, dass ich am Dienstag wieder im Café stehen würde. Ich würde ihm meine spontane Flucht noch irgendwie erklären müssen und hoffte, er würde es verstehen und nicht sauer sein oder mir kündigen, denn noch war ich nicht bereit, meinen Job hinzuwerfen. Nicht, solange ich keine endgültige Entscheidung über mein weiteres Leben gefällt hatte.

Ich trat wieder hinaus auf den Balkon und stellte mich ans Gitter. Vor mir erstreckten sich der Strand und das endlose Meer. Ich konnte die Wellen hören, das Meer riechen. Auf dem Weg vor dem Haus waren Spaziergänger, Fahrradfahrer und Strandbesucher in Badekleidung unterwegs, und rechter Hand kamen die Fehmarnsundbrücke und der nächste Ort in Sicht. Ich ging noch einmal ins Appartement, um die Karte von Fehmarn und eine Broschüre über die Insel zu holen, die auf dem Esstisch lagen, dann setzte ich mich in einen der Korbsessel und suchte Meeschendorf auf der Karte. Der Weg am Meer entlang schien nach Burgtiefe zu führen. Ich schlug die Broschüre auf und suchte den Ort heraus. Demnach war Burgtiefe das touristische Zentrum von Fehmarn. Hier lag der beliebte Südstrand mit feinem Sand, außerdem gab es einen Jachthafen und ein Wellenbad – und mit Sicherheit unzählige Cafés und Restaurants. Nachdem ich mit Frau Ahrends alles Weitere geklärt hatte, würde ich einfach den Weg am Meer entlanglaufen.

Ein wenig widerwillig kramte ich mein Handy hervor. Nach meinem Streit mit Markus gestern Morgen hatte ich es nicht wieder eingeschaltet, weshalb meine Familie wahrscheinlich bereits nach mir fahnden ließ. Wobei … nein. Sie war vermutlich einfach nur sauer, dass ich weder ans Telefon ging noch die Tür öffnete. Damit, dass ich mich aus dem Staub gemacht hatte, rechnete mit Sicherheit niemand.

Ich lächelte in mich hinein und warf noch einen Blick aufs Meer, bevor ich das Telefon einschaltete. Ich hatte nicht vor, jemanden anzurufen, aber ich konnte auch nicht einfach abtauchen, ohne wenigstens Bescheid zu geben, dass alles in Ordnung war.

Das Handy begann zu piepen und hörte gar nicht mehr auf, weshalb ich es schnell lautlos schaltete. Über dreißig verpasste Anrufe, dazu noch SMS, WhatsApp- und Facebook-Nachrichten im dreistelligen Bereich. *Oh mein Gott!* Es war auf jeden Fall die richtige Entscheidung gewesen, es auszuschalten. Ich überflog schnell die verpassten Anrufe und Nachrichten, um zu schauen, ob etwas Wichtiges dabei war. Allein zehn der dreißig Anrufe gingen auf das Konto meiner Mutter, dann kamen noch zwei von Markus dazu. Auch Tante Elvira hatte es erneut versucht, ebenso mein Bruder und Melanie. Die anderen Nummern kannte ich nicht, aber das konnten nur irgendwelche Bankdirektoren oder Journalisten sein. In Bad Buchau und Umgebung passierte nicht viel, da war die Presse froh über jede Story. Und ein Millionengewinn war durchaus berichtenswert. Nur hatte ich absolut keine Lust auf ein Interview.

Es war, wie Melanie gesagt hatte: Die meisten Leute wussten, was sie mit einer Million Euro anfangen würden. Sie hatten sich lange, bevor sie sich bei einer Quizshow anmeldeten, Gedanken darüber gemacht. Ich hingegen geriet inzwischen fast in Panik, wenn ich an meinen Gewinn dachte. Wenn ich in dreißig, vierzig Jahren zurückblickte, wollte ich sicher sein, das Geld sinnvoll ausgegeben zu haben. Aber was war schon sinnvoll?

Seufzend tippte ich eine Nachricht und schickte sie an meine Eltern:

*Es tut mir leid, aber ich musste einfach mal raus. Ich muss mir erst einmal darüber klar werden, was ich eigentlich will vom Leben. Macht euch keine Sorgen, es geht mir gut. Wir sehen uns in drei Wochen. Viele Grüße, Evie*

Kurz überlegte ich, ob ich auch Markus schreiben sollte, doch ich entschied mich dagegen. Ich hatte mich getrennt, und das war definitiv die richtige Entscheidung gewesen. Es gab keinen Grund, sich bei ihm zu melden. Stattdessen tippte ich eine Nachricht an Melanie, die zwar etwas mehr Details als die an meine Eltern enthielt, aber auch ihr nicht verriet, wohin ich mich abgesetzt hatte. Das Risiko, dass sie sich vor einem Mitglied unserer Familie verplapperte, war einfach zu groß.

Ich hatte Melanies Nachricht gerade abgeschickt und wollte das Handy wieder ausschalten, als mir ein eingehender Anruf angezeigt wurde. Meine Mutter. Ich zögerte einen Moment, nahm den Anruf dann aber entgegen. »Hallo, Mama.«

»Evie, hier ist dein Vater.«

»Oh. Hallo, Papa.«

Er stieß die Luft aus. Jetzt kam bestimmt eine Standpauke, doch zu meiner Überraschung blieb sie aus. »Evie, Evie, was machst du für Sachen? Warum haust du denn ab?«

Einen Augenblick überlegte ich, was ich sagen sollte. »Abhauen ist vielleicht nicht das richtige Wort.«

»Das ist es, und das wissen wir beide.«

Er hatte recht. »Es tut mir leid.« Ich schwieg kurz. »Versteht das nicht falsch, ich will euch helfen, wenn ihr Hilfe braucht, aber ich war einfach überfordert. Du glaubst ja gar nicht, wie viele Leute mich plötzlich anschreiben, weil sie Geld von mir wollen. Leute, die ich irgendwann mal kannte, aber auch Wildfremde. Was ich möchte, interessiert keinen.«

»Haben wir dich nicht danach gefragt?«

Ich schüttelte den Kopf, obwohl ich wusste, dass er es nicht sehen konnte. »Habt ihr nicht. Bis auf Melanie hat das niemand. Nicht einmal Markus.« Zugegeben, das stimmte nicht ganz. Er hatte gefragt, allerdings war ihm meine Antwort egal gewesen.

Mein Vater atmete geräuschvoll aus. »Oh, Evie, das tut mir leid. Ganz ehrlich. Ich weiß nicht, wie das passieren konnte. Also: Was wünschst du dir?«

»Das weiß ich noch nicht so genau.«

»Verstehe. Komm doch nach Hause, und lass uns in Ruhe über alles reden.«

»Ich bin im Urlaub. Das hat nichts mit euch zu tun, aber ich brauche Zeit für mich, muss mir über einige Dinge klar werden.«

»Über Markus?«, fragte mein Vater.

»Auch«, antwortete ich, dabei machte ich mir über ihn merkwürdigerweise gerade die wenigsten Gedanken.

»Ach, Evie. Wenn das alles mit dem zusammenhängt, was die Wölfle gesagt hat …«

»Ist schon gut, Papa. Ich bin nicht sauer auf euch, ich brauche nur ein wenig Zeit zum Nachdenken.«

Es dauerte einen Moment, bis mein Vater antwortete. Schließlich sagte er: »In Ordnung. Dann wünsche ich dir einen schönen Urlaub.«

»Warte, frag sie, wo sie ist«, ertönte die Stimme meiner Mutter im Hintergrund. Dann war nur noch das Besetztzeichen zu hören.

Das Wetter war herrlich, womit ich, obwohl wir Juni hatten, nicht unbedingt gerechnet hatte. Immerhin war das nicht

Mallorca, sondern die deutsche Ostseeküste, und ich war schon oft genug im Frühsommer mit einer Jacke herumgelaufen. Doch die Sonne schien, als wolle sie mich aufmuntern, und ich reckte ihr einen Moment mein Gesicht entgegen, bevor ich mich auf den Weg machte. Am Strandkorbverleih führte ein Steg zum Strand, doch wenn man sich vom Steg entfernte, gab es nur noch eine mit Wildrosen gesäumte Wiese. Wie sollte man denn von der Wiese aus zum Strand gelangen? Dann aber entdeckte ich einige Sandwege oder besser gesagt Trampelpfade, die die Böschung hinunter an den Strand führten. Kurz überlegte ich, am Strand entlang weiter in Richtung Burgtiefe zu laufen, aber da fiel mir auf, dass die Strandabschnitte unterteilt waren und Spaziergänger immer wieder über eine Ansammlung von Steinen steigen mussten, um ihren Weg fortzusetzen. So blieb ich lieber oben auf dem Weg, obwohl ich es liebte, stundenlang durch die Brandungszone zu laufen.

Hinter mir ertönte eine Fahrradklingel, und ich ging etwas weiter am Rand entlang. Unterwegs zog ich meinen Pullover aus und band ihn mir um die Hüfte. Hin und wieder standen Bänke und Tische in den Dünen, an denen es sich Familien oder Fahrradfahrer mit ihren mitgebrachten Brötchen und Wasserflaschen gemütlich machten und den Blick aufs Meer genossen. So etwas hatte ich mir früher auch gewünscht: einen richtigen Radausflug mit meinen Eltern, doch ich war nur hin und wieder mit meinem Vater unterwegs gewesen, und das auch nur für kurze Strecken. Richtige Radausflüge mit Picknick hatte ich nur mit meinen Freundinnen unternehmen können, da meine Mutter nicht gern Rad fuhr.

Irgendwann versperrten die immer höher werdenden Dünen und Sträucher den Blick auf das Wasser. Für einige

Hundert Meter führte der Weg über einen sandigen Holzsteg, um am Ende wieder in Asphalt überzugehen. In der Ferne erhoben sich drei identisch aussehende Hochhäuser gen Himmel, vermutlich Ferienappartements. Nicht unbedingt eine Augenweide. Hier auf Fehmarn war alles flach gebaut, und die Hochhäuser ragten aus dem Landschaftsbild empor wie Dirk Nowitzki auf einem Kindergeburtstag. Fehmarn war halt nicht sehr groß, nur knapp zweihundert Quadratkilometer, obwohl es laut Broschüre nach Rügen und Usedom die drittgrößte Insel Deutschlands war.

Wenig später öffnete sich linker Hand die Dünenlandschaft und gab erneut den Blick auf das Meer frei. Ich überlegte nicht lange und ging über den feinen Sand Richtung Meer. Ein weißes Gebäude mit vielen Fenstern und grauem Schieferdach thronte mitten auf der Düne und wirkte so einladend, dass ich direkt darauf zuschlenderte. Jetzt bemerkte ich auch die Terrasse, auf der vereinzelt Leute saßen und Eis oder Kuchen aßen. Ein Café also – und zumindest von außen ein absoluter Traum. Genau so hatte ich mir mein eigenes Café immer vorgestellt. Ich stellte fest, dass sich der Haupteingang offenbar vorne, in der Nähe des Fuß- und Fahrradwegs, befand, aber auch vom Meer aus gab es einen Zugang über eine Treppe mit weißem Geländer.

Mit grummelndem Magen betrat ich das Café. Wahnsinn, wie viele Fenster es hatte. Es wirkte hell und freundlich, und von jedem Tisch aus konnte man das Meer sehen. Die Preise waren bestimmt gesalzen, aber es roch so herrlich nach Kaffeebohnen und Sahnecreme, dass ich mich kurz entschlossen an einen Tisch am Fenster setzte. Neugierig sah ich mich um. Goldene Kerzenhalter, die mich an das griechische Restaurant bei uns im Ort erinnerten, hingen an den Wänden oder standen auf den Tischen und drohten einen fast zu erschlagen, und neben der Terrassentür stand ein halb vertrockneter Ficus. Das war's. Keine Bilder mit Strandmotiven, keine Muscheln oder Blumengestecke auf den Tischen. Aber das war schon ein Café, oder? Ich schlug die Speisekarte des *Blackbeard* auf. *Blackbeard.* Seltsamer Name für ein Café direkt am Strand, und das Emblem verstand ich auch nicht: ein weißer Vogel in einem schwarzen Kreis mit weißer Umrandung. Ein Papagei?

*Hm, mal schauen.* Gedankenverloren blätterte ich durch die Karte. Ja, das war definitiv ein Café und gar nicht mal überteuert. Keine vier Euro für einen Milchkaffee. So viel zahlte man auch in Peters Café. Was hatten sie denn im Angebot? Käsebaguette, gemischten Salat, Waffeln, Brombeerkuchen … Klang ebenfalls nicht schlecht, aber nichts davon sprach mich wirklich an. Ich hatte mich schon auf etwas Regionales gefreut, immerhin waren wir am Meer. Was hätte ich jetzt für ein Matjesbrötchen mit Kartoffelsalat gegeben.

Ich seufzte. Was gab es denn zu trinken? Cola, Wasser, Säfte. Tee, Kakao, die üblichen Kaffeespezialitäten. *Keinen Sirup?* In Peters Café hatte ich Latte macchiato mit Erdbeersirup auf die Karte genommen. Unsere Kunden liebten ihn, weil er so sommerlich schmeckte – und auch ich hätte jetzt Lust darauf gehabt.

»Was darf's sein?« Auf einmal stand ein Kellner neben meinem Tisch. Er würdigte mich allerdings keines Blickes, sondern starrte mit gezücktem Kuli auf seinen Block.

»Ähm, also ich hätte gern einen Cappuccino mit extraviel Milchschaum, dazu ein Thunfischbaguette und ein Stück Erdbeerkuchen mit Sahne.«

»Wie Sie wünschen.« Er sah mich skeptisch aus blauen Augen an, ehe er sich meine Bestellung notierte und hinter dem Tresen verschwand.

Was sollte das denn bitte? Kein »Sehr gern«, kein »Kommt sofort« oder »Gute Wahl«? Stattdessen dieser Blick, als müsse ich auf meine Linie achten. Gut, ich war sicherlich keine Kate Moss, aber das wollte ich auch gar nicht sein. Weder äußerlich noch auf sonst irgendeine Weise. Aber ich war auch keine Beth Ditto. Ich lag irgendwo dazwischen, was ich völlig in Ordnung fand.

Was Peter wohl dazu sagen würde, wenn ich seine Gäste so behandeln würde? Ich schüttelte unwillig den Kopf. Auf die Idee würde ich niemals kommen. Auch wenn man einen Job nur machte, weil man das Geld brauchte, konnte man seine Sache trotzdem gut machen.

Ich beobachtete den Möchtegern-Kellner, der hinter dem Tresen verschwand und sich daranmachte, meinen Cappuccino zuzubereiten. Vielleicht sollte er lieber die Branche wechseln und Model für Coca-Cola werden. Das Aussehen dafür hatte er: Er war extrem gut gebaut, was man dank des ziemlich engen schwarzen T-Shirts mit dem weißen *Blackbeard*-Emblem und der Jeans mehr als deutlich sehen konnte. Dazu kurze dunkle Haare, ein Grübchen im Kinn und Drei-Tage-Bart. Auf seinem Oberarm prangte ein Tattoo, das zur Hälfte unter dem Ärmel seines Shirts verschwand, weshalb ich nicht genau erkennen konnte, was es war. Ein Krokodil? Irgendeine Echse? Gerade fuhr er sich mit dem Handrücken über die Stirn, und ich sah ihn bereits im nächsten Coke-Werbespot vor mir: wie er im Hochsommer die Wand eines Großraumbüros voller Damen strich, sich nach getaner Arbeit das Shirt auszog, um sich damit über den Nacken zu streichen, und dann mit nacktem Oberkörper eine eiskalte Cola genoss …

Wer's mag. Was nützte das schönste Sixpack der Welt, wenn der Kerl so unfreundlich war? Ob das Café deshalb so leer war? Draußen war es herrlich, jede Menge Touristen waren unterwegs. Zudem war jetzt genau die richtige Uhrzeit für ein Stück Kuchen, dazu dieser herrliche Ausblick. Warum also saß nicht einmal ein Dutzend Menschen hier drinnen beziehungsweise draußen auf der Terrasse? Müsste das *Blackbeard* nicht proppenvoll sein?

Der Kellner brachte meine Bestellung und wünschte mir knapp einen guten Appetit. Ich nahm als Erstes einen Schluck Kaffee. Gar nicht mal so schlecht, obwohl die Kaffeemaschine mal wieder entkalkt werden müsste. Das schmeckte ich sofort. Auch das Baguette und der Kuchen waren gut. An der Qualität des Essens konnte es also nicht liegen, dass hier so wenig los war, auch wenn ich nach wie vor ein Fischbrötchen auf der Karte vermisste.

*Ach ja.* Ich seufzte. Wenn das mein Café wäre … was man hier alles draus machen könnte.

*

Ich klappte mein Buch zu und steckte es zusammen mit der Wasserflasche und der Tüte Gummibärchen in meine Strandtasche. Mein Blick wanderte hinüber zum *Blackbeard*. Konnte ich es wagen, ihm erneut einen Besuch abzustatten? Inzwischen war ich schon ein paar Tage auf Fehmarn und hatte unzählige Cafés gesehen. Vormittags fuhr ich mit einem Leihrad über die Insel und machte mich auf die Suche nach kleineren Cafés, die Atmosphäre hatten. Ich studierte das Interieur, die Speisekarte und ließ mich für das Café inspirieren, das ich vielleicht eines Tages selbst führen würde. Und ich hatte nicht einmal ein schlechtes Gewissen, weil ich so viel Geld für Koffein ausgab. Immerhin war das alles Recherche.

Mittags oder nachmittags kam ich dann hierher und legte mich zuerst an den Strand, doch irgendwann ging ich immer ins *Blackbeard*. Keine Ahnung, was mich dort hinzog. So gut war der Kaffee nun wirklich nicht, und am attraktiven Kellner lag es bestimmt nicht, denn der war immer noch nicht viel freundlicher geworden. Hoffentlich dachte er nicht, ich würde ihm nachstellen. Sollte ich mir auch für den Nachmittag lieber ein anderes Café suchen? Auswahl gab es auf Fehmarn genug. Selbst wenn ich jeden Tag in fünf verschiedene Cafés gehen würde, hätte ich am Ende meines Urlaubs immer noch nicht alle gesehen. Trotzdem übte das *Blackbeard* auch an diesem Nachmittag wieder seine Anziehungskraft auf mich aus. Ich zog das weiße Kleid über meinen pink-weiß gestreiften Bikini, schüttelte das Handtuch aus und verstaute es ebenfalls in meiner Strandtasche. Dann stieg ich wie die letzten Tage auch die Treppe mit dem weißen Geländer nach oben und betrat das Café. Der Tisch, an dem ich bisher immer gesessen hatte, war auch heute frei, allerdings hatte die nette Kellnerin, die mich schon zweimal bedient hatte, wieder Schicht. Deshalb ging ich heute zum Tresen und setzte mich dorthin, auch wenn ich an diesem Platz das Meer im Rücken hatte. Mir war danach zu reden. Mein Telefon war nach wie vor ausgeschaltet, und bis auf die Pensionsbesitzerin hatte ich auf dieser Insel noch keinen Gesprächspartner gefunden.

Die Speisekarte kannte ich mittlerweile so gut wie auswendig, daher suchte ich den Blickkontakt zur Kellnerin, die gerade die Spülmaschine ausräumte. Lächelnd legte sie das Handtuch beiseite und kam auf mich zu. Sie musste ungefähr in meinem Alter sein und war um einiges freundlicher als der andere Kellner, der ebenfalls wieder Schicht hatte.

»Einen Cappuccino mit extraviel Milchschaum für dich?«, fragte sie.

»Lieber nicht.« Ich schüttelte den Kopf. »Zu viel Koffein in letzter Zeit. Bei dem Wetter wäre mir nach einem Milchshake, aber so was habt ihr nicht, oder?«

Sie überlegte einen Moment. »Eigentlich nicht, aber wir haben Eis und Milch, das sollte also hinzubekommen sein. Welche Geschmacksrichtung darf's denn sein? Erdbeere? Schokolade? Oder lieber Vanille?«

»Erdbeere.«

Sie verschwand durch die Schwingtür in den hinteren Bereich des Cafés. Vorne, in der Gaststube, war es so ruhig und das Radio so leise, dass ich sie werkeln hören konnte. Schränke klappten auf und zu, sie fluchte, und dann übertönte der Mixer alles. Der unfreundliche Kellner kam von der Terrasse und verschwand ebenfalls durch die Schwingtür.

»Ich brauche ein Käsebaguette und einen gemischten Salat«, hörte ich ihn sagen. Nach einer kurzen Pause fügte er hinzu: »Was treibst du da?«

»Eine Kundin hat sich einen Milchshake gewünscht, und da nicht viel los ist …«

»Seit wann sind wir bei *Wünsch dir was?*«

»Nun sei nicht so, Alex. Sie ist nett, und sie war nun schon ein paarmal hier. Was mit Sicherheit nicht an deinem Charme liegt.«

Er grummelte etwas Unverständliches, und ich musste schmunzeln. Kurz darauf kehrten beide aus dem Küchenbereich zurück. Er trug einen Teller und eine Schüssel in je einer Hand und versuchte, nicht zu mir zu blicken, während er alles nach draußen brachte. Sie stellte mir ein großes Glas hin. »Bitte schön, der Milchshake.«

»Vielen Dank, das ist nett.« Ich nahm einen großen Schluck.

Die Bedienung widmete sich wieder der Spülmaschine, doch ihr Blick wanderte zurück zu mir. »Und? Ich hoffe, man kann ihn trinken.«

»Auf jeden Fall.«

»Ich bin übrigens Carmen«, stellte sie sich vor. »Meinem Bruder gehört das Café, ich helfe hin und wieder aus.«

»Evie, freut mich sehr.«

»Gleichfalls. Sag, was führt dich immer wieder zu uns?«

Ich zuckte mit den Schultern. Gute Frage. Was führte mich immer wieder ins *Blackbeard?* Die Überlegung, mir etwas für mein eigenes Café abzuschauen, war es sicher nicht, denn hier konnte ich nicht viel lernen. Höchstens, wie ich es nicht machen sollte. »Wahrscheinlich Langeweile«, sagte ich. »Ich habe nicht viel zu tun. Ich mache ein paar Wochen Urlaub auf Fehmarn, nicht weit von hier, in der *Strandkoje.*«

Sie zog die Augenbrauen hoch. »Du machst allein Urlaub? Das könnte ich mir nicht vorstellen.«

Ja, zugegeben. Wenn man es so sagte, klang es irgendwie deprimierend, aber wen hätte ich auf die Schnelle mitnehmen sollen? Melanie hatte noch keine Schulferien, und die Freundinnen, mit denen ich früher öfter weggefahren war, waren alle vergeben und zum Teil sogar schon Mutter. Die Zeiten der gemeinsamen Urlaube gehörten deshalb längst der Vergangenheit an. »Ach, das ist gar nicht so schlimm«, winkte ich ab. »Man muss auf niemanden Rücksicht nehmen, kann machen, was man will.«

»Aber man hat auch niemanden zum Reden und muss immer allein essen.« Sie stellte das letzte Glas in das Regal an der Wand, klappte die Spülmaschine zu und legte das Handtuch beiseite. Dann lehnte sie sich mit dem Rücken gegen die Arbeitsfläche und sah mich erwartungsvoll an.

Seufzend nahm ich noch einen Schluck. »Das ist wohl wahr. Ich hatte auch nicht geplant, allein Urlaub zu machen. Hat sich halt so ergeben.« Fragend betrachtete sie mich, aber ich hatte nicht vor, mehr zu verraten. Auch wenn es prinzipiell nicht schlecht gewesen wäre, die Meinung von jemandem zu hören, der mit der ganzen Sache überhaupt nichts zu tun hatte.

»Warst du vorher schon mal auf Fehmarn?«, fragte Carmen. Ihr Blick fiel auf ein älteres Paar, das das Café betrat, doch der Kellner kümmerte sich bereits um die neuen Gäste.

»Bisher nicht. Ich wohne neunhundert Kilometer weit entfernt, das ist kein Katzensprung.«

»Wow, das muss ja am anderen Ende von Deutschland sein.«

»Wohl eher am anderen Ende der Welt«, erwiderte ich und musste lachen. Carmen lachte mit, und ich trank noch einen Schluck meines Milchshakes. »Hm, der ist wirklich lecker. Warum nehmt ihr den nicht auf die Karte?«

»Tja, das fragst du am besten meinen Bruder. Ich hätte die Speisekarte längst überarbeitet, aber da ich hier nur aushelfe …« Sie deutete mit dem Kopf zu dem gut aussehenden Kellner, der gerade die Bestellung des älteren Pärchens aufnahm.

»*Das* ist dein Bruder?«, rutschte es aus mir heraus. Mein Blick wechselte zwischen beiden hin und her, aber selbst bei genauerer Betrachtung konnte ich keine Ähnlichkeit erkennen. Sie hatten die gleichen dunklen Haare, aber sonst? »Warte mal. Sagtest du nicht, deinem Bruder gehört das

Café?« *Oh mein Gott!* »Wie zum Teufel kam er auf die Idee, ausgerechnet ein Café zu eröffnen? Hat ihm niemand gesagt, dass man da besser freundlich sein sollte?«

Carmen kicherte, jemand anderes räusperte sich. Der gleichermaßen gut aussehende wie unfreundliche Kellner – oder Caféinhaber – stand auf einmal neben mir. »Danke, das habe ich gehört.«

# Kapitel 4

**200 Euro**
Einen Vampir kennt man auch als
a) Blutsauger
b) Staubsauger
c) Nasensauger
d) Laubsauger

In der Redaktion, wo sie sich die Antwortmöglichkeiten ausdenken, müssen sie ziemlich viel Spaß haben.

Ich räusperte mich. »Ups, entschuldige bitte.« Und jetzt duzte ich ihn auch noch. Was tat ich hier eigentlich? Aber angesichts dessen, was ich eben über ihn gesagt hatte, wäre ich mir genauso blöd vorgekommen, hätte ich ihn gesiezt. Außerdem konnte er wie seine Schwester nicht viel älter sein als ich. Höchstens fünf Jahre.

Er ging zu Carmen hinter den Tresen. »Zwei Tassen Kaffee, ein Stück Käsekuchen und einmal die Waffeln mit Erdbeeren und Vanilleeis«, sagte er, ohne mich aus den Augen zu lassen.

Sie stöhnte. »Evie, das ist mein Bruder Alexander. Alex, das ist Evie. Sei nett zu ihr, sie ist unser einziger Stammgast.«

»Sie ist vor allem eine Touristin«, bemerkte Alexander mit Blick auf meine Strandtasche und die Flipflops, die ich trug.

Carmen kümmerte sich längst um die Bestellung, aber ich brauchte sie auch nicht, um mich zu verteidigen. »Na und? Kann ich deshalb kein Stammgast sein?«

Er zuckte mit den Schultern. »Für ein oder zwei Wochen, bis du wieder abreist.«

»Drei Wochen.«

»Drei Wochen? Ah, okay, das ist natürlich was ganz anderes. Warte, ich rechne das mal kurz hoch. Also drei Euro achtzig für deinen Cappuccino, das macht …« Er rechnete einen Moment leise vor sich hin. »Knapp achtzig Euro in drei Wochen. Ach komm, sagen wir hundert Euro. Vielleicht überfällt dich ja hin und wieder die Lust auf ein Stück Kuchen. Tut mir leid, aber unter Stammgast verstehe ich etwas anderes.«

Zu gern hätte ich ihm an den Kopf geworfen, dass er sich lieber gut mit mir stellen sollte, weil ich seit Neustem Millionärin war. Stattdessen schnaubte ich: »Ja, weil du so viel Ahnung von der Branche hast.«

Seine Augen verengten sich zu Schlitzen. »Wie bitte?«

Eigentlich trug ich mein Herz weder auf der Zunge, noch war es meine Art, mich um Kopf und Kragen zu reden, doch dieser Alexander trieb mich mit seiner Arroganz zum Wahnsinn. »Schau dich doch mal um.« Ich machte eine ausladende Geste. »Ich komme jetzt seit ein paar Tagen her, und obwohl Saison und herrlichstes Wetter ist, ist es hier immer leer. Du solltest froh über jeden Gast sein, der mehr als einmal herkommt. Das Essen ist nämlich auch nicht so berauschend, dass es deine Unfreundlichkeit wettmachen würde.«

Alexander starrte mich einen Moment sprachlos an, und ich fürchtete schon, er würde mich aus dem Café werfen. Stattdessen schüttelte er den Kopf. »Was fällt dir eigentlich ein? Als wüsstest du, wie man ein Café führt.«

»Ja, zufälligerweise weiß ich das«, sagte ich und verschränkte die Arme vor der Brust. Zugegeben, vielleicht stapelte ich ein wenig hoch, schließlich besaß ich weder ein eigenes Café noch war ich Geschäftsführerin in Peters Café. Trotzdem konnte ich guten Gewissens behaupten, dass ich mehr Ahnung als Alexander hatte. »Ich habe jahrelange Erfahrung als Barista.«

Nun war es Alexander, der schnaubte. »Barista, wie herzig. Kaffee kochen, Tische abwischen und die Kuchenauslage auffüllen ist ja wohl ein bisschen was anderes, als ein Café zu führen, findest du nicht?«

»Das sagst ausgerechnet du.« Ich verdrehte die Augen. So ein arroganter Mistkerl. Wie oft hatte ich das schon gehört? *Kaffee kochen, das kann doch jeder.* Zudem gab es keine offizielle Ausbildung zur Barista, weshalb so gut wie niemand meinen Beruf ernst nahm. Es gab lediglich die Möglichkeit, Kurse an teuren Privatschulen oder Instituten zu besuchen, was ich mir nicht hatte leisten können, auch wenn mich diese Kurse gereizt hatten. Meine Eltern hätten mir keinen Cent dazugegeben, denn sie hielten solche Kaffeeschulen für überflüssig und waren außerdem der Ansicht, ich würde ohnehin nicht ewig in einem Café jobben. So hatte ich mir schließlich mit Peters Hilfe alles selbst beigebracht. Peter war abends oft länger geblieben, um meine Fragen zu beantworten, hatte mir seine Fachliteratur ausgeliehen und mir Seiten im Internet empfohlen. Einen stinknormalen Filterkaffee für den sonntäglichen Besuch konnte zwar in der Tat jeder kochen, aber das hieß nicht, dass dieser Kaffee auch so gut schmeckte, wie es die Bohnen ermöglichten, und es brauchte schon ein wenig mehr, um drei bis vier Euro für eine Tasse oder ein Glas verlangen zu können. Man konnte aus allem eine Kunst machen, auch aus dem Kaffeekochen. Das fing schon mit der Wahl der Milch für den besten Milchschaum an. Dem Herzchen auf dem Cappuccino. Dem richtigen Mischungsverhältnis beim Milchkaffee. Zu den Stoßzeiten hatte ich zig Bestellungen auf einmal, trotzdem wollte niemand länger als fünf, vielleicht zehn Minuten auf seinen Latte warten.

»Was meinst du damit, das sage ausgerechnet ich?«, unterbrach Alexander meine Gedanken. Er klang deutlich genervt.

»Na ja, als Caféinhaber solltest du wissen, dass ein bisschen mehr dazugehört, als auf einen Knopf zu drücken, um einen guten Kaffee zu machen. Wobei, streich das. Ich habe keine Ahnung, wie du auf die Idee kommen konntest, ein Café zu eröffnen. Du hättest es nämlich besser gelassen. Man sollte nicht nur freundlich zu den Gästen sein, man sollte sich auch ein bisschen in dem Metier auskennen. Eure Kaffeemaschine zum Beispiel müsste dringend mal wieder entkalkt werden.«

»Da hat sie recht«, bemerkte Carmen, die gerade mit den fertigen Waffeln durch die Schwingtür kam.

Alexander nahm ihr wortlos die Teller ab und stellte sie zusammen mit dem Rest der Bestellung auf ein Tablett. Carmen und ich beobachteten, wie er das Paar bediente und wieder zu uns zurückkam. Er pfefferte das leere Tablett, den Notizblock und Stift auf den Tresen. »Du kommst eine Stunde allein zurecht, oder?«, fragte er seine Schwester, doch er schien die Frage rhetorisch zu meinen, denn er verließ das Café bereits durch die Vordertür, ohne mich noch eines Blickes zu würdigen.

Carmen und ich sahen uns an, ich biss mir auf die Zunge. »Tut mir leid, ich wollte deinen Bruder nicht verärgern, aber er hat mich echt auf die Palme gebracht.«

Carmen schüttelte den Kopf. »So ein Quatsch. Ich muss

mich bei dir entschuldigen. Ich habe einiges von eurem Gespräch mitbekommen, und es war wirklich nicht nett, was er dir an den Kopf geworfen hat. Es ist nur …« Sie stieß ein Seufzen aus. »Du hast seinen wunden Punkt getroffen, Alex wollte das Café nicht. Es gehörte seinem Vater, doch der ist letztes Jahr gestorben und hat es ihm vermacht.«

»Alex' Vater?«, fragte ich verwirrt.

Carmen nickte. »Wir haben nur dieselbe Mutter. Sie hat sich von Alexanders Vater getrennt, als Alex zwei Jahre alt war, und dann meinen Vater geheiratet und mich bekommen. Alex ist bei uns geblieben und hatte nicht viel Kontakt zu seinem leiblichen Vater, aber er bringt es nicht übers Herz, das Café zu verkaufen.«

Ihre Worte waren wie Messerstiche. Auf einmal hatte ich ein unglaublich schlechtes Gewissen. Ich war wirklich zu weit gegangen. »Tut mir leid, das wusste ich nicht.«

Carmen lächelte. »Das konntest du auch nicht wissen. Mach dir keinen Kopf, du hast völlig recht. Alex muss endlich zur Vernunft kommen. Entweder er führt dieses Café richtig, oder er lässt es bleiben, sonst fährt er es gegen die Wand. Auf jeden Fall hätte er deinen Job nicht heruntermachen dürfen. Kann ich dir als Entschädigung Blaubeerwaffeln mit extraviel Sahne und Vanilleeis anbieten?«

»Wie? Ähm, ja, gern. Aber ich zahle natürlich dafür.«

Carmen verschwand durch die Schwingtür. Ich starrte auf die Eingangstür, durch die Alexander kurz zuvor verschwunden war. Zu gerne hätte ich mich bei ihm entschuldigt, aber er tauchte nicht wieder auf, solange ich im *Blackbeard* war.

*

Ich saß im Sand – dieses Mal ohne Handtuch und Bikini – und beobachtete das *Blackbeard* seit bestimmt einer halben Stunde. Sollte ich reingehen und riskieren, dass Alexander mich anschrie, ignorierte oder gleich wieder hinauswarf? Oder sollte ich mir für den Rest des Urlaubs einfach ein anderes Café suchen? Das wäre sicherlich der einfachere Weg, allerdings wollte ich mich wirklich bei ihm entschuldigen, und ich hoffte zudem, dass seine Schwester zwischen uns vermitteln würde. Also rappelte ich mich auf, klopfte mir den Sand von den Shorts und stieg erneut die Treppe mit dem weißen Geländer hinauf.

Carmen war nirgends zu sehen, als ich das Café betrat, Alexander dagegen stand hinter dem Tresen und mischte zwei Spezi. Er sah kurz auf, doch als er registrierte, dass nur ich es war, widmete er sich wieder seiner Arbeit. Leise seufzend ging ich auf den Tresen zu. Gerade setzte ich an, mich bei ihm zu entschuldigen, als er sich von mir abwandte und die zwei Spezi zusammen mit einem Thunfisch- und einem Käsebaguette zu einem Tisch auf die Terrasse trug. Ich setzte mich trotzdem an den Tresen und wartete auf ihn. Er ließ sich Zeit, sammelte benutztes Geschirr ein und wischte über einige Tische, bevor er zurück hinter den Tresen trat und die Spülmaschine einräumte.

»Alexander, es tut mir leid«, sagte ich ehrlich. »Du hast mich auf dem falschen Fuß erwischt. Weißt du, niemand nimmt einen ernst, wenn man als Barista arbeitet. Nur weil man in dem Bereich keine Ausbildung machen kann, glaubt jeder, er könne den Job genauso gut oder vielleicht sogar besser machen. Ich hatte gehofft, du als Caféinhaber würdest das verstehen, aber das entschuldigt meine harten Worte nicht. Ich hätte nicht vorschnell über dich urteilen dürfen.«

Alexander reagierte nicht, räumte weiterhin die Spülmaschine in aller Seelenruhe ein. Vielleicht sollte ich wirklich einfach wieder gehen und mir für den Rest meines Urlaubs ein anderes Stammcafé suchen. Schließlich drehte er sich dann doch zu mir um. »Entschuldigung akzeptiert. Mir … tut es auch leid. Ich wollte deinen Beruf nicht schlechtreden; du hast mich wütend gemacht, weil du dich in Dinge eingemischt hast, die dich nichts angehen. Bis gestern wusste ich nicht einmal, wie du heißt, und dann das.«

»Ich weiß, das ist auch eigentlich gar nicht meine Art. Es ist nur, du hast mich auf die Palme gebracht und … Ich rede mich schon wieder raus, sorry. Kommt nicht wieder vor.«

Alexander betrachtete mich einen Moment, als frage er sich, ob er mir glauben konnte oder nicht. »Cappuccino für dich?«, fragte er nach einer Weile.

Ich nickte, auch wenn ich eigentlich keine Lust auf einen Kaffee hatte. Aber Alexander bot mir die Friedenspfeife, und die wollte ich nicht ablehnen. »Wo ist Carmen?«

»Arbeiten. Sie ist eigentlich Frisörin bei *Hairlich!* und hilft nur hin und wieder hier aus.«

Alexander machte sich daran, meinen Cappuccino zuzubereiten. Seine Handgriffe waren mehr oder weniger routiniert, aber er gab sich dennoch keine große Mühe. Das merkte man schon daran, dass er auf ein Muster im Milchschaum verzichtete. Für mich gehörte es unbedingt dazu. Was er wohl gemacht hatte, bevor er das *Blackbeard* von seinem Vater geerbt hatte? Zu gern hätte ich ihn gefragt, doch in diesem Moment betrat eine fünfköpfige Familie das Café durch die Vordertür: die Eltern, zwei Kinder und vermutlich die Oma. Alexander versteifte sich, als sie sich einen Tisch suchten.

»Du magst wohl keine Kinder, was?«, fragte ich leise, damit mich niemand hören konnte.

»Ich mag meine Nichte«, antwortete er ebenso leise, »und ich werde auch meine eigenen Kinder mögen. Aber die Kinder fremder Leute? Nein, danke.«

»Carmen hat eine Tochter?«

Alexander nickte. »Ida. Sie ist fünf Jahre alt.« Er wartete noch einen Moment, dann ging er zu der Familie, um die Bestellung aufzunehmen.

Ich war immer noch baff. Carmen hatte eine fünfjährige Tochter? Sie war doch noch so jung. Wobei, wenn sie in meinem Alter war … Eigentlich ein gutes Alter, um Kinder zu bekommen – wenn man denn den richtigen Mann an seiner Seite hatte. Wenn nicht, wurde es irgendwann eng. Tante Elvira fragte mich bereits seit sechs Jahren auf jedem Familienfest, wann ich denn endlich gedenken würde, ein Kind in die Welt zu setzen. Seit ich mit Markus zusammen war, war die Frage noch häufiger gekommen, sogar von meiner Mutter, doch Markus hatte vom Kinderkriegen nichts hören wollen, obwohl er schon achtunddreißig war.

»Das hat doch Zeit«, hatte er nur immer wieder gesagt. »Welche Frau bekommt denn heute noch unter fünfunddreißig ein Kind?«

Mittlerweile glaubte ich, dass er einfach keine Kinder wollte. Zumindest nicht mit mir.

Die Vordertür öffnete sich erneut, und ein älterer Mann betrat das Café, gefolgt von einer jungen Frau, die irgendwie traurig wirkte. Die beiden schienen nicht zusammenzugehören, denn sie setzten sich an unterschiedliche Tische. Gleichzeitig winkte das junge Paar auf der Terrasse nach Alexander, der gerade zurück hinter den Tresen trat.

»Du, ich glaube, das Paar auf der Terrasse hätte gern noch was«, sagte ich.

Alexander stöhnte. »Ausgerechnet heute, wo Carmen nicht da ist, muss so viel los sein.« Genervt ging er hinaus.

*So viel los?* Ich sah mich um. Vielleicht waren ein paar mehr Gäste hier als in den letzten Tagen, aber als »viel los« würde ich das nun nicht unbedingt bezeichnen. Zu Stoßzeiten hatte ich in Peters Café mindestens dreimal so viele Gäste zu bedienen.

Alexander kehrte von der Terrasse zurück und verschwand sofort durch die Schwingtür in den Küchenbereich, ohne die Bestellung der beiden neuen Gäste aufzunehmen. Der ältere Herr hatte noch die Hand gehoben, doch Alexander hatte ihn entweder nicht bemerkt oder absichtlich ignoriert. Die junge Frau saß einfach nur da und starrte aus dem Fenster hinaus aufs Meer.

Mehr als zehn Minuten verstrichen. Inzwischen hatten zwei weitere Frauen das Café betreten und sich hinaus auf die Terrasse gesetzt, doch von Alexander fehlte immer noch jede Spur. Die beiden Kinder tobten durch den Gastraum, und der ältere Mann wurde inzwischen sichtlich ungeduldig. Nur die junge Frau schien die längere Wartezeit bisher nicht zu stören. Ob ich Alexander wohl aus der Küche holen sollte, damit er wenigstens die Bestellungen der Neuankömmlinge aufnehmen konnte, bevor es sich diese anders überlegten und in eines der vielen anderen Cafés gingen? Nein, es würde nichts ändern. Alexander wäre trotzdem überfordert. Keine Ahnung, was er so lange in der Küche trieb. Dem Geräusch nach schlug er Sahne steif.

Ich überlegte nicht lange, marschierte um den Tresen herum und schnappte mir Notizblock und Stift. Dann ging ich als Erstes zu dem älteren Mann. »Entschuldigen Sie bitte die Verzögerung. Was darf ich Ihnen bringen?«

»Oh, Sie arbeiten hier? Ich dachte, Sie seien ebenfalls Gast.« Neugierig musterte mich der Mann.

»Ähm, ja, eigentlich schon, aber ich bin auch eine Freundin der Familie.« Freundin traf es nicht ganz, vermutlich nicht einmal Bekannte, aber das brauchte der Gast nicht zu wissen. Hauptsache, er hielt Alexander nicht für inkompetent oder unprofessionell. »Ein Krankheitsfall in der Familie hat heute alles etwas durcheinandergebracht«, improvisierte ich, »deshalb springe ich spontan ein.«

»Das ist aber sehr nett von Ihnen. Und das bei diesem herrlichen Wetter.«

Ich lächelte. Diese Art von Gast kannte ich. Der Mann fühlte sich einsam und nutzte jede Gelegenheit zu einem kleinen Plausch, was ich ihm nicht verdenken konnte. »Ja, es ist wirklich schön heute«, sagte ich. »Wie lange bleiben Sie auf der Insel?«

»Oh nein, ich bin hier nicht im Urlaub. Ich gehöre zu den wenigen Einheimischen, aber ich will Sie nicht länger aufhalten. Bringen Sie mir doch bitte einen ganz normalen Filterkaffee.«

»Sehr gern.« Ich notierte die Bestellung, auch wenn ich sie mir so würde merken können. Aber es wirkte einfach professioneller, wenn man sich alles aufschrieb. Die Gäste bezweifelten sonst immer, dass man ihnen auch wirklich das Richtige bringen würde. Ich ging hinüber zu der jungen Frau, die immer noch aus dem Fenster sah. »Guten Tag. Entschuldigen Sie bitte, dass Sie so lange warten mussten. Was kann ich Ihnen bringen?«

Sie sah auf, ihre Augen waren leicht gerötet. Sie hatte geweint, trotzdem lächelte sie mir zu. »Ich nehme einen Latte macchiato.«

*Liebeskummer, ganz eindeutig.* Auch diese Art von Gast kannte ich. Sie war selten, denn die meisten Menschen mit Liebeskummer igelten sich erst einmal zu Hause ein und gingen nicht allein in ein Café, aber wenn sie eines besuchten, brauchten sie besonders viel Aufmerksamkeit.

»Gerne«, sagte ich also. »Darf ich Ihnen vielleicht die Blaubeerwaffeln dazu empfehlen? Die sind heute besonders gut.«

Sie zuckte mit den Schultern. »Warum nicht? Aber bitte nur mit Sahne, kein Puderzucker.«

Ich nickte, machte eine Notiz auf meinem Block und trat noch hinaus auf die Terrasse, um die Bestellung der beiden Freundinnen aufzunehmen und dem jungen Paar zu versichern, dass ihre Bestellung sofort kommen würde. Dann ging ich wieder hinein und sagte der Familie das Gleiche. Als ich zurück zum Tresen kam, blickte Alexander mir skeptisch entgegen.

»Was machst du da?«, raunte er mir zu.

»Wonach sieht es denn aus? Dir helfen natürlich.« Ich wollte durch die Schwingtür nach hinten, doch er stellte sich mir in den Weg.

»Das kommt gar nicht infrage. Misch dich nicht in Dinge ein, die dich nichts angehen.«

Ich stöhnte. »Alexander, bitte, ich will dir nur helfen. Die Gäste wurden ungeduldig, und was soll schon schiefgehen? Ob du sie nun vergraulst oder ich.« Ich lachte, doch Alexander blieb ernst. »Du würdest mir wirklich einen großen Gefallen tun«, fuhr ich fort, um ihn auf diese Weise zu überzeugen. »Den ganzen Tag am Strand liegen ist nichts für mich,

ich habe mir schon einen Sonnenbrand geholt. Du musst mir auch nichts zahlen.«

Er wirkte hin- und hergerissen, doch schließlich nickte er. »Lass es mich nicht bereuen. Und trag das hier.«

Er griff unter den Tresen und warf mir ein schwarzes T-Shirt zu. Dann brachte er Waffeln, Kuchen, Kaffee und Säfte zu der fünfköpfigen Familie, und ich verschwand in der Küche, während ich mir das Shirt überzog, das gerade so passte. Sicherlich trug es sonst Carmen.

*Hm, mal sehen.* Ich öffnete Schränke und Schubladen, um die Vorräte zu inspizieren. Kaum zu glauben, ich fand tatsächlich eine Vanilleschote und weiße Schokolade. Genau das Richtige für den älteren Herrn. Wer sich einsam fühlte, brauchte keinen Filterkaffee. Der brauchte eine heiße weiße Schokolade mit echter Bourbon-Vanille. Kurz entschlossen schmolz ich die Schokolade, halbierte die Schote und kratzte das Mark heraus, während ich gleichzeitig Milch erwärmte und die Waffeln zubereitete. Dann ging ich mit allem nach vorne zum Tresen, um einen Cappuccino mit extra viel Milchschaum zuzubereiten und etwas Zimt darüberzugeben. Das Herzchen, das ich normalerweise in den Milchschaum zauberte, ließ ich heute weg – wer wollte bei Liebeskummer schon ein Herz auf seinem Kaffee haben?

Zuerst bediente ich den älteren Herrn, indem ich ihm die Tasse Schokolade vor die Nase stellte. Er schnupperte daran, schloss für einen kurzen Moment die Augen und blickte mich an. »Das riecht köstlich, aber das habe ich nicht bestellt.«

»Das stimmt«, gab ich zu, »aber ich denke, es ist genau das Richtige für Sie. Probieren Sie einfach. Wenn es Ihnen nicht schmeckt, bringe ich Ihnen natürlich gern noch den Filterkaffee.«

Er zuckte mit den Schultern und widmete sich seiner Schokolade. Ich ging weiter zu der jungen Frau, die wieder geweint zu haben schien. »Bitte schön, die Waffeln und ein Cappuccino mit extra viel Milchschaum und Zimt.«

»Das habe ich nicht bestellt.«

»Alles in Ordnung?«, fragte Alexander, der gerade an dem Tisch vorbeikam, und warf mir einen nicht allzu freundlichen Blick zu.

»Aber ja«, sagte ich schnell, denn es würde nichts bringen, ihm alles zu erklären – schon gar nicht vor der Kundin. Er schien an meiner Antwort zu zweifeln, ließ uns aber wieder allein.

»Hatte ich nicht einen Latte macchiato bestellt?«, fragte die junge Frau und wirkte nun selbst irritiert. »Ich hätte schwören können …«

»Sie haben völlig recht, bitte entschuldigen Sie. Wenn Sie auf den Latte macchiato bestehen, bringe ich Ihnen natürlich sofort einen, aber ich dachte, ein Cappuccino mit Zimt wäre jetzt genau das Richtige für Sie.« Ich senkte die Stimme. »Ich kann mir gut vorstellen, wie Sie sich fühlen. Ich habe mich auch gerade erst von meinem Freund getrennt, nachdem er … ziemlich unschöne Dinge zu mir gesagt hat.«

In ihren Augen schimmerte schon wieder eine Träne. Sie nickte. »In Ordnung, ich probiere das einfach mal.«

»Sie werden es nicht bereuen, und falls doch, sagen Sie mir Bescheid. Dann bringe ich sofort den Latte macchiato.«

Als Nächstes wollte ich die Apfelschorlen für die beiden Frauen auf der Terrasse holen, doch Alexander passte mich ab. »Kann ich kurz mit dir sprechen?«, fragte er und schob mich bereits durch die Schwingtür.

»Hat das noch einen Moment Zeit?«, erwiderte ich. »Die

Frauen auf der Terrasse warten schon ziemlich lange auf ihre Bestellung.«

»Nein, es kann nicht warten. Was zum Teufel treibst du da? Hast du etwa der Frau eine falsche Bestellung gebracht?«

»Ja, ich habe ihr nicht das gebracht, was sie geordert hat, aber …«

»Evie, das geht nicht«, unterbrach Alexander mich. »Du musst dich konzentrieren, wenn du hier schon so unbedingt helfen willst. Der Mann hat sich auch beschwert, oder nicht? Ich dachte erst, ich hätte mich verhört, immerhin hast du doch angeblich so viel Erfahrung, aber das darf nicht passieren, hörst du? Es verärgert nicht nur die Gäste, wir müssen die falschen Getränke auch wegleeren. Das kostet Zeit und Geld.«

»Das weiß ich doch, du solltest mich vielleicht auch mal ausreden lassen. Der Mann fühlt sich einsam, und die Frau hat Liebeskummer. Deshalb habe ich ihnen das gebracht, was ihnen guttut, und nicht das, was sie bestellt haben.«

»Hast du sie noch alle? Du bringst *absichtlich* falsche Bestellungen raus?« Ich zuckte zusammen, während Alexander tief Luft holte, um sich zu beruhigen. Schließlich konnte auch er nicht wollen, dass die Gäste im Gastraum unser Gespräch mithörten. »Solch einen Blödsinn habe ich noch nie gehört«, zischte er. »Bist du jetzt auch noch Psychologin, oder was? Woher willst du wissen, was das Beste für die Leute ist? Du kennst sie nicht, genauso wenig, wie du mich kennst. Also hör gefälligst auf, dich in das Leben anderer Leute einzumischen, und bring den Gästen das, was sie wollen.«

»Alexander, warte mal. Ich weiß, du bist skeptisch, das kann ich auch verstehen, aber ich mache das nicht zum ersten Mal. Glaub mir, es funktioniert immer. Bisher ist noch nie eine Bestellung zurückgekommen.«

Er schnaubte. »Weil sich die Kunden nicht trauen, etwas zu sagen. So etwas kannst du vielleicht in deinem Café zu Hause machen, aber hier bei mir bringen wir den Gästen das, was sie bestellen. Für Firlefanz ist im *Blackbeard* kein Platz, verstanden?«

»Das ist absolut engstirnig von dir, aber bitte, wenn du darauf bestehst.«

»Jetzt verstehe ich, warum dein Freund Schluss gemacht hat«, murmelte Alexander.

Ich straffte die Schultern. Das hatte er gehört, wo ich doch extra leise geredet hatte? »Nicht, dass es dich was angehen würde, aber *ich* habe Schluss gemacht. Und jetzt entschuldige bitte, ich muss mich um eine Bestellung kümmern.« Ich zwängte mich an ihm vorbei zurück Richtung Tresen.

»Aber dass mir keine Klagen kommen«, rief er mir hinterher.

»Jaha«, erwiderte ich genervt. Dabei hatte er nicht ganz unrecht. Von seinem Standpunkt aus gesehen war es natürlich dreist, den Kunden nicht die gewünschte Bestellung zu bringen. Aber ich wusste, was ich tat. Wenn er mir nur vertrauen würde.

# Kapitel 5

**300 Euro**
Jemanden, den man nett findet, findet man auch
a) sympatisch
b) symphathisch
c) symphatisch
d) sympathisch

Nee, nee, mit Rechtschreibung kriegt ihr mich nicht.

Am nächsten Tag fuhr ich mit dem Rad an leuchtend gelben Rapsfeldern vorbei nach Burg. Die Innenstadt war ziemlich klein, nicht größer als die Innenstädte bei uns auf dem Land, aber sie war total pittoresk. Ja, *pittoresk* war genau das richtige Wort, um das Rathaus aus roten Ziegeln, das Kopfsteinpflaster, die Häuser unterschiedlichster Epochen und die Restaurants, die sich oberhalb der Straße rund um den Marktplatz aneinanderreihten, zu beschreiben.

Nachdem ich eine Weile durch die Straßen und Geschäfte gezogen war, um mir ein neues Kleid und ein paar Souvenirs zu kaufen, fuhr ich in einen gut ausgestatteten Supermarkt, den die Pensionsbesitzerin mir empfohlen hatte. Alexander wäre bestimmt alles andere als begeistert, wenn er wüsste, was ich hier tat, aber das war mir egal. Ich vertraute auf meinen Instinkt, und der sagte mir, dass ich das Richtige tat. Außerdem war ich Alexander gestern durchaus eine Hilfe gewesen, auch wenn er es noch nicht zugeben konnte. Vielleicht brauchte er meine Hilfe ja noch einmal.

Mit meinen Einkäufen radelte ich direkt zum *Blackbeard.* Alexander räumte gerade die Spülmaschine aus und betrachtete mich skeptisch, als ich meine Tüte auf dem Tresen absetzte und Platz nahm.

»Was ist das?«

»Sirup«, antwortete ich, während er in die Tüte spähte. »Haselnuss, Karamell, Vanille und Kokosnuss.«

Er nahm seine Arbeit wieder auf. »Was soll ich damit?«

»Kaffee verfeinern. Glaub mir, die Leute stehen auf Kaffeespezialitäten mit Sirup. Hast du eine Tafel oder so was? Am besten, du stellst sie vor die Tür und schreibst was von Tagesangebot. Es sind unglaublich viele Leute unterwegs, auch wenn sich die Sonne heute etwas versteckt hält.«

Alexander stellte das saubere Glas in seiner Hand ins Regal und verschränkte die Arme vor der Brust. »Was soll das schon wieder? Du wolltest dich doch nicht mehr in die Angelegenheiten anderer Leute einmischen, oder habe ich da was falsch verstanden?«

»Ich will dir doch nur …«

»… helfen, ich weiß.« Seufzend nahm er die Tüte vom Tresen und stellte sie darunter, aber ansonsten machte er keinerlei Anstalten, das Tagesangebot in irgendeiner Form anzupreisen.

Ob Carmen heute noch kommen würde? Sie war für meine Vorschläge sicher offener und konnte ihren Bruder vielleicht überzeugen. Ich sah mich um. Viel los war nicht unbedingt, aber das konnte sich jederzeit ändern. »Bringst du mir eine Johannisbeerschorle?«

Alexander seufzte erneut. »Hast du eigentlich nichts Besseres zu tun, als ständig in meinem Café herumzulungern?«

»Gerade nicht«, antwortete ich, nachdem ich innerlich bis drei gezählt hatte. Er würde es nicht schaffen, mich erneut auf die Palme zu bringen. Heute nicht.

Alexander verdrehte die Augen, brachte mir aber mein Getränk. Anschließend machte er die Rechnung für eine Kundin fertig, nahm das benutzte Geschirr von ihrem Tisch mit und räumte es in die Spülmaschine. Dann verschwand er im Küchenbereich. Als er wiederkam, hatte ich meine Schorle zur Hälfte ausgetrunken, doch neue Gäste waren immer noch nicht gekommen. Mühsam widerstand ich dem Drang, Alexander erneut auf den Sirup aufmerksam zu machen. Er würde nicht schlecht werden, und spätestens, wenn Carmen wieder Schicht hatte, würde er seinen Platz im Repertoire des *Blackbeard* bekommen.

Sollte ich doch wieder gehen? Für den Strand war es heute nicht warm genug, aber ich könnte in den Norden der Insel fahren und mit der Fähre einen Ausflug nach Dänemark machen. Wobei … Ich schaute auf die Uhr. Dafür war es fast schon etwas spät. Allerdings gab es hier im Café heute nichts für mich zu tun, und Alexander machte keine Anstalten, sich mit mir zu unterhalten, obwohl auch er nichts zu tun hatte und zum dritten Mal ein und dasselbe Glas polierte.

Ich hatte mich gerade entschieden, ihn um die Rechnung zu bitten, als sich die Tür öffnete und der ältere Mann vom Vortag das Café betrat. Er lächelte mir zu und nahm wieder am selben Tisch Platz. Ich warf Alexander einen raschen Siehst-du-Blick zu, doch er ignorierte mich und beobachtete stattdessen seinen Gast. Der saß einfach nur da, ohne in die Karte zu schauen; er schien genau zu wissen, was er wollte. Hoffentlich nicht den Filterkaffee, den ich ihm gestern verwehrt hatte.

Schließlich ging Alexander mit gezücktem Block auf ihn zu. Die beiden wechselten ein paar Worte, dann kam Alexander zurück. »Er möchte von dir bedient werden.«

Mein Herz machte einen Hüpfer. »Sag das noch mal.«

»Du hast mich schon verstanden. Hier.« Er schob mir Block und Stift sowie das schwarze Shirt zu. »Da du nichts zu tun hast, ist es dir doch sicher eine Freude, ein paar Stunden auszuhelfen.«

Ich war versucht, mich sofort an die Arbeit zu machen, doch diesen kleinen Vorteil musste ich einfach noch ausspielen. Also blieb ich so cool wie möglich. »Schreiben wir den Sirup auf eine Tafel und stellen diese vor die Tür?«

Alexanders Gesichtsausdruck wurde noch grimmiger. »Übertreib es nicht, Evie.«

»Hey, du brauchst meine Hilfe, nicht umgekehrt. Ich habe nichts davon, wenn die Gäste in Scharen in dein Café einfallen. Außerdem scheine ich offensichtlich nicht alles falsch zu machen …« Er grummelte etwas, das ich als Zustimmung interpretierte. Zufrieden zog ich das Shirt über und ging zu dem Gast, der nach mir verlangt hatte. Heute sah er nicht mehr ganz so einsam aus wie am Tag zuvor. »Hallo, wie schön, Sie wiederzusehen. Wie geht es Ihnen?«

Er strahlte mich an. »Sehr gut, sehr gut. Die helle Schokolade gestern … einfach köstlich. Ich träume immer noch davon.«

Ich strahlte ebenfalls. »Das freut mich sehr. Was darf ich Ihnen denn heute bringen?«

»Ich weiß nicht. Überraschen Sie mich doch. Ich bin offen für alles, und außer gegen Schalentiere habe ich auch keinerlei Allergien.«

Ich musste schmunzeln. »Wissen Sie was? Da habe ich genau das Richtige für Sie. Sommerlich, frisch, exotisch. Wie klingt das für Sie?«

»Mir läuft bereits das Wasser im Mund zusammen. Hätten Sie vielleicht noch ein Stück Kuchen für mich, der dazu passt?«

»Aber selbstverständlich, kommt sofort.« So beschwingt hatte ich mich lange nicht gefühlt. Ich schwebte geradezu zurück zum Tresen. Alexander sah mir missmutig entgegen, doch die gute Laune würde er mir nicht verderben. »Reichst du mir bitte die Tüte?«, bat ich. Das tat er nicht, doch er rückte ein wenig zur Seite, damit ich ungestört werkeln konnte. Mit einem breiten Grinsen auf dem Gesicht holte ich den Sirup heraus und stellte drei der vier Flaschen schön sichtbar ins Regal über dem Tresen. Dann bereitete ich einen Latte macchiato zu. »Welchen Kuchen habt ihr heute?«, fragte ich währenddessen.

Alexander zuckte mit den Schultern. »Das Übliche. Käse, Erdbeere, Kirsche.«

Hm. Ein bisschen mehr Auswahl oder Abwechslung könnte sicherlich nicht schaden, aber ich verkniff mir jeden Kommentar. Ich strapazierte Alexanders Nerven schon genug.

Sichtlich angespannt beobachtete er, wie ich ein Stück Käsekuchen auf einem Teller drapierte und einen Schuss Kokossirup in den Latte macchiato gab. Er verzog den Mund. »Kokossirup im Kaffee? Das soll schmecken?«

»Das schmeckt sogar ausgezeichnet. Probier es doch einfach mal.« Ich nahm das Glas in die eine Hand, den Teller in die andere und ging zurück zu unserem Gast. »So, heute habe ich einen Latte macchiato mit Kokossirup für Sie. Ich hoffe, es schmeckt Ihnen.«

»Daran habe ich keinen Zweifel.«

Er zwinkerte mir zu, und ich hätte vor Freude platzen können. Ja, ich mochte diesen Job, mochte die Arbeit mit den Menschen und dass ich ihnen den Tag für ein paar Stunden versüßen konnte, aber so viel Spaß hatte es mir schon lange nicht mehr gemacht. Lag es an Fehmarn? Daran, dass ich hier gar nicht angestellt war? An Alexander? Nein, zumindest die letzte Option konnte ich ausschließen, denn als Chef war er eine Katastrophe, und darüber hinaus wusste ich nicht viel über ihn. Bei seiner Gesprächigkeit würde sich daran wohl auch nicht so bald etwas ändern.

»Wo habt ihr die Tafel?«

»Irgendwo im Lager.« Er sah sich um, doch im Moment war kein neuer Gast da, um den er sich hätte kümmern müssen, und die anderen waren alle zufrieden. Er bedeutete mir, ihm zu folgen.

Wir liefen einmal quer durch die Küche zu einer Art Falltür im Boden, die Alexander öffnete. Er stieg eine Treppe hinab und verschwand im Dunkeln, kurze Zeit später ging im Keller das Licht an. Ich zögerte dennoch. Die Treppe – eigentlich eine bessere Leiter – sah nicht unbedingt vertrauenerweckend aus, irgendwie wackelig. Ich sah mich bereits hinunterfallen, doch ich hatte A gesagt, nun musste ich auch B sagen. Vorsichtig stieg ich hinterher. Noch auf der Leiter blieb ich stehen. Was war das denn? Jede noch so kleine Fläche des Kellerraums war vollgestellt, sodass man kaum noch laufen konnte. In der Ecke stand ein Stapel Kisten, der noch wackeliger aussah als die Treppe. Ein System schien es auch nicht zu geben, denn Konservenbüchsen standen neben der Weihnachtsdekoration, ganze Packungen Strohhalme lagen neben und auf Vasen verschiedener Machart. Ob die Konserven überhaupt noch zu gebrauchen waren? Wer wusste schon, wie lange sie hier unten standen. Ich schüttelte den Kopf. Das hier war kein Lager, das war eine Rumpelkammer. Es schien schon ewig niemand mehr hier gewesen zu sein, denn es roch muffig, Staub lag in der Luft, und Spinnweben hingen von der Decke. Ich musste niesen und kramte in meiner Hosentasche nach einem Taschentuch.

»Die Tafel muss irgendwo da drüben sein«, sagte Alexander und zeigte an das andere Ende des Lagers. Er wartete, bis ich heruntergestiegen war, dann wandte er sich wieder zur Leiter. »Wenn du in einer Stunde noch nicht zurück bist, komme ich dich suchen.«

»Wie, du gehst?« Er konnte mich doch hier unten nicht alleinlassen. Wer wusste, was sich hier noch alles versteckte. Mäuse? Ratten? Ich hatte keine Angst vor den Viechern, jedenfalls nicht mehr als vor Spinnen, aber ich musste auch nicht unbedingt mit ihnen auf Tuchfühlung gehen.

»Sorry, aber einer muss oben die Stellung halten.«

Da hatte er unzweifelhaft recht, auch wenn er nicht wirklich traurig über diesen Umstand klang. Warum tat ich mir das Ganze überhaupt an? Seufzend machte ich mich auf die Suche. Eine Viertelstunde später hatte ich tatsächlich die Tafel und unzählige andere Dinge gefunden, die sicher noch nützlich werden konnten. Sofern Alexander bereit war, mehr aus dem *Blackbeard* zu machen. Es kostete mich weitere fünf Minuten, bis ich auch die Kreide fand.

Irgendwie schaffte ich es, die Tafel über die steile Treppe nach oben zu bugsieren, ohne sie fallen zu lassen. Ich säuberte sie mit etwas Küchenkrepp und warmem Wasser von Staub, Spinnweben und Kreideresten und schrieb in geschwungenen Buchstaben auf beide Seiten:

*Schmecken Sie den Sommer auf unserer Sonnenterrasse*
*Latte macchiato mit Kokossirup*
*heute nur 4,00 €*

Dann brachte ich die Tafel nach draußen und platzierte sie so, dass man sie gut sehen konnte. Tatsächlich blieben die ersten Spaziergänger bereits stehen und betrachteten sie neugierig. Zufrieden ging ich wieder hinein.

»Na endlich, ich wollte gerade einen Suchtrupp nach dir losschicken.«

Ich hob die Hände. »Das ist nicht meine Schuld. Ihr solltet da unten mal wieder aufräumen. Ich habe einige Dinge gefunden, mit denen ihr das Café ein bisschen aufmöbeln könntet, und wer weiß, was da noch alles zu finden ist.«

»Ähm, hast du mal in den Spiegel geschaut?« Auf Alexanders Gesicht zeichnete sich ein Grinsen ab, und ein Grübchen erschien auf seiner rechten Wange.

Hoppla, was war das denn? Er konnte ja richtig nett aussehen, wenn er lächelte. Das erste Mal innerhalb von wie vielen Tagen? Ich sah an mir herab. Oh, das schwarze Shirt hätte ich wohl vorher besser ausgezogen. Ich war über und über mit Staub und Spinnweben bedeckt. Vielleicht hatten die Spaziergänger deshalb so neugierig in meine Richtung geschaut. So gut es ging, versuchte ich, mir den Dreck von den Klamotten zu klopfen. Alexander strich mir über den Rücken und fischte eine Spinnwebe aus meinen Haaren.

»So ist es schon besser«, brummte er.

»Ich sagte ja, ihr solltet mal wieder aufräumen und bei der Gelegenheit auch gleich putzen.«

»Bei Gelegenheit«, erwiderte Alexander. »Übrigens ist die Frau von gestern wieder hier. Sie hat nach dir gefragt.«

Ich folgte seinem Blick und sah sie in der Nähe der Terrassentür sitzen. Ihre Traurigkeit konnte man ihr nach wie vor anmerken, aber immerhin hatte sie heute keine geröteten Augen, und im Gegensatz zum Vortag hatte sie sich ein wenig zurechtgemacht. Rouge und Lipgloss, und sie trug ein Kleid und Sandalen statt des alten Shirts und der ausgelatschten Turnschuhe. »Und der ältere Mann? Hat er noch was gesagt?« Enttäuscht stellte ich fest, dass er nicht mehr an seinem Tisch saß, aber ich war ja auch eine Weile weg gewesen.

»Nee. Oder doch, er lässt dich grüßen. Und er hat noch einen zweiten Latte macchiato mit Kokos bestellt.«

»Apropos, der Latte mit Kokos ist heute im Angebot. Vier Euro.«

»Gut zu wissen«, murmelte Alexander. Die Leichtigkeit, die kurz aufgeblitzt war, war wieder dahin.

»Das ist doch okay, oder?« Er zuckte nur mit den Schultern. Mist, ich hätte ihn vorher fragen sollen, aber ich hatte keine Lust auf eine erneute Diskussion gehabt. Außerdem hatte ich die Gäste erst mal nur ins Café locken wollen. Später konnte Alexander den Preis immer noch erhöhen. »Hat die Frau schon was bestellt?«, fragte ich.

Er schüttelte den Kopf. »Nachdem ich ihr gesagt habe, dass du hier bist, wollte sie warten.«

Ich versuchte, mir meine Freude nicht allzu sehr anmerken zu lassen, und ging hinüber zu der Kundin. Als sie mich erblickte, lächelte sie. Hach, war das ein schönes Gefühl. In Bad Buchau konnte ich unsere Gäste kaum noch überraschen, aber hier auf Fehmarn war das anders und würde sich aufgrund der vielen Touristen wohl auch nie ändern. Vielleicht hatte ich deshalb wieder so viel Spaß an der Arbeit.

»Hallo. Schön, Sie zu sehen. Wie geht es Ihnen denn heute?«

»Sie hatten recht. Der Cappuccino gestern hat mich nicht alles vergessen lassen, aber es ging mir zumindest für kurze Zeit ein bisschen besser. Bringen Sie mir noch mal einen?«

»Aber natürlich. Schön, dass es Ihnen etwas besser geht.«

»Ich hätte auch gern was zu essen. Ich habe einen Blick in die Karte geworfen, kann mich aber nicht so recht entscheiden. Bringen Sie mir doch einfach irgendwas. Aber bitte nichts Süßes, mir ist eher nach etwas Herzhaftem.«

»Dann haben Sie Hunger?«

Sie nickte. »Ehrlich gesagt ja. Seit Tagen endlich mal wieder.«

»Das ist doch ein gutes Zeichen. Ich suche Ihnen was Schönes aus.«

Hm, was konnte ich ihr nur bringen? Es musste etwas Besonderes sein. Flammkuchen wäre nicht schlecht, aber der stand nicht auf der Karte, und so schnell konnte ich den auch nicht herzaubern.

»Und?«, fragte Alexander.

»Mal sehen …« Ich ging in die Küche, um ein zweites Mal die Vorräte zu inspizieren.

Er folgte mir. »Was ist los?«

»Sie hat Hunger und möchte was essen. Das erste Mal seit Tagen, aber eure Karte gibt nicht viel her. Baguette und Salat, das ist alles.«

»Na und? Wir sind ja auch ein Café und kein Restaurant.« Alexander verschränkte die Arme vor der Brust, während ich unbeeindruckt Schränke und Schubladen öffnete.

»Trotzdem kann man was Vernünftiges zu essen anbieten oder das, was da ist, wenigstens ein bisschen aufpeppen. Habt ihr Himbeeressig?«

Alexander hob die Augenbrauen. »Himbeeressig?«

»Also nein.« Aus dem Gastraum waren Stimmen zu hören, was bedeutete, dass neue Kunden gekommen waren. »Geh du nur, ich finde schon was.«

Schulterzuckend ließ er mich allein in der Küche. Ich kramte noch eine Weile und fand schließlich Walnüsse und getrocknete Cranberrys, die ich über den gemischten Salat streute. Himbeeressig wäre perfekt fürs Dressing gewesen, dazu noch ein paar frische Himbeeren, aber im Moment blieb mir nichts anderes übrig, als den normalen Branntweinessig zu nehmen. Allein bei dem Gedanken daran schüttelte es mich. Meine Oma hatte den immer für ihre Fußbäder benutzt.

Zum Salat bereitete ich ein Thunfischbaguette, auf das ich zusätzlich einige Oliven legte, und brachte alles zur Theke, um dort noch schnell den Cappuccino zu machen. Was war das? Wie angewurzelt blieb ich stehen. Eine Gruppe Radfahrer war zur Rast eingekehrt, mindestens ein Dutzend Personen. Sie verteilten sich um drei Tische und sorgten für einen ordentlichen Geräuschpegel. Alexander hatte alle Hände voll zu tun, die Bestellungen aufzunehmen. Ich beeilte mich, um ihm zu helfen, doch bis ich der jungen Frau mit Liebeskummer das Essen und ihren Cappuccino gebracht hatte, war Alexander bereits dabei, wie ein Weltmeister Kaffee zuzubereiten. Unzählige Gläser Latte macchiato. Das konnte nur eines bedeuten.

Obwohl ich mich riesig darüber freute, sagte ich nichts dazu. »Okay, was soll ich machen?«, fragte ich stattdessen.

»Kokossirup in den Gläsern verteilen, in alle bis auf eines.

Ich hoffe, der Sirup reicht für heute. Und dann brauchen wir noch jede Menge Waffeln und Kuchen. Die Liste liegt da vorne.« Er deutete mit dem Kopf in die entsprechende Richtung.

»Wird gemacht.« Ich war schon halb durch die Schwingtür, als Alexander mir noch einmal hinterherrief.

»Ach, Evie?«

Erwartungsvoll drehte ich mich um. »Ja?«

»Keine Extrawürste. Dafür haben wir gerade keine Zeit.«

Enttäuscht ließ ich die Schwingtür zufallen.

»Was ist denn hier los?« Carmen, die soeben mit einem kleinen Mädchen an der Hand das *Blackbeard* betreten hatte, sah sich erstaunt um. Es war später Nachmittag, fast schon Abend, doch noch immer kamen die Gäste in Gruppen ins Café und bestellten Latte macchiato mit Kokossirup. Der Käsekuchen war inzwischen ausverkauft, und Waffelteig hatte ich auch noch einmal machen müssen. Zum Glück reichte der Sirup bisher, morgen brauchten wir definitiv neuen.

Ich hatte nicht viel Zeit, um das Mädchen genauer zu betrachten, trotzdem erkannte ich sofort, wie ähnlich die Kleine ihrer Mutter sah. Sie hatte die gleichen dunklen Haare, nur ein wenig lockiger, doch statt Carmens braunen Augen hatte sie blaue Augen wie Alexander. Wie hieß sie noch gleich? Ella? Mia? Nein, Ida. Wie die Schwester von Michel aus Lönneberga. »Hallo, ihr beiden«, begrüßte ich sie. »Ida, richtig?«

Carmen sah überrascht aus. »Richtig. Woher weißt du das?«

»Alexander hat es mir verraten. Möchtet ihr etwas trinken, oder schaut ihr nur so vorbei?«

»Ida hätte gern ein Stück Kuchen.« Carmen hob die Kleine

auf einen der Hocker am Tresen und nahm selbst auf einem Platz.

»Ich möchte Erdbeerkuchen«, sagte Ida und nickte bekräftigend.

»Sehr gute Wahl.« Ich unterbrach meine Arbeit, um ein Stück Kuchen zu holen, bevor ich weitere Kaffeespezialitäten für unsere Gäste zubereitete.

»Hier ist ja richtig viel los«, bemerkte Carmen. Sie sah sich um und sprach etwas leiser weiter. »Ich nehme an, das mit dem Sirup war deine Idee?«

Ich nickte. »Ich habe Alexander mehr oder weniger genötigt, die Tafel vor die Tür stellen zu dürfen. Und es funktioniert.« Wofür sich Alexander nach wie vor nicht bedankt hatte. Warum legte ich mich für ihn eigentlich so ins Zeug?

»Das sieht man«, erwiderte Carmen. »Seit Alex' Vater gestorben ist, war hier nicht mehr so viel los. Das klingt aber auch verdammt lecker. Machst du mir auch so einen Latte macchiato? Oder warte, entschuldige. Jetzt bin ich ja hier, dann löse ich dich ab.« Carmen sprang bereits vom Hocker.

Ich hielt inne. »Was ist mit Ida?«

Sie zögerte. »Du hast recht, wir hatten heute einen langen Tag. Sonst malt sie schon mal oder beschäftigt sich sonst irgendwie, aber heute wird sie das nicht lange mitmachen. Tut mir leid.« Ich wollte abwinken, doch Carmens Miene hellte sich auf. »Ich könnte meine Schwiegermutter anrufen, damit sie die Kleine abholt. In etwa einer halben Stunde sollte sie hier sein. Wäre das okay für dich?«

Ich nickte. Natürlich war das okay. Wenn Carmen nicht aufgetaucht wäre, hätte Alexander mich hier aushelfen lassen, bis er das Café für den Tag schloss, und ich hätte es ohne jeden Zweifel mitgemacht. Und das für nichts und wieder nichts –

vermutlich für nicht einmal ein Dankeschön. Einmal ehrlich: So langweilig konnte einem doch gar nicht sein, dass man in seinem Urlaub arbeitete. Es wurde wirklich Zeit, dass ich mir eine andere Beschäftigung suchte. Vielleicht sollte ich Kitesurfen lernen. Oder für die letzten zwei Wochen auf Fehmarn tatsächlich nach einem neuen Stammcafé Ausschau halten.

*

Ich saß auf meinem Balkon, die Füße hochgelegt, ein Glas Weißweinschorle in der Hand. Mein Blick war aufs Meer geheftet, meine Atmung passte sich dem Rhythmus der Wellen an, doch dieses Mal schaffte ich es nicht, mich zu entspannen. Dabei hätte alles so schön sein können. Die Sonne ging gerade unter und tauchte alles in ein sanftes Licht – golden, orange und rosa. Aber ich war zu aufgewühlt, um diesen besonderen Moment genießen zu können. Ich war enttäuscht, vielleicht sogar ein bisschen wütend, und ich ärgerte mich über mich selbst. Was hatte ich eigentlich erwartet? Wieder tauchten die Bilder vor meinem inneren Auge auf, und obwohl ich versuchte, sie zu verdrängen, gelang es mir nicht.

Carmens Schwiegermutter war vierzig Minuten später aufgetaucht, um Ida abzuholen, und Carmen hatte sofort meine Arbeit übernommen. Alexander hatte sich in die Küche zurückgezogen, um Baguettes vorzubereiten. Inzwischen war der große Ansturm vorbei, denn für die meisten war es schon zu spät am Tag, um Kaffee zu trinken, und auch die Nachfrage nach Kuchen oder Waffeln ging zurück. Stattdessen wurden Softdrinks, Salate oder belegte Baguettes bestellt.

»Du kannst ruhig gehen«, sagte Carmen zu mir, während sie ein Glas Cola zapfte.

»Ich wollte mich noch kurz von deinem Bruder verabschieden«, gestand ich und hoffte sogleich, sie würde dadurch nicht auf dumme Gedanken kommen. Romantische Gefühle für Alexander hegte ich gewiss nicht. Ich hatte gerade eine einjährige Beziehung mit einem emotionalen Eisklotz hinter mir – die reichte für ein ganzes Leben. Mein nächster Partner würde freundlich und charismatisch sein und keine Angst haben, mir zu offenbaren, was er dachte oder fühlte.

»Habt ihr schon übers Geld gesprochen?«, fragte Carmen und holte eine Flasche Apfelschorle aus dem Kühlschrank.

»Ach, das ist schon okay«, sagte ich. »Ich bin doch nur zweimal eingesprungen.«

Sie hielt mitten in der Bewegung inne. »Das ist nicht okay. Außerdem hast du viel mehr getan, als nur einzuspringen.«

Ich zuckte mit den Schultern. Was sollte ich dazu sagen? Alexander sah das sicher anders. Er war bestimmt froh, wenn ich Fehmarn wieder verließ und damit aus seinem Café und seinem Leben verschwand.

Carmen stellte die Schorle weg und lehnte sich über den Tresen zu mir. »Mein Bruder zeigt nicht viel Anerkennung für das, was du tust, oder?«

»So kann man es auch ausdrücken«, platzte es aus mir heraus. »Ich glaube, ich bin ihm lästig, und ich weiß selbst nicht, warum ich dauernd herkomme. Ich sollte besser gehen.«

Carmen griff nach meiner Hand. »Du bist ganz schön einsam, oder? Was ist passiert? Warum bist du allein nach Fehmarn gekommen?«

Ich seufzte. »Das ist eine lange Geschichte. Zerbrochene Beziehung, Knatsch mit der Familie, um es kurz auszudrücken. Außerdem muss ich mir über einiges klar werden.«

»Ablenkung ist manchmal die beste Medizin, wenn man

wichtige Entscheidungen treffen muss. Hör zu, ich weiß, dass mein Bruder oft hart und uninteressiert auf andere wirkt, aber er kann auch anders sein. Er hat eine weiche Seite.«

Wieder zuckte ich mit den Schultern. »Mag sein. Es spielt auch keine Rolle. Schließlich bin ich weder seine Freundin noch seine Angestellte. Wir kennen uns kaum. Ich hätte es nur schön gefunden …« Ich winkte ab und rutschte vom Hocker. »Egal. Besser, ich gehe jetzt. Ihr habt viel zu tun, und ich will dich nicht länger aufhalten.«

Gerade, als ich auf dem Absatz kehrtmachen wollte, wurde die Schwingtür aufgestoßen, und Alexander balancierte mehrere Teller heraus. »Du bist ja noch da«, stellte er mit einem Blick auf mich fest.

Was sollte das nun wieder heißen? Ich wurde aus ihm einfach nicht schlau. So antwortete ich nur kurz: »Ich wollte gerade gehen.«

Alexander nickte. »Es war ein langer Tag, und Carmen ist ja jetzt hier.«

Das war's. Ich wartete noch einen Moment, doch mehr sagte er nicht. Selbst als seine Schwester ihm einen eindringlichen Blick zuwarf, schwieg er. Offenbar fragte er sich nur, warum ich immer noch hier stand und seine Zeit vergeudete. Ich versuchte, mir meine Enttäuschung nicht anmerken zu lassen. Er meinte es sicher nicht böse, und wenn ich wollte, brauchte ich ihn nie wiederzusehen. Doch die Enttäuschung über sein Verhalten war da und ließ sich nicht so einfach unterdrücken.

»Du hast recht, es war ein langer Tag. Ich freue mich jetzt auf ein heißes Bad. Macht's gut.« Damit drehte ich mich um und ging. Ich musste mich zwingen, nicht aus dem Café zu stürmen.

»Danke, Evie«, hatte Carmen mir noch hinterhergerufen.

Ich war zu aufgewühlt gewesen, um sofort zurück zur *Strandkoje* zu gehen. Stattdessen war ich weiter Richtung Burgtiefe gelaufen, hatte versucht, mich durch die Bewegung abzureagieren, und mir ein Matjesbrötchen mit Kartoffelsalat zum Mitnehmen gekauft, das ich bis jetzt nicht angerührt hatte.

Inzwischen waren einige Stunden vergangen, und ich hatte es immer noch nicht geschafft, mich auch nur halbwegs zu beruhigen. Zu allem ärgerte ich mich über mich selbst. Was hatte ich denn erwartet? Ich hatte Alexander doch nicht geholfen, damit er mir den roten Teppich ausrollte oder vor lauter Dankbarkeit das Café nach mir benannte. Also warum hatte ich es getan? Ich nahm einen Schluck Wein, bevor ich das Glas abstellte, ein paarmal tief durchatmete und die Augen schloss, um mir darüber klar zu werden.

Wenn ich es recht bedachte, ging es bei der ganzen Sache überhaupt nicht um Alexander. Natürlich nicht, immerhin kannten wir uns kaum. Es ging um mich. Markus hatte mich verunsichert und mich mit seiner Einschätzung völlig aus dem Konzept gebracht. Wäre ich wirklich nicht fähig, ein eigenes Café zu führen? Würde ich damit nur Zeit und Geld vergeuden? Oder hatte ich doch eine realistische Chance?

Den Antworten auf diese Fragen war ich bisher keinen Schritt näher gekommen. In den letzten Tagen hatte ich nicht viel darüber nachgedacht, mir war jedoch bewusst geworden, wie viel Spaß mir diese Arbeit machte. Hatte ich mir durch meinen Einsatz für Alexanders Café selbst beweisen wollen, dass ich durchaus das Zeug dazu hatte, ein Geschäft ans Laufen zu kriegen? Ein paar Stunden Aushilfe im *Blackbeard* reichten wohl kaum aus, um das Ganze ehrlich einschätzen zu können. Ja, ich hatte es geschafft, dass zwei Gäste wiedergekommen waren und dass das Café zumindest heute gut besucht war, aber das reichte nicht. Es gehörte mehr dazu, ein Café zu führen. Ich konnte nicht einfach Latte macchiato mit Kokossirup anbieten und davon ausgehen, dass das allein reichen würde. Der Neuigkeitseffekt würde sich abnutzen, und die Gäste mussten jeden Tag in Scharen kommen, damit das Café am Ende mit schwarzen Zahlen dastand. Würde mir auch das gelingen? Das war die Frage der Fragen, und ich hatte keine Antwort darauf.

Ein Geräusch riss mich aus meinen Gedanken. Hatte jemand geklopft? Ich öffnete die Augen und sah zur Wohnungstür, die ich vom Balkon aus im Blick hatte. Nein, das konnte nicht sein. Es wusste doch niemand, dass ich hier war. Doch da klopfte es erneut. Vielleicht die Pensionsbesitzerin? Ich stand auf und ging barfuß zur Tür, um sie zu öffnen. Vor mir stand Alexander. Er trug immer noch dieselbe Jeans wie ein paar Stunden zuvor, hatte aber das schwarze T-Shirt gegen einen grauen Pullover getauscht.

»Was machst du denn hier?«, fragte ich überrascht. »Und woher weißt du, wo ich wohne?«

»Von Carmen. Du hast es ihr gegenüber mal erwähnt.«

Hatte ich das? Blieb immer noch die Frage, was Alexander von mir wollte, aber ich stellte sie nicht erneut.

Auch er schwieg, wahrscheinlich wartete er darauf, dass ich etwas sagte. Schließlich fuhr er sich mit einer Hand durch die Haare. »Warum ich hier bin«, begann er ungewohnt zögerlich. »Ich wollte mich bei dir bedanken und entschuldigen. Und ich wollte …« Er holte tief Luft. »Ich wollte dir eine Stelle für den Sommer anbieten.«

# Kapitel 6

**500 Euro**
Zu wem gehört kein Harry?
a) Sally
b) Meghan
c) Sonny
d) Stephan

Wer ist Stephan? Oh mein Gott, ich werde mich blamieren. Ich hätte auf meine Mutter hören sollen.

Sprachlos starrte ich ihn an, während die Sekunden verstrichen. Ich musste mich verhört haben, anders konnte es gar nicht sein. »Bitte was?«

Alexander schien nicht unbedingt froh darüber zu sein, seine Bitte wiederholen zu müssen. »Ich möchte dir eine Stelle für den Sommer anbieten.«

»Aber …« Ich schüttelte den Kopf. »Das ergibt keinen Sinn, tut mir leid. Ich bin dir lästig, oder etwa nicht? Zumindest erweckst du die ganze Zeit den Eindruck.«

Er nickte zerknirscht. »Ich weiß, das war keine Absicht. Eigentlich nehme ich die Dinge gern selbst in die Hand, aber in diesem Fall …«

»Warte mal, jetzt wird mir einiges klar«, unterbrach ich ihn und stemmte eine Hand in die Hüfte. »Carmen hat dir diesen Floh ins Ohr gesetzt. Natürlich. Du wärst doch selbst nie auf die Idee gekommen, mich um Hilfe zu bitten.« Erneut schüttelte ich den Kopf. »Es tut mir leid, Alexander, aber ich werde nicht für jemanden arbeiten, der sich nicht einmal bedankt, wenn ich spontan einspringe – noch dazu, ohne eine Gegenleistung dafür zu verlangen.«

Er wirkte noch zerknirschter. »Ich hab mich wie der letzte Idiot verhalten, das weiß ich auch. Carmen hat mir ordentlich den Kopf gewaschen. Glaub mir, auch wenn ich es weder gesagt noch gezeigt habe, weiß ich deine Hilfe zu schätzen. Es ist nur …« Er brach ab, sah sich um. »Darf ich vielleicht reinkommen?«

Ich zögerte kurz, bevor ich beiseitetrat. Mal hören, was er zu sagen hatte. Alexander ging an mir vorbei und sah sich um; wirkliches Interesse am Appartement schien er jedoch nicht zu haben. Zeigte er überhaupt jemals Interesse an irgendetwas? Fast bereute ich es, die Unterhaltung nicht vor der Tür fortgesetzt zu haben. »Also?«

Er fuhr sich durch die Haare. Eine Geste, die seine Unsicherheit zeigte. Immerhin das wusste ich von ihm. »Ich bin es nicht gewohnt, mir helfen zu lassen.«

»Das habe ich mir schon gedacht, nachdem du außer Carmen keine Angestellte zu haben scheinst.«

»Das ist nicht der Grund, warum nur Carmen aushilft. Ich bin es gewohnt, die Dinge selbst in die Hand zu nehmen, und ich habe auch immer alles allein hinbekommen. Doch dann habe ich das *Blackbeard* geerbt, und plötzlich war alles anders.«

Er schwieg, aber ich wollte, dass er weiterredete. »Möchtest du ein Glas Wein? Wir können uns auf den Balkon setzen.«

Er nickte. »Ja, warum nicht?«

Ich nahm das zweite Weinglas aus dem Schrank über der Spüle und folgte Alexander hinaus auf den Balkon, wo er einen Moment an der Brüstung stehen blieb, bevor er sich auf einen der beiden Korbstühle setzte. »Schorle oder pur?«, fragte ich.

»Pur, bitte.«

Ich schenkte ihm ein und reichte ihm das Glas, dann setzte ich mich ebenfalls hin. »Darf ich fragen, was du vorher gemacht hast?«

Er schwenkte den Wein in seinem Glas, mied meinen Blick. »Ich habe als Kfz-Mechaniker gearbeitet und war kurz davor, in die Werkstatt meines ehemaligen Ausbilders einzusteigen. Er ist nicht mehr der Jüngste, die Werkstatt hätte eines Tages mir gehören können. Ich wäre mein eigener Chef gewesen.«

»Jetzt bist du auch dein eigener Chef«, warf ich sanfter als beabsichtigt ein. Ich war überrascht, denn ich hatte nicht damit gerechnet, dass Alexander an Autos herumgeschraubt hatte. Aber ich konnte ihn mir gut im Blaumann vorstellen – ein weißes Muskelshirt darunter, ein Träger des Blaumanns offen, die Haut verschwitzt und ölverschmiert … *Schluss!* Jetzt benahm ich mich wie die Frauen im Coke-Werbespot.

Alexander schnaubte. »Aber es ist nicht das, was ich wollte. Die Gastronomie hat mich nie gereizt. Die Arbeitszeiten sind miserabel, und ich habe keine Lust, den ganzen Tag lang Leute zu bedienen.«

Das merkte man ihm leider auch an, doch ich verkniff mir einen Kommentar. »Du könntest dafür jemanden einstellen.«

»Kann ich nicht.« Er schüttelte den Kopf. »Das *Blackbeard* läuft nicht so gut, ich kann mir nicht einmal eine Aushilfe leisten. Das ist auch der Grund, warum Carmen mir hilft. Sie macht es aus Schwesterliebe, nicht des Geldes wegen.«

Ich schluckte. »Das tut mir leid.«

Er zuckte mit den Schultern. »So ist es jetzt eben. Ich musste einen Kredit aufnehmen, um das Café zu erhalten, aber obwohl wir Juni haben und genug Touristen auf der Insel sind, läuft das Café nicht.« Er griff nach seinem Weinglas und trank einen Schluck. »Das hast du ja selbst gesehen.«

»Wie schlecht steht es um das Café?«, fragte ich, obwohl ich nicht wirklich mit einer Antwort rechnete.

Alexander seufzte. »Wenn ich nicht bis zum Ende der Saison die aufgelaufenen Raten tilge, ist es aus.«

Von wie viel Geld sprachen wir? Doch ich fragte nicht nach, denn Alexander schien das Ganze ohnehin sehr unangenehm zu sein, und es würde für ihn ohne Zweifel knapp werden. Kalendarisch gesehen hatte der Sommer zwar gerade erst angefangen, aber bis zum Ende der Saison waren es nur noch gut drei Monate. Allerhöchstens vier, wenn wir einen goldenen Herbst bekommen und die Bank ruhig bleiben würde. »Und wenn du das Café verkaufst?«, fragte ich.

Alexander schüttelte den Kopf. »Das ist keine Option.«

Ich sah ihn an, doch obwohl ich das Gefühl hatte, er wollte noch mehr zu dem Thema sagen, ging er nicht weiter darauf ein. »Und jetzt willst du ausgerechnet mich einstellen? Obwohl du dir eigentlich gar keine Aushilfe leisten kannst? Versteh mich nicht falsch, aber vielleicht solltest du dich lieber bei einer dieser Fernsehshows bewerben, in denen sie Restaurants retten.«

Alexander schnaubte erneut. »Damit sie das alles im Fernsehen ausschlachten? Nein, danke. Außerdem wäre es für eine Bewerbung jetzt ohnehin zu spät. Es ist ja nicht so, dass Carmen sich nicht längst hinter meinem Rücken schlaugemacht hätte. Evie, ich weiß, dass ich mich dir gegenüber mies verhalten habe, obwohl du mir von Anfang an nur helfen wolltest. Gott weiß, warum du es tust. Es tut mir leid, dass ich mich bisher nicht bei dir bedankt habe.«

»Und warum hast du es nicht getan?«, fragte ich. »Weißt du, ein einfaches Danke hätte mir gereicht, aber so zu tun, als wärst du froh, mich endlich los zu sein …«

Er schüttelte den Kopf. »So ist es ganz und gar nicht. Stell dir nur vor, wie langweilig es plötzlich im Café wäre, wenn du mich nicht mehr jeden Tag nerven würdest.« Er grinste, und obwohl ich den Kopf schüttelte, musste ich ebenfalls schmunzeln. Doch nun wurde er wieder ernst. »Also, was meinst du?«

»Ich weiß nicht, Alexander. Glaubst du wirklich, ich bin die Richtige für diese Aufgabe?«

»Natürlich, du bist Barista mit Leidenschaft. Das hast du bewiesen, als du dich über meine Worte aufgeregt hast. Und mach dir keinen Kopf wegen des Geldes. Natürlich bezahle ich dich angemessen.«

Ich hob die Hände. »Nein, bitte. Wenn ich zusage, dann nicht des Geldes wegen. Du kannst mich gern bezahlen, aber erst, wenn das Café wieder läuft.«

»Und wenn wir es nicht wieder ans Laufen kriegen? Du bekommst dein Geld. Ich will nicht noch mehr Schulden machen.«

»Nein, wirklich, ich will dein Geld nicht.« Ich meinte es ernst. Schließlich war ich jetzt Millionärin. Ich wäre mir schäbig vorgekommen, in dieser Situation von Alexander Geld zu nehmen. »Kauf lieber ein paar schöne Blumen für das Café, und gieß sie regelmäßig. Und vergiss nicht – wir haben immerhin drei Monate Zeit, mit dem Café wieder in die schwarzen Zahlen zu kommen. Das *Blackbeard* hat doch keinen schlechten Ruf, oder? Und die Touristen sind ohnehin nicht voreingenommen, solange es im Internet keine miesen Besprechungen gibt. Das macht es einfacher.«

Alexander lächelte. »Und genau deshalb denken Carmen und ich, dass du die Richtige für diesen Job bist.«

Ich stieß die Luft aus. »Ich will nicht dafür verantwortlich sein, wenn du das Café verlierst. Außerdem bin ich doch eigentlich auch nur eine Touristin.«

Alexander sah mich eindringlich an. »Wenn das Café den Bach runtergeht, werde ich nicht dir die Schuld geben, okay? Dass du hier nur im Urlaub bist, ist natürlich ein Problem. Du hast ein Leben und einen Job weit weg von hier. Mir ist bewusst, dass wir viel von dir verlangen, aber wir dachten, wir fragen dich wenigstens.«

»Mein Leben in Bad Buchau … liegt im Moment auf Eis«, sagte ich. »Daran wird es nicht scheitern. Aber ich werde das Gefühl nicht los, du tust das alles nur, weil Carmen dich dazu gezwungen hat.«

Er seufzte. »Zugegeben, sie hat lange auf mich einreden müssen, aber sie hat mich schließlich überzeugt. Sie meinte, du hättest allein in den zwei Tagen so viel geschafft, hat mir vorgerechnet, was du alles erreichen könntest, wenn man dir mehr Zeit und Spielraum gibt. Das hat mich nachdenklich gestimmt, und deine Einstellung tut ihr Übriges.«

»Aber ich habe keine Lust auf ständige Diskussionen oder Kämpfe, klar? Es ist dein Café, und es soll auch dein Café bleiben, aber du müsstest mir schon ein wenig vertrauen. Die Speisekarte muss geändert werden, die Innenausstattung …«

»Die Innenausstattung?«

Ich verdrehte die Augen. »Siehst du, es fängt schon an. Das

wird nie gut gehen. Du bist gern dein eigener Herr, für Firlefanz – ich zitiere – ist in deinem Café kein Platz.«

Er verzog den Mund. »Das habe ich gesagt, das stimmt. Aber ich sehe ein, dass du einen gewissen Freiraum brauchst. Wenn du meinst, dass das Café von innen nicht ansprechend genug aussieht, darfst du das in Absprache mit mir gern ändern. ›Innenausstattung‹ klingt allerdings nach viel Geld.«

Ich schüttelte den Kopf. »Keine Sorge, ich weiß, dass wir sparen müssen.«

»Wir? Heißt das, du bist dabei?«

Ich seufzte. »Keine Ahnung. Wenn ich bis Ende September, vielleicht auch Ende Oktober hier auf Fehmarn bleiben würde, wäre ich meinen Job los. Das wäre okay, weil ich gerade ohnehin darüber nachdenke, mich beruflich zu verändern, aber ich hätte keine Bleibe auf der Insel. Das Appartement habe ich nur noch für etwa zwei Wochen, und es ist Hauptsaison. Ich bezweifele, dass ich noch etwas finden würde, das auch nur ansatzweise bezahlbar ist.«

»Ich helfe dir bei der Suche. Ein Hotelzimmer oder etwas in der Art ist auf Dauer natürlich viel zu teuer. Meine Tante hat eine Ferienwohnung hier in der Ecke, die sie momentan nicht vermieten kann, weil einiges gemacht werden muss. Wenn dich das nicht stören würde, rede ich mit ihr.«

»Ich könnte mir die Wohnung ja mal ansehen. Solange kein Schimmel im Bad ist und es nicht reinregnet …«

»So schlimm ist es nicht, sonst würde ich es dir nicht anbieten. Also? Es wäre schön, wenn du zumindest über mein Angebot nachdenkst.«

Ich sah hinaus aufs Meer. Was sollte ich machen? Meine Oma hatte mir in solchen Situationen immer geraten, beide Fälle durchzuspielen. Wenn ich wie geplant in zwei Wochen nach Bad Buchau zurückkehren würde, wäre vermutlich alles wie bisher. Die Frage, ob ich es nun mit einem eigenen Café versuchen sollte oder nicht, hätte ich bis dahin sehr wahrscheinlich immer noch nicht geklärt. Wie auch? Was hatte ich erwartet? Dass ein Ortswechsel reichen würde, um mir über eine so weitreichende Frage klar zu werden? Wenn ich jedoch noch drei oder vier Monate hierbleiben und Alexander helfen würde, konnte ich meine Fähigkeiten auf die Probe stellen. Schafften wir es, das *Blackbeard* zu retten, war ich reif für ein eigenes Café. Gelang es uns nicht, bliebe ich vielleicht doch besser Barista oder sollte die Chance nutzen, um noch einmal einen völlig anderen Weg einzuschlagen.

»Evie? Denkst du darüber nach?«

Ich wandte mich Alexander zu. »Das brauche ich nicht. Ich bin dabei.«

*

»Tut mir leid, ich hätte mir die Wohnung vielleicht vorher ansehen sollen.«

Alexander wollte schon wieder gehen, obwohl wir mit der Besichtigung noch nicht mal zur Hälfte durch waren. Ich ging an ihm vorbei und warf einen Blick ins Bad, anschließend in die Küche und das Schlafzimmer. Es gab offensichtlich keinen Schimmel, und das Dach schien intakt zu sein, aber das war auch alles. Der Geruch von frischer Farbe und Kleister hing in der Luft, Staub und Dreck hatte sich auf jede Fläche gelegt. Überall lagen Eimer, Tapetenrollen, Mülltüten und Spachtel herum. Die Wohnung war die reinste Baustelle. Was für ein Glück, dass die Handwerker noch zwei Wochen Zeit hatten, um die Baustelle wieder zu einer Wohnung zu machen.

»Meine Tante hat mich vorgewarnt, aber ich dachte, sie übertreibt«, sagte Alexander. »Wäre nicht das erste Mal.«

Ich zuckte mit den Schultern. »Na ja, es muss einen triftigen Grund geben, warum sie die Wohnung zu dieser Jahreszeit nicht vermietet, sondern renoviert. Aber in zwei Wochen geht es vielleicht wieder.«

»Wasserrohrbruch, meine Tante musste grundsanieren lassen. Soweit ich weiß, wollte sie ab August wieder vermieten, um sicherzugehen, dass dann auch wirklich alles fertig ist.«

»Wahrscheinlich wegen des Farbgeruchs«, sagte ich. »Aber der stört mich nicht. So viel werde ich eh nicht hier sein.«

»Ich rede noch mal mit ihr, aber wir sollten vielleicht doch lieber einen Plan B in der Hinterhand haben. Die Zeit ist knapp, und im Sommer wird auf den Inseln jede freie Immobilie teuer an Touristen vermietet. Wir könnten im Internet oder in der Zeitung nach Mietwohnungen suchen.«

»Später, es ist schon halb zehn. Jetzt müssen wir uns erst mal ums Café kümmern«, sagte ich und schob ihn aus der Wohnung.

Zwei Stunden später betraten wir mit vollbepackten Tüten das *Blackbeard*. Gerade noch rechtzeitig zur Mittagszeit, wo sich die ersten Gäste nach dem Frühstück einen Kaffee oder Snack gönnten.

»Lass offen«, bat ich Alexander, der die Vordertür wieder zuschließen wollte.

»Aber ich dachte …«

»Das muss nebenher gehen«, erwiderte ich, noch ehe er ausreden konnte. »Oder wir kümmern uns heute Abend darum, wenn das Café offiziell geschlossen ist. Ich würde nicht mitten am Tag ohne Vorwarnung zusperren. Wir haben ohnehin schon zu viel Zeit vergeudet.«

»Und wie geht es jetzt weiter?«

»Ich hab im Lager schlichte weiße Vasen gefunden. Bestimmt zwei Dutzend, es müsste also für jeden Tisch eine da sein. Kannst du sie hochholen und sauber machen? Anschließend könntest du die Zwiebeln schneiden.«

»Zwiebeln schneiden«, murmelte Alexander. »So schnell wird man vom Chef zum Küchenjungen.«

»Entschuldige, ich wollte nicht …«

»Alles gut, ich mach das schon.«

Ich sah Alexander dabei zu, wie er durch die Schwingtür verschwand, und ließ mich auf einen Hocker fallen. War es wirklich eine gute Idee gewesen, sein Angebot anzunehmen? Bei den Dingen, die wir erledigt hatten, hatte er kaum protestiert, aber mir war klar, dass es nicht so bleiben würde. Es würde nicht einfach werden, frischen Wind ins *Blackbeard* zu bringen. War es das wirklich wert? Gab es nicht auch eine andere Möglichkeit, mir zu beweisen, dass ich imstande war, ein eigenes Café zu führen?

»Entschuldigung? Haben Sie schon geöffnet?«, fragte eine ältere Frau, die zusammen mit einer anderen Frau durch die offene Vordertür spähte.

Ich sprang vom Hocker. »Natürlich, kommen Sie herein.«

Eigentlich hatte ich erst einmal die Kaffeemaschine entkalken wollen, doch das würde zu lange dauern und musste daher ebenfalls bis heute Abend warten. So füllte ich nun lediglich neue Espressobohnen nach. *Hm, köstlich.* Ich liebte den Duft von frischem Kaffee. Doch ich hatte nicht viel Zeit, ihn zu genießen. Schnell räumte ich unsere Einkäufe in die Küche und unter den Tresen und nahm die Bestellung der beiden Frauen auf. Fürs Erste begnügten sie sich mit zwei Tassen Kaffee, was mir ausnahmsweise recht sein sollte. Wir hatten noch keinen Waffelteig angerührt, die Baguettes mussten noch vorbereitet werden, und die Kuchenlieferung, die Alexander heute aufgrund der Besorgungen, die wir noch hatten erledigen wollen, um zwei Stunden verschoben hatte, stand auch noch aus. De facto konnte ich den Damen also gerade nichts zu essen anbieten. So verschob ich auch erst einmal den Plan, die Tafel neu zu beschriften, und ging in die Küche, wo Alexander bereits begonnen hatte, Zwiebeln zu häuten. Die Vasen standen säuberlich aufgereiht auf der Arbeitsfläche.

»Vergiss die Zwiebeln«, sagte ich. »Um die neuen Baguettes kümmern wir uns später. Zuerst müssen wir die üblichen Baguettes und den Teig für die Waffeln vorbereiten, den Salat waschen und das Obst schneiden, damit ich den Gästen etwas anbieten kann.«

Alexander legte das Zwiebelmesser beiseite. »Mit ›wir‹ meinst du wohl mich?«

»Du hast es erfasst. Alternativ können wir auch tauschen, aber einer von uns sollte vorne im Gastraum bleiben. Das sieht sonst nicht gut aus.«

»Ist okay, ich bleibe hier«, sagte Alexander, holte eine große Schüssel aus einem Unterschrank und gab Mehl hinein.

Ein wenig frustriert schnappte ich mir sechs der Vasen und ging zurück zu meinem Posten hinter dem Tresen. Ich hatte mir so viel vorgenommen, hatte als Erstes die Karte überarbeiten wollen. Salat mit frischen Früchten, Nüssen und leckerem Himbeerdressing. Baguette à la Elsässer Flammkuchen, bis wir so weit waren, richtigen Flammkuchen auf die Karte zu nehmen. Obstsalat und hausgemachte Limonaden. Doch mir hätte gleich klar sein müssen, dass sich das nicht von jetzt auf gleich umsetzen ließ, während nebenher das Tagesgeschäft lief. Aber gut, Rom war auch nicht an einem Tag erbaut worden, und ich hatte gerade erst angefangen. Schritt für Schritt würden wir es schaffen, das Café auf Vordermann zu bringen und mehr Gäste anzulocken. Ich würde jedoch nicht einfach herumstehen und nichts tun, während ich auf Bestellungen wartete. So holte ich meine große Einkaufstasche wieder unter dem Tresen hervor und packte sie aus. Was hatten wir nicht alles aufgetrieben: eine kleine Kreidetafel, wie man sie früher in Schulen hatte, zwei Dutzend Pfingstrosensträuße in Pastellfarben, außerdem Zimtstangen und Zitronen. Auf die Tafel schrieb ich:

*Verfeinern Sie Ihren Kaffee mit einem besonderen Sirup:*
*Haselnuss*
*Karamell*
*Kokos*
*Vanille*
*Aufpreis: nur 50 Cent*

Dann rückte ich die vier Sirupflaschen im Regal hinter dem Tresen ein wenig zur Seite und stellte die Tafel gut sichtbar dazwischen. Aus der Küche holte ich die Flaschen, die wir heute Morgen nachgekauft hatten, und stellte sie dazu. Zum Schluss dekorierte ich alles mit den Zimtstangen, den Zitronen und einigen Kaffeebohnen und betrachtete mein Werk. Gar nicht mal schlecht. Selbst wenn wir den Sirup auf die neue Karte genommen hatten, würde ich die Dekoration hier stehen lassen.

Nun zu den Blumen. Nachdem ich die weißen Vasen mit den Pfingstrosen befüllt und sämtliche goldene Kerzenständer eingesammelt hatte, verteilte ich die Blumen auf den Tischen. Auch hiermit war ich sehr zufrieden. Das machte doch schon einiges her.

Eine der beiden Frauen schnupperte sofort an den Blumen. »Seltsam, die duften ja gar nicht.«

Ich musste schmunzeln. »Das sind Stoffblumen«, erklärte ich, allerdings musste ich zugeben, dass sie wirklich echt aussahen. Ich hatte sie bei meinem letzten Bummel durch Burg entdeckt und Alexander nicht lange überreden müssen, diese statt echter Blumen zu kaufen. Sie waren sehr hübsch anzusehen, auf Dauer deutlich günstiger, und wenn das Café wieder schwarze Zahlen schrieb, konnten wir immer noch auf frische Blumen umsteigen.

»Stoffblumen? Das wäre was für meine Nichte. Sie liebt Blumen, ist aber leider fürchterlich allergisch.«

»Ich schreibe Ihnen gern auf, wo ich sie gekauft habe«, bot ich an. Die Boutique-Besitzerin in Burg hatte sicher nichts dagegen.

»Das wäre fantastisch«, erwiderte die Frau. »Würden Sie uns außerdem noch zwei Cappuccino mit Vanillesirup bringen?«

Ich nickte und schmunzelte erneut in mich hinein. Das lief doch schon mal gut.

»Ich verstehe es nicht«, sagte ich zu Alexander, während ich die Kaffeemaschine entkalkte. Es war kurz nach zehn, das Café war inzwischen geschlossen. Draußen dämmerte es, weshalb Alexander aufstand, um das Licht einzuschalten. Dann setzte er sich wieder auf seinen Hocker. »Ich war mir sicher, dass die Baguettes à la Elsässer Flammkuchen gut ankommen würden«, redete ich weiter. »Aber unser Tagesangebot hat nicht einmal ansatzweise so viele Gäste wie gestern ins Café gelockt.«

»Vielleicht ziehen Getränke einfach besser«, überlegte Alexander ein wenig mürrisch.

»Kann sein. Vielleicht waren wir auch einfach zu spät dran.« Bis ich die Tafel mit dem Tagesangebot guten Gewissens vor die Tür hatte stellen können, war es bereits nach drei Uhr gewesen, eher die Zeit für Kaffee und Kuchen. Herzhaftes lief abends wieder gut, aber mit unseren Baguettes konnten wir natürlich nicht mit einem richtigen Restaurant konkurrieren. Das war ein echtes Problem.

»Und was nun?«, fragte Alexander. Er wirkte nicht nur mürrisch, sondern auch ein wenig niedergeschlagen. Vermutlich hatte er mit dem gleichen Erfolg wie am Vortag gerechnet – wie ich auch, wenn ich ehrlich war.

»Morgen bieten wir die Baguettes einfach früher an, sodass die Gäste sie schon zur Mittagszeit bestellen können«, antwortete ich. »Auf der Tafel würde ich jedoch etwas anderes bewerben. Was hältst du von hausgemachter Limonade oder Eistee? Wenn wir uns gleich morgens treffen und alles vorbereiten, kommen wir auch nicht wie heute in einen Engpass.«

Alexander zuckte mit den Schultern. »Meinetwegen.«

»Ich würde heute Abend noch eine Liste mit Getränken und Speisen für die neue Karte machen. Dann können wir sie morgen gemeinsam durchgehen. Wie lange dauert es, neue Speisekarten drucken zu lassen?«

»Kommt darauf an. Zwei Wochen bestimmt, und so ganz billig wird es auch nicht.«

Ich überlegte einen Moment. Da hatte er natürlich recht. Ob ich dem *Blackbeard* neue Speisekarten spendieren sollte? Nein, besser nicht. Schließlich wollte ich meine neuen Vermögensverhältnisse ungern offenlegen, außerdem kannte ich Alexander nach wie vor kaum. Meine Familie wäre zu Recht verschnupft, wenn ich einem Fremden etwas von meinem Gewinn abgäbe, während ich bei ihr dermaßen allergisch auf jeden geäußerten Wunsch reagiert hatte. »Stimmt«, sagte ich daher. »Allzu viele Exemplare brauchen wir zwar nicht, aber Qualität hat ihren Preis. Alternativ könnten wir eine oder mehrere große beschreibbare Tafeln für die Wand besorgen. Das hätte den Vorteil, dass du flexibel wärst. Du könntest dich nach der Saison richten und jede Woche oder meinetwegen auch jeden Monat etwas Besonderes auf die Karte nehmen. Das könnte ebenfalls dazu beitragen, Gäste anzulocken.«

»Schon«, erwiderte Alexander, »aber was ist mit den Gästen, die auf der Terrasse Platz nehmen? Die können die Tafel nicht sehen.«

»Hm, da hast du recht.« Ich überlegte erneut. »Vielleicht Selbstbedienung? Also … nicht direkt, aber die Gäste müssen hier am Tresen bestellen und ihre Bestellung gleich selbst mit zum Tisch nehmen.«

»Wie in einer Kantine oder einem Schnellrestaurant?« Alexander schüttelte den Kopf. »Das kommt nicht infrage – auch wenn mir die Idee mit der Tafel prinzipiell gefällt. Sie wird allerdings auch nicht viel billiger sein als neue Speisekarten.«

»Dafür langlebiger«, warf ich ein.

»Das mag sein, aber das *Blackbeard* wird trotzdem nicht zur besseren Kantine.«

Ich nickte. Das würde ich an seiner Stelle auch nicht wollen. Dennoch hatte die Tafel nicht nur den Vorteil, dass man die Speisekarte regelmäßig ohne großen Aufwand aktualisieren konnte. Sie würde uns auch Zeit geben, in Ruhe über alles andere nachzudenken. Ich fand zum Beispiel *Blackbeard* nach wie vor keinen schönen Namen für ein Café, doch mein Gefühl sagte mir, dass es keine gute Idee wäre, das Thema heute Abend noch anzusprechen. Ich schaltete die gesäuberte und jetzt auch entkalkte Kaffeemaschine aus und warf einen Blick auf die Uhr. Inzwischen war es halb elf, und ich war wirklich müde. Es war ein langer Tag gewesen.

Auch Alexander sah auf die Uhr. »Was hältst du davon, wenn wir morgen darüber reden?«, schlug er vor. »Rom ist auch nicht an einem Tag erbaut worden.«

Ich musste lächeln. Dasselbe hatte ich heute Mittag auch gedacht. »Ja, manchmal neige ich dazu, alles sofort zu wollen.« Umso untypischer war es für mich, dass ich so überstürzt aus Oberschwaben geflohen war, ohne vorher das Gespräch mit meiner Familie zu suchen. »Es tut mir leid.«

»Quatsch, alles gut. Ich bin durchaus offen für deine Ideen und Vorschläge, aber wir müssen ja nicht alles an einem Tag entscheiden. Schon in der Schule lag das Geheimnis des erfolgreichen Lernens in den Pausen.«

Ich nickte. »Stimmt, aber das meinte ich gar nicht. Tatsächlich wollte ich mich dafür entschuldigen, dass es heute nicht so gelaufen ist, wie ich es erwartet hatte. Die Sache mit den Baguettes … Ich habe wirklich geglaubt …«

»Mach dir keinen Kopf«, warf Alexander ein. »Die Umstände waren nicht optimal, und es war erst dein erster offizieller Tag als meine Angestellte. Uns bleiben immer noch drei Monate.«

Ich nickte. Alexander hatte recht, wir hatten den ganzen Sommer Zeit, und doch wollte ich alles tun, um ihn nicht erneut zu enttäuschen.

# Kapitel 7

**1.000 Euro**

Wer beendete im April 2019 seine Karriere?

a) Dirk Nowitzki

b) Arjen Robben

c) Matthias Steiner

d) LeBron James

*Ha, und mein Bruder meinte noch, spätestens an der Sportfrage würde ich scheitern.*

Am nächsten Morgen waren Alexander und ich schon früh im Café. Überwiegend schweigend werkelten wir nebeneinanderher und trafen die Vorbereitungen für den Tag. Ich schnitt einen Berg Zwiebeln und bereitete sämtliche Baguettes vor, während Alexander den frisch gelieferten Kuchen in der Auslage verteilte und Waffelteig machte. Anschließend wusch er ein halbes Dutzend Salatköpfe, schnitt Gemüse und Obst für die Waffeln. Als die Baguettes so weit fertig waren und nur noch darauf warteten, für die Gäste in den Ofen geschoben zu werden, bereitete ich Salatdressing zu und machte mich dann an den Eistee. Gestern Abend hatte ich mich schon um die Eiswürfel gekümmert, und heute Morgen war ich nach dem Frühstück mit dem Mietwagen noch schnell in den Ort gefahren, um die fehlenden Zutaten zu besorgen. In Absprache mit

Alexander hatte ich klassischen Eistee aus schwarzem Tee und Zitrone gewählt sowie eine teeinfreie, fruchtigere Variante: Früchtetee, verfeinert mit Saft.

Um zehn Uhr schloss Alexander das *Blackbeard* auf und stellte die vorbereitete Tafel vor die Tür. Um halb elf war der Eistee fertig, und ich gesellte mich zu Alexander, der hinter dem Tresen stand und auf seinem Handy herumtippte. Gäste waren bisher noch keine gekommen. Ein ungutes Gefühl breitete sich in meinem Bauch aus, doch ich ignorierte es. Für Eistee war es noch etwas früh am Tag, also kein Grund zur Sorge. Spätestens gegen Mittag würden sicher die ersten Gäste eintrudeln und das neue Baguette sowie Eistee bestellen.

»Sollen wir die Zeit nutzen und die Speisekarte durchgehen?«, fragte ich. »Wie versprochen habe ich mir gestern Abend einiges überlegt.«

Alexander tippte noch etwas, bevor er das Handy wegsteckte. »Okay, setzen wir uns da an den Tisch.«

Ich zog den Zettel aus der Tasche und reichte ihn an Alexander weiter. Verzweifelt versuchte ich, nicht nervös mit meinem Kugelschreiber zu spielen, während sein Blick auf meine Liste geheftet war. Die Falte auf seiner Stirn wurde immer steiler.

*Für Glückliche*
Milchshake (Erdbeere, Vanille, Schoko, Karamell)
Matjes- oder Lachsbrötchen mit Kartoffel- oder Blattsalat & Baguette
Käse-Kirsch-Kuchen

*Für Verliebte*
Heiße Schokolade mit Himbeersahne
Baguette mit Käse & Tomaten
Waffeln mit tropischen Früchten & Sahne

*Für Ausgeglichene*
Hausgemachter Eistee (klassisch oder Früchte)
Flammkuchen Elsässer Art
Obstsalat mit Eis & Sahne

*Zum Erfolgefeiern*
Cappuccino mit Muskat
Baguette mit Salami, Pilzen & Kräutern
Fruchteis mit Melone, Zitronengras & Sahne

*Bei Antriebslosigkeit*
Latte macchiato mit Kokossirup
Flammkuchen mit Kartoffeln, Tomaten & Paprika
Mandarinen-Schokoladen-Kuchen

*Bei Stress*
Milchkaffee mit Vanillesirup
Baguette mit Thunfisch & Oliven
Beerenwaffeln mit Vanilleeis & Sahne

*Bei Liebeskummer*
Cappuccino mit extraviel Milchschaum & Zimt
Salat mit Ziegenkäse an Honigdressing
Milcheis mit Schokosoße, Banane & Amarenakirschen

*Bei Einsamkeit*
Heiße weiße Schokolade mit echter Bourbon-Vanille
Salat mit frischen Früchten & Nüssen an Himbeerdressing
Buttermilch-Zitronentorte

*Für Zufriedene*
Softdrinks & Säfte, Wasser
Hausgemachte Limonade
Ausgefallene Teesorten
Diverse Eisbecher
Diverse Kuchen & Waffeln mit verschiedenen Toppings

»Und?«, fragte ich nach einer Weile und spielte nun doch nervös mit dem Kugelschreiber.

Alexander hob den Blick. »Was ist das denn für eine seltsame Einteilung? Man findet sich überhaupt nicht zurecht, weil Getränke, Speisen und Desserts wild verteilt sind.« Er zeigte auf die Liste. »›Bei Liebeskummer‹? Was soll das? Was, wenn ich als Gast Lust auf einen Cappuccino mit Zimt, aber keinen Liebeskummer habe?«

»So eng darfst du das nicht sehen«, antwortete ich, hatte aber trotzdem schnell eine Lösung parat: »Wenn es dich stört, können wir auch überall ein ›vor allem‹ voranstellen.«

»Das ändert nichts daran, dass die Karte absolut unsortiert ist.«

Ich unterdrückte ein Seufzen. »Das sehe ich nicht so. Ja, die Getränke stehen nicht alle zusammen, aber die Karte folgt dennoch einem Schema. Glaub mir, die Leute werden es lieben. Sie bietet Gesprächsstoff und bleibt in Erinnerung. Damit kannst du dich von den anderen Cafés abheben.«

»Aber ›glücklich‹ und ›zufrieden‹? Das ist doch dasselbe.«

Ich schüttelte den Kopf. »Ist es nicht. Zufriedenheit ist etwas Gutes, aber wenn man glücklich ist, passiert noch einmal so viel mehr mit einem. Findest du nicht? Denk mal zurück – wann warst du das letzte Mal richtig glücklich?« Ich überlegte selbst und musste mir eingestehen, dass mir so spontan auch nichts einfiel, sah man vielleicht von dem Moment ab, als in Detlefs Quizshow der Goldflitter auf mich hinabgesegelt war.

Alexander schwieg einen Moment. »Na gut, lassen wir die Aufmachung der Karte einmal außen vor. Bleibt noch die Tatsache, dass wir kein Restaurant sind.«

Ich hätte es mir von ihm schriftlich geben lassen sollen, dass ich nicht um alles kämpfen musste. »Deshalb ist die Auswahl ja auch beschränkt.«

»Ich finde sie für ein Café unserer Größenordnung ziemlich groß. Denk dran, dass wir das alles mehr oder weniger allein bewerkstelligen müssen. Flammkuchen klingt zwar sehr lecker, aber auch sehr aufwendig.«

»So aufwendig ist Flammkuchen gar nicht. Den Teig kann man vorbereiten und für den nächsten Tag im Kühlschrank aufbewahren oder nach kurzem Anbacken sogar einfrieren. Habe ich extra recherchiert. Ist zwar nicht optimal, aber solange wir zu zweit sind, müssen wir uns irgendwie behelfen. Und der Belag an sich ist nun wirklich schnell gemacht.«

»Mag sein, aber das ist ja nicht alles. Die Salate und Baguettes, der Eistee und die Limonaden … Denkst du nicht, das wird zu viel?«

»Dann hätte ich die Karte nicht so gestaltet. Alexander, euer Angebot muss so einfallsreich und vielversprechend wie möglich sein, damit die Gäste wiederkommen. Und das nicht nur in diesem Urlaub, sondern auch im nächsten. Sie sollen so begeistert sein, dass sie ihren Freunden, zufälligen Bekannten am Strand und ihren Vermietern davon erzählen. Wir brauchen Mund-zu-Mund-Propaganda und gute Bewertungen im Internet, denn selbst wenn es das *Blackbeard* in irgendwelche Fehmarn-Prospekte schafft, ist die Auswahl riesig. Ihr könnt mit der wundervollen Lage und Aussicht punkten. Und mit der neuen Karte.« Ich machte eine kurze Pause. »Nimm's mir nicht übel. Eure bisherige Karte ist okay, aber sie haut keinen vom Hocker. Jedenfalls nicht so, dass man unbedingt noch mal herkommen muss. Außerdem fehlt etwas für den größeren Hunger. Als ich das erste Mal hier war, habe ich Baguette *und* Kuchen bestellt.«

»Guter Punkt«, bemerkte Alexander. »Du bist auch wiedergekommen.«

»Stimmt, aber das hatte … andere Gründe.« Ich sollte schnellstens das Thema wechseln, bevor er nachhakte oder auf dumme Gedanken kam. »Wenn es dir zu heikel ist, lassen wir den Flammkuchen erst mal weg und variieren einfach die Beläge der Baguettes. Solltest du dich für die Tafel entscheiden statt für neu gedruckte Speisekarten, wäre es überhaupt kein Problem, den Flammkuchen später hinzuzunehmen. Hast du darüber noch mal nachgedacht?«

Alexander legte meine Liste beiseite. »Habe ich. Die Idee mit der Tafel finde ich an und für sich cool, aber ich bleibe dabei: Ich will hier keine Kantine.«

»Und wenn wir für die Terrasse kleine Tischaufsteller bestellen?«, fragte ich. »Die sind nicht teuer, aber praktisch. Du kennst sie vielleicht aus anderen Cafés, meist werden dort saisonale oder spezielle Angebote beworben.«

Alexander nickte. »Ich weiß, was du meinst. Und wie stellst du dir das vor? Da passt nie und nimmer die ganze Karte drauf.«

»Es muss ja auch nicht die komplette Karte sein. Ich denke vor allem an die Getränke und einen Hinweis darauf, dass wir außerdem Kuchen und herzhafte Speisen anbieten. Wer etwas essen will, kann sich beim Kellner erkundigen oder drinnen auf der Tafel schauen.«

»Hm«, machte Alexander nur. Das klang wenig begeistert.

»Oder«, fuhr ich fort, denn natürlich hatte ich noch einen Plan B in der Tasche, »wir bestellen für jeden Tisch zwei Aufsteller. Dann hätten wir Platz für die komplette Karte. Sie sind, wie gesagt, nicht allzu teuer und können relativ einfach aktuell gehalten werden. Um den Aufwand zu verringern, könnte man nur auf das Tages-, Wochen-, Monatsangebot verweisen. Es sollte nicht zu viel verlangt sein, wenn der Gast in diesem Fall den Kellner fragt, oder was meinst du?«

Alexander antwortete nicht sofort, sondern überlegte erst eine ganze Weile. Schließlich nickte er. »Ja, ich denke, das geht. Die Idee gefällt mir.«

Ich unterdrückte ein erleichtertes Aufatmen. Sehr gut, die Kuh war schon mal vom Eis. »Super, dann geben wir später gleich die Bestellung auf. Ich kenne einen Shop im Internet, wo man solche Sachen gut bestellen kann.« Beiläufig fragte ich: »Sag mal, wie gefällt dir die Karte denn sonst? Also unabhängig von der Aufteilung.«

»Ist okay«, erwiderte Alexander unverbindlich. »Einfallsreich und vielversprechend klingt sie auf jeden Fall. Ich mache mir, wie gesagt, nur Sorgen, was die Umsetzbarkeit angeht, aber wenn du sagst, du hast das alles gut durchdacht …«

»Das habe ich«, sagte ich schnell. »Die Limonaden und der Eistee zum Beispiel halten sich im Kühlschrank zwei Tage und müssen demnach nicht jeden Tag frisch zubereitet werden, ebenso wenig der Flammkuchen. Lass uns das einfach mal ausprobieren. Und sobald das Café gut läuft, kannst du jemanden für die Küche einstellen. Dann musst du nie wieder Zwiebeln schneiden.« Ich lachte, doch wirklich amüsiert klang es nicht einmal für meine eigenen Ohren.

Alexander ignorierte meinen schlechten Witz gänzlich. Stattdessen stand er auf, doch er ließ sich sofort wieder auf den Stuhl zurückfallen. »Scheiße!«

»Was?«, fragte ich. Eine Antwort bekam ich nicht, doch die war auch nicht mehr nötig, als ich Alexanders Blick folgte und aus dem Fenster sah. Der Himmel hatte sich zugezogen, es würde jeden Moment anfangen zu regnen. Dicke Wolken verhießen nichts Gutes, und das Meer war so aufgewühlt wie ich vor meiner Abreise nach Fehmarn. »So ein Mist.«

»Tja, den Eistee hast du wohl umsonst gemacht«, murmelte Alexander und stand nun doch auf. Gleich darauf verschwand er in der Küche.

So ein verdammter Mist! Warum musste das Wetter ausgerechnet heute umschlagen? Die ersten dicken Tropfen fielen bereits vom Himmel, prasselten gegen die Fensterscheibe. Wie hatte ich so dumm sein können, nicht vorher auf die Wetterkarte zu schauen? Sich in Deutschland im Sommer auf Sonnenschein zu verlassen war naiv. Ein Anfängerfehler, der mir garantiert nicht noch einmal passieren würde. Hätte ich doch die heiße Schokolade mit Himbeersahne auf der Tafel angeboten. Hoffentlich würde es spätestens übermorgen wieder aufklaren, sonst konnten wir den Eistee wegschütten.

*

»Melanie, ich bin's. Evie.«

»Halleluja, du lebst. Was ist los? Wo steckst du? Geht es dir gut?«

»Wer ist das, Schatz?«, hörte ich Melanies Verlobten Stefan im Hintergrund.

»Nur eine Arbeitskollegin. Sei nicht so neugierig«, antwortete Melanie. Ich hörte, wie die beiden sich einen Kuss gaben, dann das Schließen einer Tür. Sie hatte offenbar das Zimmer verlassen, um ungestört reden zu können und mich nicht zu verraten.

Ich wusste es, wenigstens auf Melanie war Verlass. Es war die richtige Entscheidung gewesen, sie anzurufen. Ich musste einfach mit jemandem reden, außerdem konnte ich nicht monatelang fortbleiben, ohne Bescheid zu geben. Und es war auch keine Nachricht, die man einfach per WhatsApp verbreitete.

»Also, zurück zu meiner Frage«, sagte Melanie.

»Zu welcher?« Wir lachten beide, und ich machte es mir auf dem Sofa gemütlich. Es tat gut, endlich mal wieder mit jemandem zu reden, der mich kannte und verstand.

»Was ist passiert? Warum bist du abgehauen? Aber das Wichtigste zuerst: Wie geht es dir?«

»Das sind schon wieder mehrere Fragen auf einmal«, scherzte ich.

»Evie.«

Ich seufzte. »Es geht mir gut, mach dir keine Sorgen. Ich musste nur mal raus, um in Ruhe über alles nachdenken zu können.«

»Und was sagt Markus dazu?«

Sie wusste es noch gar nicht? Ich war sicher gewesen, dass meine Mutter die Nachricht von unserer Trennung gleich brühwarm herumerzählt hatte. Immerhin hatte ich meinem Vater mehr oder weniger gestanden, dass es zwischen Markus und mir kriselte. Offensichtlich hatte er es für sich behalten. Zuzutrauen war es ihm jedenfalls. »Ich habe Schluss gemacht.«

»Bitte was? Mensch, Evie, das tut mir leid. Alles okay?«

»Über Markus bin ich längst hinweg«, erwiderte ich und wunderte mich selbst über diese Aussage. Aber jetzt, wo ich es laut ausgesprochen hatte, wusste ich, dass es die Wahrheit war.

»Na, wenigstens etwas.« Melanie seufzte. »Jetzt bitte noch mal ganz von vorn. Ich habe vielleicht studiert, trotzdem kann ich dir nicht folgen.«

Ich musste lächeln, und dann erzählte ich meiner Cousine, was mich dazu getrieben hatte, Oberschwaben für ein paar Wochen zu verlassen, und warum ich vorhatte, länger als geplant fortzubleiben. Sie hörte mir aufmerksam zu, stellte nur hin und wieder eine Frage und schwieg eine ganze Weile, als ich geendet hatte.

»Mann oh Mann, das ist vielleicht ein Ding«, sagte sie schließlich. »Warum hast du denn nichts gesagt? Ich hätte dir doch beigestanden.«

»Ich weiß, und das ist auch echt lieb von dir, aber ich musste wirklich dringend raus, und ich konnte dich schlecht mitnehmen, weil noch keine Sommerferien sind. Mich bei dir zu verstecken hätte auch nichts gebracht, da haben meine Eltern doch bestimmt zuerst gesucht.«

»Stimmt«, gab sie zu. »Sie haben mich zumindest gefragt, ob ich weiß, wo du steckst. Apropos, wo bist du?«

Das hatte ich ihr immer noch nicht verraten. »Auf einer deutschen Insel.«

»Auf einer *Insel?* Präziser geht es nicht? Komm schon, Evie, ich verrate auch nichts. Nicht einmal Stefan. Ehrenwort.«

Ich stieß die Luft aus und erinnerte mich an etwas, das ich in einer der Fehmarn-Broschüren gelesen hatte. »Es ist die drittgrößte Insel Deutschlands.«

»Usedom? Sylt?«, begann Melanie sofort zu raten. »Egal, das kriege ich raus. Ich verstehe nur nicht, warum du jetzt auf einmal länger bleiben und einem Wildfremden helfen willst.«

»Das sagte ich doch: Ich möchte herausfinden, ob es wirklich eine gute Idee ist, von meinem Gewinn ein eigenes Café zu eröffnen.«

Melanie schnaubte. »Akustisch habe ich es schon verstanden. Der Sinn erschließt sich mir nicht. Ist es, weil Markus dir diesen Floh ins Ohr gesetzt hat? Jetzt hör mir mal zu, liebe Cousine: Ob du ein heruntergewirtschaftetes Café retten kannst oder nicht, sagt überhaupt nichts über dich und deine Qualitäten aus. Du liebst deinen Job, auch wenn du immer und überall herumerzählst, dass du ihn nur übergangsweise machst. Wir wissen beide, dass das nicht stimmt. Du hättest dir längst etwas anderes suchen können, aber das Einzige, was du immer wolltest, ist, ein eigenes Café zu führen. Jetzt hast du die Chance dazu. Warum lässt du dir das ausreden? Glaub an dich, das tue ich auch. Du kannst das.«

Tränen traten mir in die Augen, ich musste schlucken. »Du bist leider die Einzige, die noch an mich glaubt. Weißt du, heute lief es gar nicht gut. Ich habe Unmengen von Eistee produziert, und dann fing es schon vormittags an zu regnen und hat den ganzen Tag nicht aufgehört. Ganze drei Gläser haben wir verkauft. Nur drei Gläser!«

»Evie, Evie, ist das dein Ernst? Das kommt vor und ist kein Grund, einen Traum für immer aufzugeben.«

Ich zog meine Beine unter mich und blickte einen Moment aus dem Fenster, gegen das nach wie vor Regentropfen prasselten. »Das habe ich auch nicht vor, trotzdem hätte das nicht passieren dürfen.« Ich atmete tief aus. »Lass mir noch etwas Zeit. Der Wetterbericht für die kommenden Tage sieht gar nicht gut aus, und ich habe Alexander ein Versprechen gegeben, das ich halten möchte.« Wenn auch nicht wortwörtlich. »Wenn ich es wirklich draufhabe, wie du behauptest, dann werde ich es wohl auch schaffen, die Gäste bei Regen ins Café zu holen.«

Melanie seufzte. »Natürlich lasse ich dir die Zeit. Du kannst tun und lassen, was du willst. Ich werde dich in allem unterstützen, das weißt du hoffentlich.«

»Das weiß ich, und ich danke dir.« Ich stand auf, um mir die angebrochene Flasche Wein und ein Glas zu holen. »Lass uns über etwas anderes reden. Was machen eure Hochzeitsvorbereitungen?«

»Es läuft prima. Ich habe endlich ein Kleid gefunden, das mir gefällt, allerdings überlege ich noch, ob ich wirklich so viel Geld dafür ausgeben will. Immerhin ist es nur für einen Tag.«

»Was überlegst du da noch?« Wir waren zusammen auf Kleidersuche gewesen, und Melanie hatte bestimmt drei Dutzend anprobiert. Lange und kurze, schmale und bauschige, schlichte und extravagante. Nichts hatte ihr gefallen, denn sie hatte seit ihrer Kindheit eine ganz genaue Vorstellung von ihrem zukünftigen Hochzeitskleid, dem in der Realität kein Kleid das Wasser hatte reichen können. Ich war ein wenig traurig, dass ich nicht dabei gewesen war, als sie es endlich doch noch gefunden hatte. »Also, wenn es ums Geld geht …«

»Nein, nein und nochmals nein. Ich werde kein Geld von dir annehmen, hörst du?«

»Aber …«

»Nein und damit Schluss jetzt. Frag lieber, wie das Kleid aussieht.«

Als wir das Telefonat schließlich beendeten, war es bereits zehn Uhr. Ich hatte Melanie noch gebeten, meinen Eltern Bescheid zu geben, dass es mir gut ging und dass ich noch etwas bleiben würde, und ihr das Versprechen abgenommen, keinesfalls zu verraten, wohin ich mich vorerst abgesetzt hatte. Nun stand ich am Fenster und sah in die Dunkelheit hinaus. Es regnete immer noch, wenn auch nicht mehr ganz so heftig. Was konnte ich nur tun, um Gäste ins *Blackbeard* zu locken? Heiße Schokolade mit Himbeersahne anzubieten war eine erste Idee, aber das reichte nicht.

*

Die Wettervorhersage behielt leider recht, die Sonne hatte sich vorerst verabschiedet. Stattdessen hatten Regen und Wind von Fehmarn Besitz ergriffen, und wie wir erwartet hatten, trauten sich die Touristen bei dem Mistwetter kaum vor die Tür. Anfangs kam immerhin noch der ältere Mann mit der Vorliebe für heiße weiße Schokolade regelmäßig ins Café, doch auch ihn hatte ich seit einigen Tagen nicht gesehen. Selbst mit meiner heißen Schokolade mit Himbeersahne konnte ich bei den Gästen nicht punkten, aber vielleicht hatten es auch die wenigsten Spaziergänger mitbekommen. Die Tafel hatte ich zwar gut sichtbar auf dem Weg vor dem Café platziert, aber der Regen hatte die Kreide weggeschwemmt, wie mir erst spätabends aufgefallen war. Und unter dem Vordach des Caféeingangs, wo sie am Tag darauf stand, wurde sie wahrscheinlich einfach übersehen. Ich fühlte mich miserabel, zumal nicht einmal die neue Wandtafel und die Aufsteller inzwischen geliefert worden waren, was mich zumindest kurzfristig abgelenkt und aufgemuntert hätte.

Eine Woche war vergangen. Eine Woche, und nichts hatte sich geändert. Tag für Tag zerbrach ich mir den Kopf darüber, wie wir Gäste anlocken konnten, doch das *Blackbeard* lag einfach zu weit von der Straße entfernt. Die Touristen verließen zwar auch bei Regen ihre Hotels, um etwas essen zu gehen, aber sie würden nicht extra ins *Blackbeard* kommen und dafür in Kauf nehmen, dass sie bei dem notwendigen Fußmarsch nass wurden. Nicht, solange wir die Karte nicht umgestellt und die Neuerungen bekannt gemacht hatten. So waren wir auf Laufkundschaft angewiesen, die bei schlechtem Wetter rar war. Ein Teufelskreis.

Auch Alexanders Laune wurde von Tag zu Tag schlechter. Er redete zwar nicht darüber, aber er war mit Sicherheit enttäuscht von mir, wenn nicht gar sauer. Ich war ja selbst enttäuscht. Was hatte ich getönt, ich würde das hinbekommen – und nun das. Nichts als große Worte. Meinen Traum vom eigenen Café sollte ich wohl wirklich begraben, auch wenn Melanie anderer Meinung war.

Es war Abend und das Café mal wieder leer. Nur ein Gast saß an einem Tisch in der Ecke. Seit Ewigkeiten starrte er auf sein Handy und nippte dabei an ein und demselben Filterkaffee – den hatte er sich nicht ausreden lassen. Draußen war es so trüb, dass man meinen konnte, die Dämmerung setzte jeden Augenblick ein. Alexander und seine Schwester waren schon seit einer Weile in der Küche verschwunden. Keine Ahnung, was sie da trieben. Verstehen konnte ich nichts. Carmen genoss im Moment ihre neu gewonnene Freizeit, denn für drei

Leute gab es definitiv nicht genug zu tun, und so schaute sie nur hin und wieder mal nachmittags zusammen mit Ida vorbei. Ob sie fürchtete, Alexander und ich könnten uns an die Gurgel gehen?

Ich schrubbte zum x-ten Mal den Tresen und überlegte abzureisen. Was sollte ich noch hier? Ich konnte doch nichts ausrichten. Alexander wäre bestimmt erleichtert, mich loszuwerden, und vielleicht konnte er ja doch noch einen Profi auftreiben, der sich nicht gleich von so ein bisschen Regen ins Bockshorn jagen ließ. Ein Profi war zwar nicht billig, aber wenn er das Café retten konnte, war er jeden Cent wert.

Es fiel mir nicht leicht, denn wenn ich jetzt aufgab, würde ich auch meinen Traum aufgeben, aber ich durfte nicht nur an mich denken. Also legte ich den Schwamm beiseite und ging zur Küche, um Alexander meinen Vorschlag zu unterbreiten. Die Tür stand halb offen, sodass ich nun hören konnte, dass die beiden sich unterhielten.

»Evie hat eine Chance verdient«, sagte Carmen gerade.

Ich blieb stehen.

»Ich hab ihr eine Chance gegeben«, erwiderte Alexander. »Sie ist seit einer Woche hier, und es hat sich nichts geändert. Ich stehe immer noch mit einem Bein im Konkurs.«

»Dafür kann Evie nichts. Du hast den Laden monatelang nur halbherzig geführt, und nun verlangst du von ihr, dass sie alles innerhalb einer Woche richtet? Das ist nicht fair.«

»Ich weiß, und sie kann im Grunde nichts dafür. Aber enttäuscht bin ich trotzdem, und das darf ich doch wohl auch sein.« Alexander stieß die Luft aus. »Nach der Sache mit dem Kokossirup habe ich mich echt überzeugen lassen, dass sie es draufhat, aber inzwischen kommt nicht einmal mehr der Stammgast, auf den sie so stolz war.«

»Das miserable Wetter erschwert die Lage ungemein, und das mit Sicherheit nicht nur für das *Blackbeard*. Die Touristen gehen shoppen oder ins Erlebnisbad und nicht an den Strand. Das weißt du selbst. Du musst ihr mehr Zeit geben.«

»Ich habe aber keine Zeit«, erwiderte Alexander ziemlich barsch. »Du weißt, dass mir die Bank im Nacken sitzt. Ich kann nicht ein paar Wochen warten, bis Evie endlich zu ihrer Form gefunden hat oder die Sonne wieder scheint.«

»Ich weiß, ich weiß«, sagte Carmen ruhig. »Uns fällt schon was ein, versprochen.«

Die Tür gab ein Knarren von sich, als ich aus Versehen dagegenstieß, und die beiden zuckten zusammen. Carmen wirkte schuldbewusst, Alexander hingegen sah man wie immer nichts an. Ich unterdrückte den Impuls, mich umzudrehen und einfach zu gehen. Stattdessen betrat ich die Küche.

»Ich wollte nicht stören«, begann ich mit so fester Stimme, wie es mir nur möglich war.

»Nein, nein, bitte entschuldige«, sagte Carmen schnell. »Uns tut es leid, nicht wahr, Alexander? Das alles hat nichts mit dir zu tun. Wir machen uns nur Sorgen ums Café. Du weißt, dass uns die Zeit davonrennt.«

Ich nickte. »Es ist okay, ich verstehe euch.« Was sie über mich gesagt hatten, schmerzte, aber das wollte ich mir nicht anmerken lassen. »Ich habe ein schlechtes Gewissen, weil es nicht so läuft, wie ich es mir vorgestellt habe. Jemanden, der wirklich Ahnung von seinem Job hat, sollte ein bisschen Regen nicht aufhalten, deshalb bin ich vielleicht nicht die Richtige für euch. Ihr solltet euch nach einem Experten umsehen und eure Hoffnung nicht in mich verschwenden.« Ich schluckte. »Es ist schön, euch kennengelernt zu haben. Ich wünsche euch viel Glück.«

Der Kloß in meinem Hals machte es mir unmöglich, noch mehr zu sagen, also drehte ich mich um, schnappte mir hinter dem Tresen meine Tasche und meine Jeansjacke und flüchtete. Erst draußen merkte ich, dass ich meinen Regenschirm vergessen hatte, doch ich würde nicht noch einmal umkehren. Trotz des Regens blieb ich einen Moment lang stehen und betrachtete das *Blackbeard*. Ich hatte wirklich geglaubt, ich könnte es schaffen. So wie ich geglaubt hatte, ich hatte das Zeug, ein eigenes Café zu führen. Eigentlich widerstrebte es mir, vorzeitig aufzugeben, aber ein Ende mit Schrecken war immer noch besser als ein Schrecken ohne Ende. Es ging hier nicht nur um mich. Es ging um Alexanders Existenz, und auch, wenn er sich mir gegenüber nicht unbedingt von seiner besten Seite gezeigt hatte, wollte ich nicht schuld an seinem Ruin sein.

Nur gut, dass ich bisher noch keine neue Bleibe auf Fehmarn gefunden hatte. Alexanders Tante hatte zwar noch einmal mit den Handwerkern Rücksprache gehalten und war zuversichtlich, dass meinem Einzug nichts entgegenstand, aber wir hatten noch nichts festgemacht. So konnte ich nächste Woche einfach wie geplant die Insel verlassen und in mein altes Leben zurückkehren. Sofern ich mir dort durch meine überstürzte Abreise nicht alles kaputt gemacht hatte.

Ich zog die Jeansjacke über, drehte mich um und schlug den Weg Richtung Meeschendorf ein, doch ich war noch nicht weit gegangen, als ich jemanden meinen Namen rufen hörte.

»Evie, warte bitte.«

Ich zögerte, doch es hätte nicht gerade von Größe gezeugt, wenn ich jetzt einfach weitergegangen wäre, also wandte ich mich erneut um. Nur ein paar Schritte von mir entfernt stand Alexander. Auch er hatte keinen Regenschirm dabei, doch das schien ihn nicht zu stören. Er schien den Regen nicht einmal zu bemerken.

»Geh nicht«, sagte er. »Nicht meinetwegen. Es tut mir leid, was ich gesagt habe, okay?«

Ich machte einen Schritt auf ihn zu. »Warum? Ich dachte, du bist froh, wenn du mich endlich los bist.«

»Das ist nicht wahr.« Alexander trat näher auf mich zu. Die Regentropfen liefen ihm die Schläfen hinunter, verfingen sich in seinen Wimpern. »Ich war ignorant. Carmen glaubt fest an dich, ich will es auch, und du solltest es auch tun.«

Ich schüttelte den Kopf und senkte den Blick. »Du weißt nicht einmal, warum ich dir überhaupt helfen wollte. Das hatte ganz egoistische Gründe, und die solltest du kennen, bevor du mich erneut bittest zu bleiben.«

»Wie kann es egoistisch sein, wenn man jemandem hilft?«, fragte Alexander ungewohnt sanft. »Allein das Ergebnis zählt.«

Wieder schüttelte ich den Kopf. »Du weißt, dass ich in meinem Heimatort als Barista arbeite, aber das ist nicht alles. Mein Traum war es immer, eines Tages ein eigenes Café zu haben. Ich wollte mir beweisen, dass ich es kann, indem ich dein Café rette. Verstehst du? Es ging mir nie um dich und auch nicht ums *Blackbeard*.«

»Na und? Wir kennen uns ja auch kaum, und das ändert nichts.«

»Natürlich, das ändert alles.«

Alexander trat noch einen Schritt auf mich zu und legte mir seine Hände auf die Arme. Fast wäre ich zurückgewichen, so unerwartet kam diese Geste. »So einen Blödsinn habe ich noch nie gehört«, sagte er. »Du bist ein liebenswerter und hilfsbereiter Mensch, und es tut mir leid, wenn du meinetwegen daran zweifelst. Du hättest meine Unterhaltung mit

Carmen überhaupt nicht mitbekommen sollen. Ich wollte dich dadurch nicht verunsichern.«

»Ich hatte schon vorher Zweifel.«

»Trotzdem. Ich bin frustriert, was du sicher verstehst, aber es ist nicht fair von mir, innerhalb kürzester Zeit Wunder von dir zu erwarten. Und das solltest du selbst auch nicht.«

Ich seufzte. »Alexander, ich glaube wirklich, es ist besser, wenn ihr euch einen Experten sucht.«

»Den muss man erst einmal finden und bezahlen können«, erwiderte er und sah mich an. »Versteh das bitte nicht schon wieder falsch. Das bedeutet nicht, dass du nur eine Notlösung bist. Carmen sagt, du bringst frischen Wind ins *Blackbeard*, und ich glaube, sie hat recht damit. Lass mich nicht betteln, Evie. Das ist nicht meine Art.«

Er hatte es geschafft, er hatte mich zum Lächeln gebracht. War das der gleiche Alexander, mit dem ich bisher zusammengearbeitet hatte? »Hör mal«, begann ich, »es ist okay. Ich bin nicht böse, aber es hat seinen Grund, warum du diese Dinge gesagt hast. Du hast schon irgendwo recht mit deiner …« Er legte mir die Hand auf den Mund, und ich verstummte.

»Würdest du bitte aufhören?«, sagte er. »Was ich gesagt habe, war nicht gerade nett, und ich habe mich bereits dafür entschuldigt. Mir ist bewusst, dass es dich verletzt hat, obwohl es nicht meine Absicht war. Meine schlechte Laune permanent an dir auszulassen ist alles andere als fair. Ich weiß nicht, warum ich im Moment so bin. Oder … vielleicht doch. Ich …« Er stieß die Luft aus. »Ich habe Angst, okay? Ich will das Café nicht verlieren.«

Ich nahm Alexanders Hand von meinem Mund. »Und genau deshalb …« Seine Lippen berührten meine. Völlig perplex stand ich da, ließ den Kuss geschehen.

Schließlich löste Alexander sich von mir und räusperte sich. »Sorry, das war nicht geplant. Ich … wusste nur nicht, wie ich dich sonst zum Schweigen bringen soll.« Nervös lachend fuhr er sich durch die Haare. »Carmen hat recht, ich habe meinen Frust an dir ausgelassen, weil ich sonst zugeben müsste, dass ich es vollkommen verbockt habe. Das fällt mir nicht leicht.«

Ich nickte nur, weil ich nicht wusste, was ich sagen sollte. Alexanders Lippen waren immer noch auf meinen zu spüren, sein Geschmack lag mir noch auf der Zunge. Was war da gerade passiert? Ich hatte geglaubt, er könnte mich nicht besonders leiden, aber der Kuss hatte etwas anderes gesagt. Man küsste doch nicht einfach jemanden, nur um ihn zum Schweigen zu bringen.

»Heißt das, du bist wieder mit an Bord?« Alexander schaute mich unverwandt an.

»Ich … Ähm …«

»Ich interpretiere das mal als Ja«, sagte er, nahm mich am Ärmel und zog mich zurück zum *Blackbeard.* »Außerdem hast du gar keine Wahl. Ich bin dein Chef, und ich akzeptiere deine Kündigung nicht. Verstanden?«

# Kapitel 8

**2.000 Euro**

Im zweiten Teil des Disney-Klassikers reisen Bernard und Bianca ins

a) Bärenland
b) Känguruland
c) Krokodilland
d) Eidechsenland

Endlich zahlt sich meine Vorliebe für Disney-Filme mal aus.

»Ihr seid ja völlig durchnässt.« Carmen sah uns belustigt an.

Wir hatten eine Spur aus Tropfen von der Eingangstür bis zum Tresen hinterlassen. Zu meinen Füßen bildete sich eine Pfütze, und so langsam kroch mir die Kälte in die Knochen.

»Kommt vor, wenn es regnet und man ohne Schirm rausgeht«, brummte Alexander.

»Konntet ihr alles klären?« Carmen sah zwischen Alexander und mir hin und her.

Ich spürte Hitze in meinen Wangen aufsteigen. *Nur nicht paranoid werden.* Sie ahnte nichts von dem Kuss. Konnte sie gar nicht. Woher auch? »Ähm, ja …«, stammelte ich. »Wenn ihr es euch wirklich nicht anders überlegen wollt, helfe ich euch natürlich auch weiterhin. Aber ich gebe keine Garantie auf Erfolg.«

»Das würde ein Experte auch nicht tun«, erwiderte Carmen. »Ich bin froh, dass du bleibst. Vergiss einfach, was du eben in der Küche gehört hast.«

»Schon passiert.« Normalerweise war ich nachtragender, doch im Moment konnte ich nur noch an diesen Kuss denken. Was hatte Alexander sich dabei gedacht? Hatte er überhaupt gedacht? Oder hatte er mich wirklich nur zum Schweigen bringen wollen? Dazu hätte er mich allerdings auch einfach anschreien können – das wäre mindestens genauso effektiv und deutlich weniger verwirrend gewesen.

»Kann ich bitte zahlen?«, rief unser Gast in die Runde.

»Aber sicher, bitte entschuldigen Sie«, antwortete Carmen und nahm Alexander das Portemonnaie ab, nach dem er bereits gegriffen hatte. »Ich mach das schon, räume noch auf und schließe dann ab. Geht ihr nach Hause. Zieht euch was Trockenes an, kocht euch einen Tee, und dann könnt ihr in Ruhe überlegen, wie es weitergehen soll. Evie, du kannst gerne was von mir anziehen.«

Während Carmen zu unserem Gast ging, warfen Alexander und ich uns einen Blick zu. »Wir wohnen beide nicht weit von hier in derselben Straße«, erklärte er. »Was sagst du? Kommst du mit? Ich kann dich später mit dem Auto zu deiner Pension fahren.«

Ich nickte, denn ich wollte unbedingt noch mit ihm reden und hatte das Gefühl, dass er mir nun endlich Rede und Antwort stehen würde.

Wir hatten einen Abstecher zu Carmens Haus gemacht und ein paar trockene Sachen für mich geholt, bevor wir weiter zu Alexanders Wohnung gelaufen waren. Er hatte mich direkt ins Badezimmer geführt, wo ich mir die Haare föhnte und Jeans und ein langärmeliges Shirt anzog. Ich zog den Bauch ein, bekam den Knopf der Hose aber dennoch nicht zu. So ein Mist! War Carmen wirklich so viel schlanker als ich? Ich reckte mich, um mich im Spiegel zu betrachten. Konnte ich mich so vor die Tür wagen? Nun denn … Ich hatte wohl keine Wahl. Resigniert sah ich mich um. Alexander gehörte nicht zu den Männern, die viele Parfums oder unterschiedliche Aftershaves herumstehen hatten. Überhaupt war es erstaunlich ordentlich. In der Ecke neben der Wanne lag ein Handtuch, aber Waschbecken und Badewanne waren erst vor Kurzem geputzt worden. Ob er das selbst machte?

»Was für einen Tee willst du?«, hörte ich Alexanders Stimme.

»Welche Sorten hast du denn?«, rief ich zurück und öffnete die Tür. Alexander hatte sich inzwischen ebenfalls umgezogen, trug jetzt einen blauen Pullover und frische Jeans.

»Schwarzen und irgendeinen Früchtetee, den Carmen mal für Ida mitgebracht hat.«

»Dann Früchte.«

»Das habe ich mir fast gedacht«, erwiderte er. »Das Wohnzimmer ist dort, ich komme sofort nach.«

Er deutete den Flur hinunter, und ich ging schon einmal vor. Eine Wohnung verriet viel über einen Menschen, und da ich bisher kaum etwas über Alexander wusste, war ich neugierig, wie er wohnte.

Das Wohnzimmer war geräumig, die beiden Fenster zeigten direkt aufs Meer hinaus. Herrlich. Es musste wunderschön sein, dauerhaft so zu wohnen. Ob ich mir das jetzt würde leisten können? Auf Fehmarn vielleicht, an der Côte d'Azur bestimmt nicht.

Zwischen den Fenstern stand ein großes Sofa, das – wie sollte es auch anders sein? – auf einen überdimensionierten Fernseher mit Soundsystem ausgerichtet war. Es gab keine Blumen, nur zweckdienliche Vorhänge. Auch der topmoderne Plattenspieler und die Platten – AC/DC, Bon Jovi, Depeche Mode – überraschten mich nicht wirklich. Mit dem recht großen Bücherregal hatte ich jedoch nicht gerechnet. Ich ging hinüber und betrachtete neugierig die Sammlung: Stephen King, Sebastian Fitzek, George R. R. Martin.

»Überrascht, dass ich lese?«

Ich zuckte zusammen, fühlte mich aber nicht peinlich berührt, da er einen amüsierten Tonfall angeschlagen hatte. »Ehrlich gesagt ja.« Er stellte die Tassen auf den Couchtisch, und ich setzte mich zu ihm auf das Sofa. »Schöne Wohnung. Die Lage ist bestimmt nicht billig.«

»Ich habe Glück mit meinen Vermietern. Aufgrund schlechter Erfahrungen wollten sie nie eine Ferienwohnung hieraus machen.« Er zuckte mit den Schultern und wirkte im Gegensatz zu mir völlig entspannt.

Ihn schien der spontane Kuss überhaupt nicht zu verwirren, und wahrscheinlich sollte auch ich nicht weiter darüber nachdenken. Er war bedeutungslos und würde nur alles verkomplizieren, wenn wir ihm mehr Bedeutung beimaßen, als ihm zukam. Ich griff nach dem Tee, um einen Schluck zu nehmen. Er war noch zu heiß, aber die Tasse wärmte meine Hände. »Darf ich dich was fragen?«

»Sicher.«

»Du hast gesagt, das Café zu verkaufen sei keine Option. Warum nicht? Ich dachte, du hängst nicht besonders daran.«

Er stieß ein Seufzen aus. Ob er es bereute, mir die Frage erlaubt zu haben? Nach einer Weile sagte er: »In deinen Ohren klingt das wahrscheinlich banal, aber das Café ist nicht mehr so viel wert, wie es anfangs – mit den Geschäftszahlen meines Vaters – gewesen wäre, und ich habe viel Geld hineingesteckt. Nicht nur den Kredit, mit dem ich unter anderem den Sanitärbereich komplett erneuern musste. Im Winter habe ich auch meine Ersparnisse aufgebraucht, mit denen ich mich eigentlich in die Kfz-Werkstatt einkaufen wollte, um die fälligen Raten tilgen zu können. Es war nicht viel, aber es war alles, was ich hatte.«

»Warum denkst du, das würde für mich banal klingen?«

»Weil du anscheinend gern ein eigenes Café hättest. Es nur zu behalten, weil es bei einem Verkauf nicht genug abwerfen würde …«

Ich pustete in meine Teetasse und nahm nun doch einen Schluck. »Warum hast du das Erbe überhaupt angenommen?«

»Das *Blackbeard* lag meinem Vater am Herzen, und es hätte sonst niemand übernehmen können. Er hatte keine weiteren Kinder.«

»Und was ist mit deiner Tante?« Hoffentlich nahm er mir die vielen Fragen nicht übel.

»Sie ist schon zu alt und hat genug mit ihren Ferienwohnungen zu tun.« Alexander zuckte mit den Schultern. Nach einer Weile fügte er hinzu: »Weißt du, ich bin selbst schuld, dass es so schlecht um das *Blackbeard* steht. Ich war sauer auf meinen Vater, weil er mir das Café vererbt hat und ich mich gezwungen gefühlt habe, es weiterzuführen. Deshalb habe ich mich nicht so in die Arbeit gekniet, wie ich es hätte tun müssen. Dabei lief das Café anfangs gar nicht schlecht, doch dann kam der lange Winter. Die Touristen blieben aus und damit die Laufkundschaft.«

Ich nickte, dankbar, dass er mir gegenüber endlich offen

und ehrlich war. Zum ersten Mal konnte ich ihn verstehen. »Mach dir keine Vorwürfe. Schau dir doch an, wie wir jetzt dastehen, nur weil es mal ein paar Tage hintereinander regnet. Wenn einem dann noch die Erfahrung und Motivation fehlen … Aber davon dürfen wir uns nicht entmutigen lassen. Die Touristen sind hier auf der Insel, wir müssen sie nur irgendwie ins Café holen. Das muss doch zu schaffen sein.« Ich hatte kurz selbst die Motivation verloren, doch jetzt fasste ich neuen Mut. Ich war nicht bereit, das *Blackbeard* aufzugeben, und ich war ebenso wenig bereit, meinen eigenen Traum zu begraben. Beinahe hätte ich geschmunzelt. Hätte ich mich an meine eigenen Ratschläge gehalten und Latte macchiato mit Kokossirup getrunken oder den Flammkuchen mit Kartoffeln, Tomaten und Paprika gegessen, wäre es vielleicht gar nicht erst so weit gekommen.

Alexander wandte sich mir zu. »Ich möchte mich noch einmal bei dir für dein Engagement bedanken und für deine vielen tollen Ideen, auch wenn sie bisher noch nicht alle gefruchtet haben. Aber das kommt noch, so wie der Sommer zurückkommen wird. Das war bisher noch jedes Jahr so.«

Ich lächelte. »Siehst du, so will ich dich sehen.«

»Und deine Karte … Carmen hat sich vor Begeisterung gar nicht mehr eingekriegt, und sogar ich habe inzwischen gemerkt, wie viel Kreativität dahintersteckt. Ich hoffe, die Tafel wird noch diese Woche geliefert, damit wir die neue Karte endlich umsetzen können. Mit Flammkuchen und allem anderen.«

Angesichts des ungewohnten Lobs stieg mir die Hitze in die Wangen. Alexander wirkte mit einem Mal ganz anders, und ich konnte nicht sagen, dass mir sein neues Ich nicht gefiel. Trotzdem konnte ich ihn einen Moment nur überrascht anstarren. Wo war der Alexander, der tagelang nur gegrummelt und kein nettes Wort für mich übrig gehabt hatte? Wie konnte man so schnell eine Hundertachtziggradwendung machen? Carmen hatte vor ein paar Tagen gesagt, ihr Bruder habe auch eine andere Seite. Sie hatte recht.

»Okay … genug Lobhudelei«, sagte ich. »Lass uns lieber überlegen, wie wir die Touristen auf das neue Angebot aufmerksam machen und damit zu uns holen können.« Ich holte tief Luft. Jetzt oder nie. »Wie sehr hängst du am Namen *Blackbeard?*«

»Bitte?« Alexander sah mich etwas verständnislos an.

»Na ja, der Name ist mir gleich bei meinem ersten Besuch ins Auge gesprungen, aber leider nicht positiv. Er passt nicht zu einem Café am Strand. Er klingt irgendwie … deprimierend und dunkel, aber er sollte fröhlich klingen und zur Location passen. So was wie *Strandmuschel* oder *Meeresbrise*, meinetwegen auch *Kaffeeliebe*.«

»Mein Vater hat den Namen gewählt.«

»Gut«, erwiderte ich vorsichtig, denn das war mir bereits klar gewesen. »Und du willst ihn nicht ändern?«

Alexander schwieg eine ganze Weile, dann stand er auf. Ich fürchtete schon, nun wirklich zu weit gegangen zu sein, doch er holte nur etwas aus dem Sideboard, auf dem der Plattenspieler stand, setzte sich zurück neben mich und reichte es mir. Es war eine alte Hörspielkassette: *Die drei ??? und der Super-Papagei*. Fragend betrachtete ich ihn. Natürlich kannte ich *Die drei ???*, wer nicht? Mein Bruder hatte die Kassetten rauf und runter gehört, als er im entsprechenden Alter gewesen war. Ich selbst hatte früher lieber TKKG gehört, weil mir *Die drei ???* manchmal zu spannend gewesen waren, um sie nachts zum Einschlafen zu hören.

»Ich kenne die Hörspiele«, sagte ich, »aber ich verstehe trotzdem nicht, was du mir damit sagen willst.«

Alexander nahm mir die Kassette wieder aus der Hand und betrachtete sie wie einen Schatz. »Erinnerst du dich an Blacky? Das Haustier der Detektive? Eigentlich heißt der Vogel Blackbeard.«

»Blacky, richtig.« Wie hatte ich ihn nur vergessen können? »Nach dem Vogel ist das Café benannt?«

Alexander nickte. »Das war meine Lieblingskassette, als ich ein kleiner Junge war. Kurz nach der Scheidung meiner Eltern habe ich meinen Vater noch regelmäßig besucht, und wir haben immer diese Kassette gehört. Ich frage mich, wie mein Vater das ausgehalten hat.« Er warf mir einen kurzen Blick zu und deutete ein Lächeln an, wurde aber sogleich wieder ernst. »Im Laufe der Zeit wurden die Besuche immer seltener, bis sie irgendwann ganz aufhörten. Vor seinem Tod habe ich meinen Vater vielleicht zwei-, dreimal im Jahr gesehen. Aber die schönen Erinnerungen an diese Kassette sind uns beiden geblieben.« Er hielt sie hoch. »In dieser Folge sind Blacky beziehungsweise seine Sprüche der Schlüssel zum aktuellen Fall, und am Ende kaufen die Detektive den Vogel für ein paar Dollar.«

Ich schluckte und wusste gar nicht, was ich dazu sagen sollte. Alexanders Vater hatte zwar offenbar zugelassen, dass der Kontakt zu seinem Sohn lockerer geworden war, aber trotz allem musste er ihn sehr geliebt haben, wenn er dem Café ausgerechnet diesen Namen gegeben hatte. Kein Wunder, dass Alexander der Name so viel bedeutete. Und jetzt verstand ich auch das Papageien-Emblem.

Alexander holte tief Luft. »Wenn du es wirklich für notwendig hältst, ändern wir den Namen.«

»Nein«, widersprach ich sofort.

»Aber du sagtest doch gerade …«

Ich schüttelte den Kopf. »Vergiss, was ich gesagt habe. Blackbeard war ein Pirat, das ist allgemein bekannt, also passt der Name auch zu einem Café am Meer.«

»Schon gut, Evie. Ich würde lügen, wenn ich behaupten würde, dass mir der Name egal ist, aber viel wichtiger ist es, das Café zu erhalten. Das hätte mein Vater genauso gesehen.«

»Mag sein, aber es ist eine schöne Geschichte, und das ist wichtiger als ein Name, der nichts bedeutet. Wir sollten es den Gästen nur erklären. In manchen Restaurants steht auf der ersten Seite der Speisekarte die Geschichte oder eine Erklärung zum Namen. Allerdings haben wir keine Speisekarten mehr.«

»Die wären ohnehin längst im Druck«, bemerkte Alexander. »Und ich weiß auch nicht, was ich davon halten soll, wenn jeder die Geschichte kennt. Bisher wusste einzig und allein Carmen Bescheid. Und jetzt du.«

Wirklich? Er hatte mir etwas anvertraut, das nicht einmal seine Mutter oder seine Freunde wussten? Erneut war ich sprachlos, und auch Alexander schien zu merken, wie viel Bedeutung er der ganzen Sache durch seinen Kommentar beigemessen hatte. Schweigen breitete sich zwischen uns aus. Es war erstaunlich, wie sehr er sich mir gegenüber geöffnet hatte. Einen Moment betrachtete ich ihn, und zum ersten Mal wurde mir klar, wie attraktiv er war. Dass er gut aussah, hatte ich nie infrage gestellt, aber bisher hatten seine dunklen Haare, sein Körperbau oder das Tattoo mich kaum beeindruckt. Ja, es war wirklich nicht schwer, sich vorzustellen, wie er in einem Coke-Werbespot mitspielte und dabei die Frauen in Verzückung versetzte.

Ich räusperte mich. »Mach dir keinen Kopf. Das ist, wie gesagt, eine schöne Geschichte. Die Leute werden sie lieben, und deinem Ansehen wird sie nicht schaden.«

Er nickte. »Okay. Wir wäre es dann mit einer weiteren Tafel? Eine Art Schiefertafel? Ein Bekannter von mir fertigt so was für Touristen an. Er würde mir bestimmt einen guten Preis machen.«

»Das klingt super«, antwortete ich.

»Dann hätte allerdings nicht jeder Gast die Möglichkeit, die Erklärung an seinem Platz zu lesen.«

»Das macht nichts. Wen es interessiert, der wird es lesen, und der Gast sieht, dass der Name eine tiefere Bedeutung hat. Das ist die Hauptsache. Außerdem passt die Schiefertafel, mit einer rosafarbenen Schleife an der Wand befestigt, perfekt zum neuen Stil des Cafés.«

»Was ist denn der neue Stil des Cafés?«, fragte Alexander.

»Ein bisschen altmodisch, ein bisschen romantisch.«

»Romantisch?«

»Ja, du weißt schon: Blumen, Kerzen … so was. Zarte Farben, dezente Musik.«

Nun schmunzelte er. »Das traust du mir nicht zu?«

»Ähm, das habe ich nicht gesagt.« Dabei war es die Wahrheit. Alexander und romantisch? Eher schrieb das *Blackbeard* schwarze Zahlen, aber vielleicht tat ich ihm unrecht. Was wusste ich schon groß über ihn? »Erzähl doch mal ein bisschen von dir«, bat ich – und bereute es im gleichen Moment, denn Alexander hatte schon wieder diesen amüsierten Blick aufgesetzt, der mir zwar besser gefiel als seine grummelige Natur, mich aber auch verunsicherte.

»Du willst wissen, ob ich romantisch sein kann?«, fragte er scheinheilig, und ich knuffte ihn in die Seite, woraufhin er lachte. Es fühlte sich seltsam an, so ausgelassen miteinander umzugehen, aber auch gut. »Was willst du wissen?«

»Weiß nicht.« Ich zuckte mit den Schultern. »Ich habe nur das Gefühl, dich überhaupt nicht zu kennen.«

»Du weißt, dass ich gern lese und Musik von Platten höre. Du weißt einiges über meine Kindheit und dass ich eigentlich gern eine eigene Kfz-Werkstatt gehabt hätte. Ich hingegen weiß überhaupt nichts von dir, außer dass dein Leben gerade irgendwie ›auf Eis‹ liegt. Auch wenn ich mich frage, wie das möglich ist. Wie kann ein Leben auf Eis liegen?«

Er hatte recht, im Gegensatz zu mir hatte er tatsächlich zumindest ein bisschen von sich erzählt. Wohl oder übel musste ich ihm also erst einmal ein paar Dinge über mich verraten, bevor ich ihn weiter löchern konnte. Den Millionengewinn würde ich allerdings erst einmal weglassen. Was waren meine Probleme schon gegen seine Geldsorgen? »Auf Eis liegen ist nicht unbedingt die richtige Wortwahl«, begann ich vorsichtig. »Sagen wir, mein Leben ist im Umbruch. Ich bin seit Kurzem wieder Single und frage mich, ob ich bis zur Rente als Barista arbeiten will. Der Job macht mir Spaß, aber irgendwie kann das nicht alles sein, oder?«

»Du träumst von einem eigenen Café«, fügte Alexander hinzu.

Ich nickte und beschloss, ganz und gar ehrlich zu sein. Immerhin war er auch mir gegenüber ehrlich gewesen. »Das ist vielleicht auch der Grund, warum es mich anfangs immer wieder ins *Blackbeard* gezogen hat. Du hast keine Ahnung, wie traumhaft dein Café von außen aussieht. Genau so wie …«

»Dein Traumcafé?«

Wieder nickte ich. »Das Gebäude ist wirklich schön und

die Lage erst … Ich habe mich gefragt, warum so wenig los ist.«

Alexander seufzte. »Das habe ich mich auch schon oft gefragt. Das Problem ist, dass wir trotz oder vielleicht auch gerade wegen der guten Lage ziemlich versteckt liegen. Zwar laufen jeden Tag viele Touristen von Meeschendorf nach Burgtiefe, aber es sind natürlich trotzdem nicht so viele wie beispielsweise an der Promenade des Südstrands.«

»Schilder«, überlegte ich laut und ignorierte Alexanders fragenden Blick. »Kann man nicht vielleicht in Meeschendorf und in Burgtiefe Schilder an der Promenade aufstellen, um auf das *Blackbeard* aufmerksam zu machen?«

»Wie die McDonald's-Schilder? ›In dreihundert Metern links abbiegen‹?«

»So ungefähr.«

Alexander zuckte mit den Schultern. »Keine Ahnung, ehrlich gesagt. Da müsste ich wahrscheinlich nach Burg aufs Rathaus und mir eine Genehmigung holen.«

»Dann mach das«, sagte ich. »Sobald das neue Konzept steht. Die Tafeln und die anderen Sachen müssten bald geliefert werden. Morgen besorge ich die restliche Deko. Solange es noch halbwegs ruhig ist, können wir zum Beispiel schon mal Flammkuchenteig vorbereiten und portioniert einfrieren und das eine oder andere neue Gericht testen.«

»Eine gute Idee. Wir können es ja dann später zusammen essen.«

Ein kleiner Schauer lief mir über den Rücken. Was war nur los mit mir? Alexanders Vorschlag war einzig und allein pragmatisch – wenn wir schon kochten, sollten wir die Ergebnisse nicht einfach verkommen lassen. Um mehr ging es nicht. Ich schaute ihn an. »Dann lass uns doch als Erstes die Flammkuchen ausprobieren, wenn wir ohnehin schon dabei sind, den Teig zu machen.«

»Klingt gut. Ich frage Carmen, ob sie mit Ida und ihrem Mann dazukommen mag.«

Ich nickte. »Natürlich, nur zu.« Ich trank meinen Tee leer und stellte die Tasse auf dem Tisch ab. »Hast du einen Block und einen Stift?«

»Willst du jetzt eine Einkaufsliste machen?«, fragte Alexander, während er aufstand und im Flur verschwand. Nur wenige Sekunden später kam er wieder zurück und reichte mir das Gewünschte.

»Ich will brainstormen. Das sind alles gute Ideen, und wir sind auf dem richtigen Weg, aber das reicht noch nicht. Wir brauchen einen richtigen Knaller, damit die Leute ins Café strömen und darüber reden.«

»Ich muss erst mal was essen, sonst übertönt mein Magengrummeln jede noch so winzige Idee in meinem Kopf. Soll ich uns eine Pizza bestellen?«

»Gern. Für mich bitte mit Salami.«

Alexander runzelte die Stirn. »Willst du nicht erst den Flyer sehen?«

Ich schüttelte den Kopf. »Am Ende lande ich ohnehin meistens bei Salami. Warum also Zeit verschwenden?«

»Und ausgerechnet du bestehst für das *Blackbeard* auf einer einfallsreichen Karte?«

»Für deine Gäste, die im Urlaub sind und Sehnsucht nach Abwechslung haben. Außerdem kannst du dich damit von der Konkurrenz abheben. Das heißt nicht, dass ich jeden Tag eine Geschmacksexplosion für meinen Gaumen brauche. So anspruchsvoll bin ich gar nicht.«

»Das wird sich noch zeigen«, sagte er und verschwand mit

seinem Telefon im Flur. Wie meinte er das nun wieder? Ich hörte ihn mit dem Pizzadienst sprechen, kurz darauf kam er mit einer Flasche Rotwein und einer Flasche Malzbier in der Hand zurück. »Zwanzig Minuten.«

»Zwanzig Minuten?« So schnell waren sie bei uns auf dem Land meist nicht, wenn sie denn überhaupt auslieferten. Meistens musste man sich die Pizza selbst holen, was dem Ganzen irgendwie den Reiz nahm.

Alexander grinste. »Der Inhaber ist ein alter Schulfreund von mir. Er hat versprochen, unsere Pizzen zuerst ausliefern zu lassen.«

»Du kennst hier wohl jeden, was?«

»Was erwartest du? Das ist eine Insel. Rotwein?«

»Gern.«

Er holte einen Korkenzieher und ein Glas aus einem Schrank, öffnete gekonnt die Flasche und schenkte mir ein. Dann setzte er sich wieder zu mir und nahm selbst einen Schluck Malzbier.

»Für dich kein Wein?«, fragte ich.

»Ich wollte dich doch später in die Pension zurückfahren.«

Sehr verantwortungsbewusst. Die meisten hätten sich zumindest ein halbes Glas gegönnt. »Ich kann auch laufen, wirklich. Das macht mir überhaupt nichts aus.«

Alexander schüttelte den Kopf. »Es regnet nach wie vor, außerdem wird das hier sicher noch eine Weile dauern.«

Wo er recht hatte, hatte er recht. »Du stammst hier von Fehmarn, oder? Wie ist es, auf einer Insel aufzuwachsen?«

Er nahm noch einen Schluck Malzbier und stellte die Flasche ab. »Nicht so romantisch, wie du es dir wahrscheinlich vorstellst. Es ist normal, wenn man nichts anderes kennt. Manchmal fühlt man sich sogar ein wenig eingeengt. Im Winter ist es hier fast schon einsam, im Sommer dafür überfüllt. Aber es ist natürlich cool, den Strand vor der Tür zu haben. Die Sommerferien waren für mich als Kind immer riesig. Du kannst jeden Tag schwimmen oder kitesurfen gehen, ohne auch nur einen Cent dafür zu bezahlen.«

»Du kannst kitesurfen?«, fragte ich. Das war irgendwie sexy.

»Klar, aber ich habe es schon eine Weile nicht mehr gemacht. Zu wenig Zeit. Was ist mit dir? Wo kommst du noch gleich her?«

»Sagt dir Bad Buchau was?« Er schüttelte den Kopf. »Riedlingen? Biberach? Ravensburg?«

»Nee. Oder warte mal: Ravensburg habe ich schon mal gehört, aber ich habe ehrlich gesagt keine Ahnung, wo das liegt.«

»Mitten im Nirgendwo zwischen Ulm und dem Bodensee. Ich komme aus Oberschwaben.«

»Wow, das ist echt weit weg.«

»Ist es. Neunhundert Kilometer. Ich wäre schneller in Italien gewesen, aber irgendwie hat es mich an die Ostsee gezogen.« Vielleicht, weil Markus niemals mit mir hierhergefahren wäre.

»Italien, nicht schlecht. Ich habe schon ewig keinen Urlaub mehr gemacht, zumindest kommt es mir so vor. Bestimmt …« Er dachte einen Moment darüber nach. »Zwei Jahre? Vielleicht auch ein bisschen mehr.«

»Zwei Jahre? Warum?«

»Die Arbeit. Zuerst wollte ich meinem Chef beweisen, was für ein guter Partner ich wäre, und habe jeden Cent für die Werkstatt beiseitegelegt, dann hat mein Vater mir das Café vererbt. Seitdem kann ich es mir weder zeitlich noch finanziell leisten.«

»Arbeit ist nicht alles, Alexander«, sagte ich vorsichtig,

weil ich ihn nicht vor den Kopf stoßen wollte. Seine Lage war zugegebenermaßen kompliziert. Er gab sich Mühe, das Café zu retten, und das war auch gut so, denn wenn er sich nicht voll dahinterklemmte, konnte er es gleich bleiben lassen. Aber wenn ich es richtig verstand, vernachlässigte er seitdem seine Hobbys, seine Freunde, wahrscheinlich sogar seine Familie. Und vermutlich hatte er auch schon ewig kein Date mehr gehabt. *Okay, Schluss. Das geht mich nichts an.* Jedenfalls durfte das kein Dauerzustand werden.

Er war nicht böse auf mich, seufzte nur. »Wem sagst du das?«

»Wir müssen etwas unternehmen, damit du dir einen Ruhetag gönnen kannst.« Vehement schüttelte er den Kopf, doch ich redete einfach weiter, bevor er mich unterbrechen konnte. »Damit meine ich nicht, dass das Café einfach geschlossen bleiben soll. Das wäre zumindest während der Saison ungeschickt. Aber du brauchst hin und wieder einen freien Tag, und wenn das *Blackbeard* wieder gut läuft, kannst du dir Angestellte leisten.«

»Ja, das wäre schön.«

Ich nahm einen Schluck Wein und stellte das Glas beiseite. »Weißt du was? Übermorgen nimmst du dir frei. Ich komme auch einen Tag ohne dich aus, noch ist es ja ruhig.«

»Das geht nicht, Evie.«

»Und ob das geht. Hast du nicht gesagt, schon in der Schule lag das Geheimnis des erfolgreichen Lernens in den Pausen? Danach wirst du auch wieder motivierter sein, glaub mir. Man kann nicht immer nur arbeiten, und jetzt ist der perfekte Zeitpunkt, denn wenn unsere Rechnung aufgeht, werden wir bald mehr zu tun haben. Und dann dauert es erst einmal, bis du wieder Kraft tanken kannst.«

Er zögerte, nickte aber schließlich. »Danke, Evie. Es ist wirklich ein Glücksfall, dass du ins Café gekommen bist und dich nicht von mir hast vergraulen lassen.«

Er nahm meine Hand in seine, nur ganz kurz, und drückte sie. Ein Schauer lief mir über den Rücken, und ich konnte nicht anders, als an unseren Kuss zu denken. Alexander senkte den Blick auf meinen Mund, nur für den Bruchteil einer Sekunde, doch es war nur allzu offensichtlich, dass auch er daran dachte.

Im gleichen Augenblick klingelte es an der Tür, und Alexander sprang vom Sofa. Er schien fast ein wenig erleichtert zu sein. Ich aber fragte mich, was wohl passiert wäre, wären wir nicht gestört worden …

# Kapitel 9

**4.000 Euro**

»Ein Pferd! Ein Pferd! Mein Königreich für ein Pferd!« ist ein Zitat aus

a) Hamlet
b) Richard III.
c) Heinrich VI.
d) Macbeth

»Sein oder Nichtsein, das ist hier die Frage« – DAS hätte ich gewusst.

»Und das habt ihr euch alles gestern Abend überlegt?«, fragte Carmen, während wir den Tisch am Fenster eindeckten. »Das klingt großartig.«

»Nicht wahr?«, meinte Alexander, der aus der Küche kam und ein Blech frisch gebackenen Flammkuchen in den Händen trug. Sofort breitete sich der köstliche Duft im ganzen Café aus. »Evie hatte die Idee. Wahnsinn, oder?«

Ich winkte ab. »Ach was.«

»Doch, doch. Ehre, wem Ehre gebührt.« Er zwinkerte mir zu und stellte das Blech auf den Untersetzern ab.

Ich bemerkte, wie Carmen und ihr Mann Fred sich einen verstohlenen Blick zuwarfen, und das Blut wurde noch schneller durch meine Adern gepumpt. »Bedankt euch lieber bei den zwei Gläsern Wein, die mir diesen Geistesblitz beschert haben.«

Nachdem die Pizza geliefert worden war und ich noch ein zweites Glas Wein getrunken hatte, hatte sich die Stimmung gestern Abend wieder gelockert, und ich hatte endlich die rettende Idee gehabt, von der ich Alexander nicht lang überzeugen musste: eine Piratenparty. Es war zwar nicht allzu romantisch, passte aber dennoch perfekt zum *Blackbeard*, und wir konnten ein richtiges Event daraus machen. Ein Fest für Groß und Klein, das nicht nur im Café, sondern auch am Strand vor dem Café stattfinden würde, idealerweise an einem kompletten Wochenende. Ich wollte Musik organisieren, bunte Luftballons und einen Clown im Piratenkostüm, der die Spaziergänger schon auf der Promenade auf unser Fest aufmerksam machen sollte. Vielleicht konnten wir sogar eine Hüpfburg für die Kleinen auftreiben oder uns passende Spiele ausdenken. Am Strand würden wir grillen und unsere Flammkuchen sowie die neuen hausgemachten Eistees und Limonaden anbieten, und natürlich würden wir als Piraten verkleidet sein. Ich baute darauf, dass die Presse im Voraus über unsere Party berichtete, sodass die Pensionsbesitzer und die Vermieter von Ferienwohnungen ihre Gäste auf das Event hinweisen konnten. Außerdem hatte ich vor, das Fest auf Fehmarn als festen Termin zu etablieren. Wenn es jedes Jahr Ende Juli stattfinden würde, würden die Touristen vielleicht sogar irgendwann ihren Urlaub so legen, um es nicht zu verpassen.

»Muss nur noch der Gemeinderat zustimmen«, sprach Fred meinen Gedanken aus.

Carmen holte Ida von der Terrasse, wo sie mit einem Ball spielte, und wir setzten uns alle an den Tisch, um zu essen.

Endlich hatte es wieder aufgeklart, die Regenwolken waren weitergezogen.

»Das wird schon«, sagte Alexander, während er den Flammkuchen auf die Teller verteilte, die ich ihm reichte. »Bürgermeister Brenner kannte meinen Vater. Er wird sicher auch nicht wollen, dass das *Blackbeard* den Bach runtergeht.«

»Warum hast du das gestern nicht gleich gesagt? Das hätte mir einige Grübeleien erspart.«

»Weil wir gestern Besseres zu tun hatten.«

Oh Gott, wie das klang. Und da war schon wieder dieser Blick zwischen Carmen und Fred. Die beiden dachten doch nicht …? »Würdet ihr uns helfen?«, fragte ich, um irgendetwas zu sagen. »Als Bedienungen auf dem Fest, meine ich. Ihr müsstet euch allerdings als Pirat beziehungsweise Piratenbraut verkleiden.«

»Au ja.« Ida klatschte begeistert in die Hände. »Ich will Captain Hook sein, und dann suchen wir einen Schatz.«

Mein Gedankenkarussell drehte sich sofort weiter. Wir sollten weitere Augenklappen und Bandanas oder Hüte besorgen, damit die Kinder während des Festes Pirat spielen konnten.

»Natürlich bekommst du auch ein Kostüm«, sagte Carmen zu ihrer Tochter. »Und natürlich helfen wir. Wenn die Piratenparty ein Erfolg wird – und das wird sie ganz sicher, das spüre ich –, braucht ihr jede helfende Hand. Ende Juli, sagtest du?«

Ich nickte. »Ich dachte an das vorletzte oder letzte Juliwochenende. Dann haben wir noch genug Zeit, um alles zu organisieren und die Werbetrommel zu rühren. Die Chancen für Sonne stehen im Hochsommer gut, und ich glaube, dann müssten auch alle Bundesländer Sommerferien haben. Das ist wichtig, wenn die Piratenparty jedes Jahr stattfinden soll.«

Fred nickte anerkennend. »Sehr gut durchdacht, muss ich sagen. Endlich ergibt der Name *Blackbeard* mal einen Sinn. Warum ist euch das nicht längst eingefallen?«

»Sei nicht so frech.« Carmen knuffte ihren Mann in die Seite.

Alexander erhob sein Glas mit der frisch zubereiteten Himbeer-Pfirsich-Basilikum-Limonade. »Stoßen wir an. Darauf, dass das Fest ein voller Erfolg wird. Und auf Evie, die das Ganze erst ermöglicht hat.«

»Auf Evie«, stimmten die anderen zu.

»Schon gut, schon gut«, winkte ich ab. »Ihr tut so, als sei das *Blackbeard* allein durch die Piratenparty gerettet, aber es kann auch danebengehen. Was, wenn es nicht funktioniert? Euer Bürgermeister könnte ablehnen, es könnte an dem Wochenende regnen oder, noch schlimmer, gewittern oder …«

»Tief durchatmen«, unterbrach Alexander mich. »Wir wissen selbst, dass viel Arbeit vor uns liegt und das *Blackbeard* noch lange nicht gerettet ist, aber wenn wir untergehen, dann wenigstens mit wehenden Fahnen.«

Damit konnte ich leben. Wir stießen an und tranken einen Schluck, als die Vordertür aufging und ein Paar hereinkam.

»Oh, entschuldigen Sie bitte. Das scheint eine geschlossene Gesellschaft zu sein«, sagte der Mann und wollte wieder gehen.

»Nein, bitte«, sagte ich schnell. »Kommen Sie herein. Es wird sofort jemand bei Ihnen sein.«

Ich wollte aufstehen, doch Alexander drückte mich sanft zurück auf den Stuhl. »Lass nur, ich mach das schon.«

»Kein Problem, ich kann wirklich …«

»Genieß du den Flammkuchen, solange er warm ist. Es war immerhin deine Idee.« Alexander lächelte mir zu und ging zu dem Paar.

Carmen lehnte sich über den Tisch zu mir. »Was hast du mit meinem Bruder gemacht? Er ist kaum wiederzuerkennen.«

»Seltsam, nicht wahr? Ich finde ihn auch ein wenig gruselig.« Ich lachte und biss in den Flammkuchen, der tatsächlich ziemlich gut geworden war.

Doch Carmen ließ sich nicht so leicht ablenken. »Läuft da was zwischen euch?«

Ich verschluckte mich, hustete und musste einen Schluck Limonade trinken.

»Carmen!«, ermahnte Fred seine Frau.

»Was denn? Ich fänd's nicht schlimm, ehrlich nicht. Im Gegenteil. Er hatte schon ewig keine Freundin mehr.«

Hatte ich es mir doch gedacht, dass er ewig kein Date gehabt hatte, und auch meine Vermutung, er sei Single, hatte sich mit Carmens Worten bestätigt. Hätte er eine Freundin gehabt, hätte ich sie auch sicher längst kennengelernt. »Da läuft nichts«, sagte ich, und meine Stimme klang tatsächlich so fest, wie sie sollte. »Es kommt dir nur so vor, weil dein Bruder mich nicht mehr die ganze Zeit ignoriert oder anpampt.«

Fred lachte, Carmen wirkte fast ein wenig enttäuscht. »Ja, das wird's sein. Sag mal, wo wohnst du jetzt eigentlich, solange du hier bist? Musst du nicht demnächst aus der *Strandkoje* raus?«

Ich nickte. »Ende der Woche. Alexanders Tante – eure Tante? – überlässt mir die Ferienwohnung.«

Carmen runzelte die Stirn. »Nur Alex' Tante, die Schwester seines Vaters. Ich dachte, die Wohnung wird gerade renoviert. Ich würde dich ja gerne zu uns einladen, aber da geht es drunter und drüber. Ida hat sich eine neue Tapete für ihr Zimmer gewünscht.«

Ida nickte. »Mit Meerjungfrauen.«

»Und für Freds Arbeitszimmer haben wir neue Möbel gekauft, die noch überall herumstehen. Da kann also im Moment auch keiner schlafen. Aber du hast doch genug Platz, oder nicht?« Carmen wandte sich zu ihrem Bruder, der zurück zu uns an den Tisch kam, nachdem er den Gästen Flammkuchen und Limonade serviert hatte.

Oh nein, am liebsten wäre ich im Erdboden versunken. Carmen hatte ihren Bruder gerade nicht ernsthaft aufgefordert, mich bei ihm wohnen zu lassen. Oder? *Oder?* Was dachte sie sich nur dabei? Wollte sie uns etwa verkuppeln? Da war sie nicht nur bei mir an der falschen Adresse. Inzwischen war ich mir sicher, dass der Kuss tatsächlich keine Bedeutung gehabt hatte. Es war wohl einfach Alexanders Art, sich nicht viel bei etwas zu denken.

So überging er Carmens Vorschlag auch einfach: »Johanna hat versprochen, dass die Wohnung rechtzeitig fertig wird. Die Handwerker geben zurzeit Vollgas.«

»Das ist aber nett von ihr. Da gehen ihr doch bestimmt Einnahmen flöten.« Fred lächelte mir zu. »Nichts für ungut. Der Flammkuchen ist übrigens extrem lecker, und diese Limonade erst …« Er nahm noch einen Schluck. »Das Basilikum gibt dem Ganzen eine frische Note.«

»Das war der Plan«, sagte ich und freute mich, dass die neuen Gerichte und Getränke so gut ankamen.

»Wenn wir dadurch das *Blackbeard* retten können, ist Johanna gern dazu bereit«, kam Alexander zurück zum Thema. »Außerdem ist es nicht Johannas einzige Ferienwohnung, der Verlust ist also überschaubar.«

Ich verspürte wieder ein schlechtes Gewissen. Alexander, Carmen, nun auch Johanna … Sie alle setzten so große

Hoffnung in mich. Was, wenn ich sie enttäuschen würde? Ich konnte damit leben, mich selbst zu enttäuschen, aber bei den anderen ging es um viel mehr als um ein bloßes Gefühl. Es ging um ihre Existenz.

»Hör auf damit«, sagte Alexander zu mir.

»Bitte?«

»Du zerbrichst dir doch schon wieder den Kopf, weil du denkst, du könntest alles in den Sand setzen. Lass es, wir haben oft genug darüber gesprochen. *Meine* Entscheidung, *mein* Risiko.«

War ich wirklich so durchschaubar?

»Ein richtiger Experte würde einen Batzen Geld nehmen und sich weit weniger engagieren als du«, sagte Fred. »Und ich bekomme nur ein Teil dessen mit, was du tust. Also Schluss mit den Zweifeln.«

»Das sage ich auch die ganze Zeit, aber auf mich hört sie nicht«, bemerkte Alexander.

»Du gibst dein Bestes, mehr kann niemand von dir verlangen«, fuhr Fred fort. »Wenn die Café-Rettungsaktion klappt, umso besser. Wenn nicht, ist es auch kein Beinbruch, nicht wahr, Alex?«

Er nickte. »Sicher. Ich wollte es mir zwar nicht eingestehen, aber innerlich hatte ich das *Blackbeard* ohnehin längst abgeschrieben.«

Genau das war der Punkt. Er hatte das Café bereits abgeschrieben, doch nun machte er sich neue Hoffnung. Und ich wollte diese Hoffnung nicht zerstören, denn ob ich wollte oder nicht – dieser Mann und sein Schicksal waren mir nicht länger egal.

*

»Einen schönen guten Tag.«

Ich drehte mich zu dem Gast um, der gerade das Café betreten hatte, und ein Lächeln breitete sich auf meinem Gesicht aus. Der ältere Mann, der bei seinem ersten Besuch hier so einsam ausgesehen hatte; mein erster Stammgast. Ich hatte schon befürchtet, ihm doch irgendwie auf die Füße getreten zu sein. »Hallo. Das ist ja schön, dass Sie mal wieder vorbeischauen. Ich dachte, Sie hätten uns vergessen.«

»Eine so hübsche Frau wie Sie?« Er lachte. »Nein, nein. Das feuchte Wetter hat meinen Knochen nicht gutgetan.«

»Aber jetzt geht es Ihnen wieder besser?«, fragte ich.

Er nickte. »Und ich habe einen Mordshunger.«

Er sah wirklich viel besser aus. Irgendwie erholt, als habe er Urlaub gemacht. Die Augen wirkten nicht mehr so traurig, das Gesicht nicht mehr so fahl. Das kurzärmelige Hemd und die Stoffhose waren frisch gebügelt, und die grau-weißen Haare mussten erst vor Kurzem von einem Frisör gestutzt worden sein. Er machte einen ausgeglichenen Eindruck.

»Wie wäre es mit einem hausgemachten Eistee? Die klassische Variante aus schwarzem Tee mit Zitrone. Und dazu unser neuer Flammkuchen. Was meinen Sie?« Die Tafel war noch nicht geliefert, weshalb wir weiterhin mit der alten Karte arbeiteten. Aber Alexander war damit einverstanden, dass wir den Eistee, eine Limonade und den klassischen Flammkuchen schon einmal ins Angebot aufnahmen.

»Das klingt wundervoll«, erwiderte der ältere Mann und setzte sich an einen Tisch in der Nähe des Tresens.

Es war herrliches Wetter – genau das richtige Wetter für Alexanders freien Tag –, und auf der Terrasse war noch Platz, doch der ältere Mann wollte wohl trotz allem nicht allein sein. »Ich bin übrigens Evie«, stellte ich mich spontan vor.

»Ein schöner Name. Ich bin der Knuth. Helfen Sie jetzt doch öfter hier aus?«

Ich nickte. »Bis zum Ende der Saison. Sie müssen also wohl oder übel mit mir vorliebnehmen.«

»Ich Glückspilz«, sagte er schmunzelnd.

Das war noch die alte Schule. »Sie Charmeur«, erwiderte ich. »Ich bringe Ihnen sofort Ihre Bestellung.«

Bevor ich in die Küche verschwinden konnte, öffnete sich die Tür erneut, und ein Paketbote kam herein, ein überdimensioniertes Paket vor sich herschiebend.

»Eine Lieferung für Petersen«, ächzte er und wischte sich mit dem Handrücken den Schweiß von der Stirn.

Mein Herz machte einen Sprung. Das konnte doch nur die bestellte Tafel sein. »Warten Sie, ich unterschreibe Ihnen das.«

Er reichte mir das elektronische Gerät und den dazugehörigen Stift. »Sagen Sie, es geht mich ja nichts an, aber was haben Sie da bestellt? Steine?«

»So ungefähr.« Nachdem ich unterschrieben hatte, gab ich ihm seine Utensilien zurück. »Können Sie das Paket vielleicht hier hinter den Tresen stellen?« Es konnte unmöglich mitten im Weg stehen bleiben, und allein würde ich es nicht schaffen, es dorthin zu bewegen. Der Paketbote sah wenig begeistert aus, doch da kam mir eine Idee. »Wie wäre es mit einem Glas hausgemachtem Eistee zum Dank?«

»Da sage ich nicht Nein.«

Während er das Paket an die gewünschte Stelle wuchtete, machte ich zwei Gläser Eistee fertig, stellte ihm eins auf den Tresen und brachte das andere Knuth.

Der Paketbote schien Durst zu haben, mit großen Schlucken trank er sein Glas in einem Zug leer und wischte sich anschließend über den Mund. »Ah, das tat gut. Wirklich lecker. Vielen Dank, junge Frau.«

»Ich habe zu danken.«

Er tippte sich an die Mütze und verschwand aus dem Café, während ich mich um Knuths Flammkuchen kümmerte.

»Und, was haben Sie da bestellt?«, fragte Knuth, als ich ihm sein Essen an den Tisch brachte. »Verraten Sie es mir?«

Ich zögerte nur kurz, es war schließlich kein Staatsgeheimnis. »Eine Tafel für die Wand. Es wird eine neue Karte geben.«

»Das klingt sehr vernünftig. Wissen Sie, ich war früher hin und wieder hier, aber immerzu der gleiche Kuchen wurde mir irgendwann zu langweilig, und viel mehr gab es ja nicht. Was sollen da die jungen Leute erst sagen? Die neue Dekoration haben wir doch sicher auch Ihnen zu verdanken, oder?« Er nahm einen großen Bissen von seinem Flammkuchen.

Er war wirklich aufmerksam. Außer den Pfingstrosen hatte ich mittlerweile Postkarten mit Bildern von Fehmarn und der Ostsee besorgt, außerdem einige, auf denen neben Blumen oder Kaffee schöne Sprüche abgedruckt waren. Ich hatte die Karten gerahmt und aufgehängt. Jetzt fehlte nur noch mein absolutes Deko-Highlight.

»Ertappt«, antwortete ich. »Aber das habe ich mir natürlich nicht alles allein ausgedacht.«

»Dieser Flammkuchen ist übrigens grandios, genau wie der Eistee. Ich bin schon sehr gespannt, wie die neue Karte aussehen wird.«

»Oh, sie wird Ihnen gefallen, da bin ich sicher.«

»Daran habe ich keinen Zweifel.« Er sah sich im Café um, doch es war noch recht früh am Tag und neben ihm waren kaum Gäste da. »Sagen Sie, ich will Sie nicht von der Arbeit abhalten oder langweilen, aber würden Sie mir ein wenig Gesellschaft leisten?«

Ich sah mich selbst kurz im Café um, mein Blick blieb an dem Paket hängen. Die wenigen Gäste waren momentan zufrieden, und am liebsten hätte ich mich darangemacht, die Tafel sofort auszupacken und zu beschriften. Das war allerdings keine gute Idee, denn sie würde nur im Weg sein, und allein aufhängen konnte ich sie ohnehin nicht. Besser, wir kümmerten uns heute Abend nach Feierabend darum. Ich zog mir also einen Stuhl hervor und setzte mich zu Knuth. »Gern.«

Er war ein angenehmer Gesprächspartner, stellte mir die eine oder andere Frage, war aber nicht zu neugierig und erzählte auch von sich. So erfuhr ich, dass er gebürtiger Hamburger war. Er und seine Frau Magdalena hatten fast jeden Urlaub hier auf Fehmarn verbracht und waren schließlich gemeinsam hergezogen. Das war vor über zwanzig Jahren gewesen. Inzwischen lebte Magda nicht mehr, Kinder hatten sie keine bekommen können, und seine wenigen Verwandten, die überall in Deutschland verstreut wohnten, besuchten ihn nur selten. Natürlich hatte Knuth Freunde auf Fehmarn gefunden, aber die meisten von ihnen waren nicht mehr so fit wie er.

Wann immer Knuth von seiner verstorbenen Frau erzählte, glänzten seine Augen vor Liebe und Trauer. Ich konnte mir nur wünschen, eines Tages selbst so viel Glück zu haben und jemanden kennenzulernen, der mich so sehr liebte wie Knuth seine Magdalena. Als er vor etwa zwei Wochen das erste Mal seit Langem wieder im *Blackbeard* gewesen war, wäre ihr Geburtstag gewesen, was seine Einsamkeit erklärte. Ich wünschte, ich hätte es damals schon gewusst.

»Sag mal, wo kommst du eigentlich her?«, fragte Knuth jetzt. Sein Flammkuchen war längst aufgegessen, er war beim zweiten Glas Eistee, und wir waren inzwischen beim Du angekommen. »Deinem Akzent nach würde ich sagen, irgendwo aus dem Süden Deutschlands.«

Ich musste lächeln. »Oberschwaben. Bad Buchau, um genau zu sein. Das ist in der Nähe von Biberach. Biberach wiederum ...«

»Ich kenne Biberach. Da kommt doch dieser Torwart her, wegen dem Liverpool damals das Champions-League-Finale verloren hat.« Knuth trank sein zweites Glas Eistee leer und lehnte sich in seinem Stuhl zurück. »Und was führt dich dann für so lange Zeit nach Fehmarn?«

Ich zögerte. »Das ist eine ziemlich lange Geschichte.«

»Verstehe.«

Viele hätten stattdessen gesagt *Ich habe Zeit*, aber er wollte mich nicht bedrängen, was ich ihm hoch anrechnete. »In meinem Leben haben sich einige Veränderungen ergeben, und ich überlege noch, wie ich damit umgehen soll.«

Er nickte. »Du musst es mir nicht erzählen, wenn du nicht willst.«

»Das weiß ich, aber ich könnte einen Rat von jemandem gebrauchen, der unparteiisch ist.«

»Sehr gern. Bringst du mir vorher noch einen Eistee? Ich werde es wahrscheinlich bereuen, wenn ich heute Nacht nicht schlafen kann, aber er ist wirklich köstlich.«

Ich holte zwei Gläser Eistee – eines für Knuth, eines für mich – und erkundigte mich bei den anderen Gästen, ob sie noch Wünsche hätten. Dann setzte ich mich wieder zu Knuth an den Tisch. »Was ich dir jetzt erzähle, muss unter uns bleiben, ja?«

»Na, aber, Evie. Selbstverständlich.«

»Also, die Sache ist die: Ich habe unverhofft Geld gewonnen. Sehr viel Geld. Das Ganze hat sich ohne mein Zutun sehr schnell in meinem Heimatort herumgesprochen, und noch ehe ich mir selbst wirklich überlegt habe, was ich machen soll, wurde ich von allen Seiten um Hilfe gebeten. Freunde oder Verwandte, die sich schon immer dieses oder jenes gewünscht haben, alte Bekannte, aber auch Wildfremde. Bei den meisten Bitten handelt es sich wirklich um Herzensangelegenheiten. Eine alte Schulfreundin zum Beispiel hat mich gebeten, ihr Geld für die Operation ihres schwer kranken Hundes zu leihen. Das habe ich getan, denn schließlich wollte ich nicht, dass der Hund stirbt, nur weil das Geld für die OP fehlt. Aber es sind noch so viele Anfragen mehr. Ich weiß nicht, was ich machen soll«, schloss ich seufzend. »Natürlich möchte ich den Menschen helfen, vor allem, wenn es um Leben oder Tod geht, aber wo ziehe ich die Grenze?«

»Was sagen denn deine Familie oder Freunde zu deinem Gewinn?«, wollte Knuth wissen.

»Sie verhalten sich ähnlich«, gab ich zu. »Keiner möchte mich bedrängen, aber jeder hat eine Vorstellung davon, was man mit dem Geld anstellen sollte. Mein Exfreund wollte, dass ich es anlege und dann nach und nach für Luxusgüter ausgebe – Reisen, teure Restaurantbesuche, Kleider. So was.«

»Und was willst du?«

Wieder seufzte ich. »Ich weiß es nicht. Auf keinen Fall möchte ich am Ende meines Lebens bereuen, das Falsche getan zu haben. Das Geld anlegen, zumindest einen Teil, erscheint mir sinnvoll, aber ich möchte auch gern jetzt etwas davon haben, denn niemand weiß, wie viele Jahre ihm noch vergönnt sind. Ich …« Ich trank einen Schluck Eistee. »… ich habe darüber nachgedacht, ein eigenes Café zu eröffnen, aber ich bin mir nicht sicher.« Ich berichtete ihm von dem Dilemma, in dem ich steckte. Meiner mangelnden Erfahrung, den Risiken und Zweifeln.

Knuth hörte mir aufmerksam zu. »Schwierig«, sagte er nach einer Weile. »Einen Notgroschen beiseitezulegen ist nie verkehrt, ansonsten kann ich dir nur raten, auf dein Herz oder deinen Bauch zu hören. Zweifel sind in einem gewissen Rahmen normal. Wenn du auf deine innere Stimme hörst, wirst du früher oder später wissen, was du mit dem Geld machen sollst. Und was die vielen Bitten angeht …« Er kratzte sich am Kopf. »Leg doch einen Betrag fest, den du maximal für gemeinnützige Projekte ausgeben möchtest und kannst, und dann entscheide nach Wichtigkeit oder aus dem Bauch heraus. Wenn dir das schwerfällt, kannst du es auch auswürfeln. Hauptsache, du überschreitest diesen Betrag nicht. Wie ich dich bisher kennenlernen durfte, wirst du sonst kein Ende finden und deinen gesamten Gewinn verschenken, und das kann nicht Sinn und Zweck der Sache sein.«

»Danke, Knuth.«

»Nicht dafür. Weißt du, du solltest dir nicht zu viele Gedanken machen. So ein Gewinn ist etwas Schönes und eigentlich kein Anlass zur Sorge. Du wirst schon nichts Leichtfertiges tun, das scheint nicht deine Art zu sein.«

»Das stimmt. Meine Flucht nach Fehmarn war das Unüberlegteste, was ich in meinem Leben bisher getan habe.«

»Aber lange nicht das Schlechteste.«

Auch da hatte er recht. Wir lächelten uns zu, und ich war froh, mich ihm anvertraut zu haben. Fast hatte ich vergessen, welch ein Glück ich gehabt hatte, und meinen Gewinn nur noch als Bürde gesehen. Aber das war er nicht. Früher oder später würde er mir ein schöneres Leben ermöglichen, und bis es so weit war, würde ich mich auf das *Blackbeard* konzentrieren, um auch Alexander zu einem schöneren Leben zu verhelfen.

»Können wir bitte zahlen?« Die beiden Frauen, die bis jetzt auf der Terrasse gesessen hatten, waren hereingekommen und warteten nun am Tresen auf mich.

»Aber natürlich.« Schnell sprang ich auf, machte die Rechnung fertig und kassierte ab.

Bis ich so weit war, hatte sich auch Knuth erhoben. »Vielen Dank für die nette Unterhaltung. Dann will ich dich mal nicht länger stören«, sagte er, aber ich spürte, dass er gern noch geblieben wäre und mir nur nicht zur Last fallen wollte.

»Du störst nicht, ganz im Gegenteil. Du könntest mir helfen, wenn du magst. Ich möchte ein großes Fischernetz unter die Decke hängen und könnte jemanden gebrauchen, der mir die Nägel anreicht.«

Knuth lächelte. »Ich halte sogar die Leiter fest, wenn du möchtest.«

»Perfekt. Lass mich vorher nur schnell schauen, ob die anderen Gäste noch etwas bestellen wollen.«

»Evie, das ist ja …« Carmen blieb einen Moment direkt unter dem Fischernetz stehen und schaute nach oben. Ich hatte das Netz mit Muscheln, Seesternen, einem Meerjungfrauenschwanz aus Pappmaschee und allerlei anderen maritimen Dingen dekoriert. »Wahnsinn! Das sieht wirklich toll aus.«

»Ist das etwa eine echte Meerjungfrau?«, fragte Ida fast ehrfurchtsvoll.

Ich schüttelte den Kopf. »Aber nein, eine Meerjungfrau gehört doch ins Meer.«

»Mama, kann ich so was auch in meinem Zimmer haben?«, fragte Ida weiter. »Das passt so schön zur neuen Tapete.«

»Klar, wenn du das möchtest«, antwortete Carmen.

»Ich kann euch gern helfen«, bot ich an. »Schön, dass es euch so gut gefällt.« *Meinst du, es gefällt auch deinem Bruder?* Die Frage an Carmen lag mir auf der Zunge, aber ich schluckte sie hinunter. Sie würde nachher nur wieder falsche Schlüsse ziehen.

»Wann hast du das gemacht? Du warst doch heute den Tag über allein hier.«

Ich zuckte mit den Schultern. Tatsächlich war es heute gar nicht so leer im *Blackbeard* gewesen, was mich natürlich ungemein freute. »Zwischendurch, das war gar kein Problem. Und ich hatte ein bisschen Hilfe von einem Stammgast.«

Carmen nickte beeindruckt. »Weißt du was? Zur Belohnung nimmst du dir den Rest des Tages frei. Ich übernehme.«

»Das ist aber nicht nötig, wirklich nicht.«

»Doch, doch, schließlich bist du eigentlich im Urlaub. Es ist so schönes Wetter, geh doch ein wenig an den Strand. Vielleicht triffst du Alexander noch.«

»Aber Ida …«

»Ida hilft mir, nicht wahr? Außerdem holt Fred sie ohnehin gleich ab.« Wie eine unerwünschte Fliege scheuchte sie mich hinaus.

# Kapitel 10

**8.000 Euro**
Endet ein Wort auf -ase, handelt es sich zumeist um
a) einen Zucker
b) einen Alkohol
c) ein Hormon
d) ein Enzym

Glukose, Fructose. Ethanol, Methanol. Hormone? Hormone? Östrogen, Testosteron, Adrenalin … Mein Adrenalinspiegel steigt gerade auch.

Ich schirmte meine Augen mit der Hand gegen die Sonne ab und suchte das Meer nach Alexander ab, aber es war bestimmt ein Dutzend Kitesurfer unterwegs, sodass ich ihn nicht ausfindig machen konnte. Hätte Carmen mir nicht noch hinterhergerufen, in welchem Strandabschnitt er sein musste, hätte ich gar keine Chance gehabt, ihn zu finden. Noch einmal suchten meine Augen den Strand ab, aber auch hier konnte ich ihn nirgends entdecken. Spontan setzte ich mich neben einem verlassenen Handtuch mit meiner Eiswaffel in den Sand. Früher oder später würde er schon auftauchen, und wenn nicht, war es auch egal. Zumindest redete ich mir das ein. Tatsächlich hatte ich mich darauf gefreut, ihn wiederzusehen.

Eine Weile sah ich hinaus aufs glitzernde Wasser und beobachtete die Kitesurfer dabei, wie sie auf ihren Boards durch die Wellen glitten. Die bunten Schirme bauschten sich im Wind, manövrierten die Kiter durch das Wasser, ohne dass sie sich dabei in die Quere kamen. Teils sah es cool aus, teils fast elegant. Auf jeden Fall war es sexy. Allein der Gedanke, dass Alexander einer von ihnen war, bescherte mir eine Gänsehaut. Ich schalt mich selbst. *So ein Blödsinn.* Die Gänsehaut kam sicher von dem Wind, ohne den die Kiter auch gar nicht hätten surfen können.

Ich schob mir gerade das letzte Stück Eiswaffel in den Mund, als einer der Surfer in der Nähe der Brandungszone haltmachte. Er stieg vom Board, packte sein Equipment zusammen, kam aus dem Wasser und direkt auf mich zu – oder auf das Handtuch neben mir. Tatsächlich, es war Alexander, in einem marineblauen Neoprenanzug mit grauen und türkisfarbenen Elementen, der dermaßen eng am Körper anlag, dass es fast verboten gehörte. Aber nur fast.

Auf seinem Gesicht breitete sich ein Grinsen aus. Offenbar hatte er mich erkannt. »Na, hattest du etwa Sehnsucht?« Er ließ seine Ausrüstung in den Sand fallen.

Blut schoss mir in die Wangen. Ich suchte nach einer schlagfertigen Antwort, doch auf die Schnelle wollte mir keine einfallen. »Deine Schwester hat mich abgelöst«, antwortete ich. »Es lief gut im Café. Und bei dir?«

»Das siehst du doch. Perfekte Bedingungen fürs Kiten.«

Er deutete hinaus aufs Meer, dann zog er ohne jede Vorwarnung den Reißverschluss und wenig später auch seinen Anzug hinunter. Ich konnte nicht anders, als der Bewegung mit den Augen zu folgen, bis er nur mit einer knappen Badehose bekleidet vor mir stand. Für einige Sekunden blieb mein Blick an dem Tattoo auf seinem Oberarm hängen, das ich zum ersten Mal komplett sehen konnte: ein Drache. Doch dann schob sich Alexander die nassen Haare aus der Stirn. Wassertropfen perlten die definierten Muskeln an seiner Brust und seinem Bauch hinunter. Wo kamen denn diese Muskeln her? Angeblich hatte er doch im Moment überhaupt keine Zeit für Sport.

Ich schluckte. Ohne Kleidung sah er definitiv noch besser aus als mit, auch wenn mir allein der Gedanke schon wieder glühende Wangen bescherte. Und nun fing er auch noch meinen Blick auf, den ich einfach nicht abwenden konnte, und begann zu grinsen. *Oh mein Gott. Coke-Werbespot, Unterwäschemodel …* Mit dem Aussehen und dem Körper standen ihm sämtliche Türen offen. Es war fast schon Verschwendung, ihn bekleidet hinter den Tresen eines Cafés zu stellen. *Ah, denk bitte an etwas anderes. Meeresrauschen, Meeresrauschen, MEERESRAUSCHEN!*

»Gefällt dir, was du siehst?«

Seit wann war er so locker und schlagfertig? Der freie Tag schien ihm echt gutgetan zu haben. »Ich … Ähm …« Leider war es mit meiner eigenen Schlagfertigkeit nach wie vor nicht weit her, und mein Gesicht musste inzwischen die Farbe einer Tomate angenommen haben. Nur gut, dass die Sonne auf uns herabknallte. So konnte ich alles auf einen Sonnenbrand schieben. Oder, noch besser, ich täuschte einen Sonnenstich vor. Dann könnte ich mich für unzurechnungsfähig erklären lassen.

Alexander lachte und schnappte sich sein Handtuch, um sich damit durch die Haare und über den Körper zu fahren.

Offensichtlich erwartete er gar keine Antwort von mir. Das war gut so, denn mir gefiel in der Tat, was ich sah, und das verunsicherte mich. Konnte er nicht einfach wieder der wortkarge, griesgrämige Kellner werden? Damit konnte ich besser umgehen.

Er band sich das Handtuch um die Hüften, zog sich die nasse Badehose aus und dafür eine trockene Unterhose an, und ich hatte meine liebe Mühe und Not, ihn nicht dabei zu beobachten. Anschließend stieg er in Shorts und Sneaker und zog sich ein weißes T-Shirt über. Nachdem er seine Sachen in einer Tasche verstaut hatte, hielt er mir die Hand hin, um mir aufzuhelfen.

»Na komm, in Burg gibt es einen unglaublich leckeren Griechen. Ich lad dich ein.«

*

*Unsicher*, das war genau das richtige Wort. Ich fühlte mich mit einem Mal unsicher in Alexanders Gegenwart. Wie ein kleines Mädchen, das für einen älteren Jungen schwärmt und von vornherein weiß, dass es für ihn nie mehr als eine kindische Schwärmerei ihrerseits sein wird.

»Evie, kannst du mir mal helfen? Das Ding ist wirklich schwer.«

»Ja, natürlich. Entschuldige bitte.«

Ich riss mich zusammen und versuchte, nicht an den bisherigen Abend zu denken, sondern Alexander dabei zu helfen, die beiden Tafeln an die Wand zu hängen. Wir waren ins *Blackbeard* zurückgekehrt, kurz bevor Carmen hatte abschließen wollen, hatten die Tafeln beschriftet und waren nun dabei, sie an der Wand zu befestigen, was alles andere als einfach war. Warum hatten wir Carmen nur nach Hause geschickt?

Die Tafel drohte uns zu entgleiten, und wir konnten sie gerade noch festhalten, bevor sie auf dem Boden zerschellte. Einige Minuten später hatten wir es endlich geschafft: Beide Tafeln hingen sicher an der Wand. Ich wischte mir mit dem Handrücken über die Stirn und spürte bereits, dass ich morgen einen ordentlichen Muskelkater haben würde.

»Sieht gar nicht schlecht aus«, meinte Alexander, der ein paar Schritte zurückgetreten war.

Ich stellte mich neben ihn und hob ebenfalls den Blick an die Wand. *Stimmt, es sieht wirklich gut aus.* Die Tafeln mit der neuen Speisekarte verliehen dem Café das gewisse Etwas. Hoffentlich würden sie auch den Gästen gefallen.

»Eine Cola für dich? Oder was anderes?«, fragte Alexander, der bereits eine Glasflasche aus dem Kühlschrank holte und öffnete.

»Danke, für mich nicht.«

Schulterzuckend nahm er einen großen Schluck, den Kopf in den Nacken gelegt, die Augen geschlossen. Ich ertappte mich dabei, wie ich ihn schon wieder anstarrte, und beeilte mich, stattdessen die alten Speisekarten von den Tischen einzusammeln. Vorerst würde ich sie ins Lager bringen, auch wenn ich davon ausging, dass wir sie niemals wieder brauchen würden. Doch wer konnte das schon sagen? Vielleicht kehrte Alexander zu seinen alten Gewohnheiten zurück, sobald ich Fehmarn und das *Blackbeard* verließ.

»Was ist eigentlich los mit dir?«, fragte er. Er betrachtete mich, die Hände hinter dem Rücken auf dem Tresen abgestützt.

»Warum, was soll los sein?«

»Du bist irgendwie seltsam, seit wir beim Griechen waren. Normalerweise wärst du wegen der Tafel längst in Jubelschreie ausgebrochen.«

Er hatte recht, ich musste mich zusammenreißen. Ich durfte mir einfach nicht anmerken lassen, wie peinlich es mir inzwischen war, wie ich ihn am Strand angestarrt hatte. Als sei ich ein Fan, der das erste Mal seinem Idol gegenüberstand und kurz davor war, entweder in Ohnmacht zu fallen oder hysterisch loszukreischen. Beim Griechen hatte ich dann überhaupt nicht mehr gewusst, wo ich hinsehen und wie ich mich verhalten sollte. Dabei war das Essen wirklich gut gewesen, und es hätte ein richtig schöner Abend werden können.

»Also wenn es wegen dem ist, was eben am Strand passiert ist …«

*Oh Gott, kann sich bitte der Boden unter mir auftun und mich verschlingen?*

»… ich wollte dich mit meinen blöden Sprüchen nicht vor den Kopf stoßen. Mir ist schon klar, dass du mich nicht attraktiv findest. Oder vielleicht doch, keine Ahnung, aber halt nicht auf diese eine spezielle Weise. Du weißt schon, was ich meine.«

*Gott sei Dank!* »Natürlich … also … du siehst nun wirklich nicht schlecht aus, keine Sorge. Nicht so gestriegelt, dafür kantig und auch ein bisschen südländisch. Die Frauen stehen auf solche Typen.« Er runzelte die Stirn. Was tat ich hier eigentlich? Er hatte die Schlinge um meinen Hals gelockert, und ich zog schon wieder daran. Wie blöd konnte man eigentlich sein? »Die meisten Frauen. Nicht ich, okay? Da hast du vollkommen recht.«

Er nickte. »Jedenfalls tut es mir leid, wenn ich da eine Grenze überschritten habe. Das war nicht meine Absicht. Der freie Tag hat mir wirklich gutgetan, ich habe mich endlich mal wieder frei gefühlt, aber ich hätte darauf achten sollen, was ich sage. In Ordnung?«

»Ja, natürlich. Alles bestens.«

Einen kurzen Moment waren unsere Blicke noch aufeinander gerichtet, dann trank er seine Cola aus und stellte die Flasche in die Kiste unter dem Tresen. »Es ist schon spät, und wir müssen morgen früh raus, um den Großeinkauf zu machen. Zeit fürs Bett.«

»Du hast recht, wir sollten schlafen gehen. Also … jeder für sich. Du verstehst schon. Bis morgen.« Ich schnappte mir meine Tasche und flüchtete regelrecht aus dem Café. Oh Gott, was hatte ich nur getan? Zwischen Alexander und mir war endlich alles in Ordnung gewesen, nun hatte ich es vermasselt. Dabei hatte er nichts falsch gemacht. Sein Auftreten am Strand hatte mich verunsichert, aber nicht, weil er sich mir gegenüber falsch verhalten hatte. Im Gegenteil, mir hatte gefallen, dass er mir gegenüber endlich lockerer wurde. Nun hatte ich es im Keim erstickt.

*Super, Evie, ganz toll gemacht.*

*

Wie ich vermutet hatte, trug die neue Karte zur allgemeinen Erheiterung unserer Gäste bei und bot ihnen ein willkommenes Gesprächsthema. Ich belauschte – natürlich *rein zufällig* – zwei Freunde dabei, wie sie sich unterhielten, nachdem er die Waffeln mit tropischen Früchten und Sahne bestellt hatte.

»Bist du etwa verliebt?«, fragte sie ein wenig schüchtern. Sie war noch jung, vielleicht sechzehn Jahre alt.

»Schon möglich«, erwiderte er ebenso schüchtern.

Mehr hatte ich nicht mitbekommen, weil Alexander nach mir gerufen hatte. Aber die zwei hatten glücklich gewirkt, als sie das *Blackbeard* eine Stunde und zwei heiße Schokoladen mit Himbeersahne später wieder verlassen hatten. An den Waffeln oder der Schokolade lag es sicher nicht, vielleicht aber an der neuen Karte.

Schon nach wenigen Tagen kamen mehr junge Gäste als früher ins Café, vor allem abends. Ob das Pärchen Schulfreunden von uns erzählt hatte? Die Teenies saßen in Gruppen auf der Terrasse, plauderten und lachten, was mich zu einer neuen Idee brachte. »Dir ist doch sicher auch aufgefallen, dass gerade vermehrt junge Leute kommen, oder?«, fragte ich Alexander und setzte mich auf einen Hocker am Tresen.

Er nickte, während er fünf Gläser mit Eistee füllte. »Von ›vermehrt‹ würde ich nicht reden, es ist gerade mal der zweite Abend, aber ja. Sie trinken viel, das bringt Umsatz. Keine Ahnung, wo sie das Geld herhaben – ich hatte damals nicht so viel Taschengeld –, aber ich will mich nicht beschweren.«

»Na, jedenfalls habe ich da noch ein paar Ideen. Es scheinen überwiegend Einheimische zu sein, die auch noch hier sind, wenn die Touristen die Insel längst wieder verlassen haben. Da tun sich ganz neue Möglichkeiten auf.«

»Warte kurz, ja?« Alexander brachte die fünf Gläser auf einem Tablett hinaus auf die Terrasse.

Seufzend sah ich ihm nach. Er war immer noch irgendwie distanziert. Sollte ich ihm sagen, dass er sich am Strand nicht falsch verhalten hatte? Dass es an mir gelegen hatte? Das würde unser Verhältnis zueinander sicher ändern. Die Frage war nur, ob es dadurch besser würde.

»Also, du wolltest mir von einer neuen Idee erzählen …«

Ich nickte. »Richtig. Wir hatten bisher nur die Touristen im

Auge, aber was ist im Spätherbst oder Winter, wenn keine Saison ist? Wenn du den Sommer über keine Rekordeinnahmen hast, um es dir leisten zu können, das Café in den Winterschlaf zu schicken, sollten wir weitere Zielgruppen ins Auge fassen. Zum Beispiel Schüler und Studenten, die am Wochenende oder in den Semesterferien bei ihren Familien sind. Für die muss es doch recht schwierig sein, ein Stammlokal zu finden. Im Frühling und Sommer dreht sich alles nur um die Touristen, und danach herrscht auf der Insel tote Hose.«

Alexander verschränkte die Arme vor der Brust und lehnte sich gegen den Tresen. »Stimmt. Als ich noch jung war, war es echt schwer, vor allem, wenn man nur ein Fahrrad hatte. Aber am Südstrand tummeln sich natürlich auch die Einheimischen, insofern sollte es möglich sein, die jungen Leute nach einem Strandtag zu uns zu locken.« Er sah mich erwartungsvoll an.

*Strandtag.* Das Wort hallte in meinem Kopf wider und brachte mich spontan auf eine weitere Idee: »Wie wäre es mit einer Beachparty? Mitten im Sommer, um den jungen Leuten zu zeigen, dass wir trotz all der Touristen auch an sie denken.«

Alexander verzog den Mund. »Machen wir nicht schon eine Piratenparty?«

Ich schüttelte den Kopf. »Die Piratenparty ist ein Familienfest, das tagsüber stattfindet. Die Beachparty wäre abends. Wir könnten sie natürlich am selben Wochenende abends veranstalten, aber das würde ziemlich viel Organisation und Arbeit bedeuten.«

»Das sehe ich ebenso«, erwiderte Alexander. »Außerdem müsste bis zum nächsten Morgen alles wieder sauber sein, damit die Kinder keine leeren Bierdosen am Strand finden.«

»Mitte August vielleicht«, schlug ich vor. »Da ist es noch

warm, und zwischen beiden Partys liegen zwei, drei Wochen. Das sollte reichen.«

Alexander nickte. »Klingt gut, aber du sagtest, du wolltest den jungen Leuten etwas außerhalb der Saison bieten.«

»Stimmt, die Beachparty war gerade nur eine spontane Eingebung. Ich würde die Karte gern noch ein wenig erweitern. Wir sollten Cocktails, vorwiegend natürlich alkoholfrei, und Bier für den Abendbetrieb aufnehmen, meinst du nicht? Vermutlich brauchst du dafür eine spezielle Konzession, aber warum solltest du diese nicht bekommen? Und dann hatte ich an Live-Musik gedacht. Es gibt doch bestimmt die eine oder andere Band im näheren Umkreis, die nicht allzu teuer ist. An so einem Abend könnte man ja auch ein paar Euro Eintritt verlangen.«

Alexander zögerte. »Sicher gibt es Bands auf Fehmarn und dem nahen Festland. Die Frage ist nur, wie gut die sind, aber ich kann mich bei Gelegenheit mal umhören.«

»Tu das. Alternativ könnten wir es auch mit einem Open Mic versuchen, so was wie einer offenen Bühne. Dann kosten die Bands nichts. Mein eigentliches Highlight wäre allerdings eine Party mit Lagerfeuer am Ende der Saison, damit es noch nicht allzu kalt ist. Vielleicht Ende September? Dann könnte ich noch bei der Organisation helfen. Wir brauchen Musik und Punsch, und was es zu essen geben könnte, müssen wir uns auch noch überlegen. Aus dem Stockbrot-Alter sind die Teenies wohl raus. Aber es soll nicht wie die Beachparty werden, sondern ruhiger, verstehst du?«

Alexander nickte und stieß sich vom Tresen ab, um sich ans Ausräumen der Spülmaschine zu machen. »Das klingt alles nicht schlecht, aber lass uns doch erst mal die Piratenparty hinter uns bringen. Da gibt es noch genug zu organisieren.«

»Das schon«, gab ich zu, »aber wir sollten für die Beachparty und das Lagerfeuer-Event einen Termin festlegen und ihn verkünden, solange wir die jungen Leute hier haben.« Mit dem Kopf deutete ich hinaus auf die Terrasse. »So einfach wird es nie wieder, an sie heranzukommen.«

Alexander seufzte. »Lass mich darüber nachdenken, okay?«

Ich schluckte und nickte. Da war sie wieder, seine distanzierte Art. Ich schob mich vom Hocker und holte meine Tasche. »Ist es okay, wenn ich jetzt gehe? Morgen früh muss ich aus der *Strandkoje* auschecken, und ich muss noch packen.«

Alexander nickte, ohne von seiner Arbeit aufzusehen. »Klar, geh ruhig. Wir treffen uns wie besprochen um halb zehn vor Johannas Ferienwohnung.«

*

»Was ist denn hier los?«

Ich war ein bisschen früher als Alexander am vereinbarten Treffpunkt gewesen und starrte seit gefühlt einer halben Stunde wie paralysiert auf die offene Eingangstür. Alexander, der seinen Wagen neben meinem geliehenen Rad abgestellt hatte und gerade erst ausgestiegen war, ging an mir vorbei in die Ferienwohnung.

»Jemand da?«

Ich wollte ihm hinterherrufen, er solle vorsichtig sein, immerhin könne er auf Einbrecher stoßen. Doch ich wusste, dass Einbrecher unser geringstes Problem wären. Die Geräusche und der Geruch, die aus der Wohnung kamen, waren eindeutig: Die Handwerker waren immer noch nicht fertig. Wie war das möglich? Warum hatte Johanna nicht Bescheid gesagt, dass ich mich nach einer Ersatzbleibe umsehen musste?

Es dauerte keine fünf Minuten, bis Alexander wieder herauskam. Er warf mir nur einen kurzen Blick zu, sagte aber kein Wort. Stattdessen holte er sein Handy aus der Hosentasche und wählte eine Nummer. »Johanna, hier ist Alex. Ich stehe gerade mit Evie vor der Ferienwohnung, in der immer noch Handwerker zugange sind … Ja, das verstehe ich ja, aber warum hast du nicht angerufen?« Während er redete, lief er auf und ab und vermied es, mich anzusehen. Dabei wusste ich längst, was Sache war. Ich war obdachlos. »Das ist absolut unmöglich. Die Handwerker räumen zwar gerade zusammen, aber hier kann vorerst niemand schlafen. Erst muss geputzt und vor allem gelüftet werden. Der Farbgeruch ist dermaßen beißend, dass mir nach nur zwei Minuten schwindelig wurde … Ist okay, uns fällt schon was ein. Bis dann.« Er legte auf und steckte das Handy wieder weg. Kopfschüttelnd fuhr er sich durch die Haare, bevor er sich mir zuwandte, die Hände in den Hüften. »Es tut mir leid, hier kannst du nicht bleiben. Es dauert noch ein oder zwei Tage.«

»Ich weiß«, erwiderte ich und klang dabei gefasster, als mir zumute war.

»Die Handwerker sind zwar fertig, weshalb Johanna auch dachte, es wäre kein Problem, dich heute schon hier einzuquartieren, aber es stinkt alles nach Farbe, und einmal durchsaugen wird auch nicht reichen. Der Staub von den Renovierungsarbeiten hat sich überall draufgelegt.« Erneut fuhr er sich durch die Haare. »So ein verdammter Mist. Es tut mir wirklich leid, meine Tante ist normalerweise nicht so unzuverlässig.«

»Ist okay«, erwiderte ich. Seltsamerweise wurde ich immer ruhiger, je mehr Alexander sich aufregte. Es war schön zu spüren, dass ich ihm zumindest nicht ganz egal war. »Lass uns erst mal ins Café fahren, dann telefoniere ich nebenher ein wenig herum«, schlug ich vor. »Vielleicht kann ich für die zwei Nächte zurück in die *Strandkoje*, und wenn nicht, wird sich wohl hoffentlich etwas anderes finden. Ist ja nicht für lang.«

Alexander nickte. »Meine Exfreundin hat eine Pension bei Westermarkelsdorf. Ich werde sie fragen, ob sie noch ein Zimmer für dich hat.«

»Trotzdem vielen Dank.« Ich legte auf und war versucht, das Handy auf den Tresen zu knallen, ließ es jedoch bleiben.

»Wieder nichts?«

Ich schüttelte den Kopf. *Nada, nichts, niente.* Auf ganz Fehmarn gab es kein freies Zimmer mehr. Ich hatte es sogar auf dem Festland versucht, in Heiligenhafen und dem näheren Umkreis, doch auch dort hatte man mich ein ums andere Mal abgewiesen. Dass man mich nicht verspottete, wie man Arnold Schwarzenegger in *Versprochen ist versprochen* ausgelacht hatte, als er auf den letzten Drücker noch ein Weihnachtsgeschenk für seinen Sohn kaufen wollte, war auch alles. Es war Hochsaison, noch dazu hatten die meisten Bundesländer bereits Sommerferien. Ein Großteil der Pensionen und Hotels war seit Monaten ausgebucht, und natürlich hatte Alexander auch bei seiner Exfreundin nichts erreichen können.

Alexander seufzte. »Und was nun?«

Ich warf einen Blick auf die Uhr, obwohl ich wusste, wie spät es war. Es war bereits nach sechs, und mir musste schleunigst etwas einfallen. »Wenn ich mir eine Luftmatratze kaufe, könnte ich vielleicht hier im Café …«

Alexander schüttelte vehement den Kopf, noch ehe ich zu Ende gesprochen hatte. »Das kommt überhaupt nicht infrage, ich lass dich doch nicht hier im Café schlafen.«

Ich schluckte. Wenn ich wenigstens noch den Mietwagen hätte, dann könnte ich dort mein Lager aufbauen. Allerdings hatte ich den inzwischen zurückgegeben, was gar nicht so einfach gewesen war und mich eine zusätzliche Gebühr gekostet hatte.

»Du kommst mit zu mir.«

Ich sah auf. »Warte mal, ich soll bei *dir* schlafen?«

»Natürlich, eine andere Möglichkeit sehe ich nicht, du etwa? Für zwei Nächte wird das schon gehen. Du kannst mein Schlafzimmer haben, und ich gehe auf die Couch.« Er machte eine kurze Pause. »Es sei denn, du willst nicht.«

Mein Herz füllte sich wieder mit Wärme. Ich war ihm also nicht ganz gleichgültig. »Mir reicht deine Couch.«

Er schüttelte den Kopf, während er sich wieder an die Arbeit machte und den Tresen wischte. »Was meinst du, was ich mir dann von meiner Schwester anhören darf? Entweder mein Bett oder gar nicht. Deine Entscheidung.«

Ich konnte mir ein Grinsen nicht verkneifen. »Okay, dann dein Bett.«

Er blickte auf, wollte etwas sagen, ließ es aber bleiben. Ich unterdrückte ein Seufzen. Wie konnte ich das, was an dem Abend beim Griechen passiert war, nur wieder rückgängig machen?

*

Es war noch früh am Morgen, als ich aufwachte. Ich drehte mich auf den Rücken und blickte an die Decke. Es war seltsam, in Alexanders Bett zu liegen. Natürlich hatte er die Bettwäsche gewechselt, trotzdem roch sie nach ihm. Einen Moment stellte ich mir vor, wie es sein würde, wenn er neben mir liegen würde. *Wir beide aneinandergekuschelt, ich in seinem Arm …*

Ich schob die Decke nach hinten und stieg aus dem Bett. *Den Gedanken schlag dir mal gleich aus dem Kopf, Evie. Dazu wird es garantiert nicht kommen.* Wir hatten gestern Abend einfach nicht ungezwungen miteinander umgehen können. Vielleicht hätte ich Alexander um ein Glas Wein und ein Gespräch bitten sollen, aber es war schon recht spät gewesen, bis alles für meine Übernachtung vorbereitet war, und er hatte nicht den Eindruck gemacht, noch mehr Zeit mit mir verbringen zu wollen. Also waren wir direkt schlafen gegangen, auch wenn zumindest ich lange nicht zur Ruhe gekommen war.

Ich warf einen Blick aus dem Fenster und auf den neuen Tag, der wieder sonnig zu werden versprach. Dann schnappte ich mir meinen Kulturbeutel und verließ das Schlafzimmer, um ins Bad zu gehen. Ich hatte die Klinke schon in der Hand, als die Tür aufging und ich Alexander gegenüberstand. Warmer Dampf und ein herber männlicher Duft schlugen mir entgegen. Alexanders Haare waren nass, und auch sein Oberkörper glänzte feucht. Er war nur mit einem Handtuch bekleidet, das er um die Hüften geschlungen hatte.

»Hoppla, guten Morgen.« Ich trat einen Schritt zurück und zwang mich, nicht auf seine nackte Brust zu starren. Das würde alles nur noch schlimmer machen. Alexanders Blick glitt an mir hinab, nur ganz kurz, und erst jetzt wurde mir bewusst, dass ich nicht viel mehr anhatte als er. Meine Schlafshorts und mein Top waren ziemlich knapp, und der rosafarbene Stoff war unter Umständen ein klein wenig durchsichtig. *Argh!*

Kurz überlegte ich, die Arme vor der Brust zu verschränken, aber das hätte prüde gewirkt oder die Aufmerksamkeit erst recht auf meine Brüste gelenkt, also tat ich gar nichts.

Alexander strich sich die nassen Haare nach hinten. Gott, wie konnte eine einzige Geste so sexy sein? »Morgen, Evie. Wie war deine Nacht?«

*Langweilig.* Das Wort lag mir auf der Zunge, und ich biss mir auf dieselbe, um es nicht zu sagen. *Gott, Evie, reiß dich bitte zusammen.* »Ich habe gut geschlafen, danke. Und du?«

»Auch. Sag mal, macht es dir etwas aus, wenn ich kurz ins Schlafzimmer gehe? Ich habe gestern Abend vergessen, frische Klamotten aus dem Schrank zu holen.«

»Nein, natürlich nicht. Das ist deine Wohnung. Ich würde dann auch mal …« Mit einer Hand deutete ich an ihm vorbei ins Bad.

»Mach das, ich bereite inzwischen das Frühstück zu. Kaffee oder Tee?«

»Kaffee.«

Wir führten noch einen kleinen Eiertanz auf, als wir versuchten, aneinander vorbeizukommen, ohne uns zu berühren, dann ging jeder seiner Wege. Ich schloss die Badezimmertür hinter mir und lehnte mich dagegen.

*Scheiße, Scheiße, Scheiße.*

# Kapitel 11

**16.000 Euro**

Das Moderlieschen gehört zur Gattung der

a) Schmetterlinge

b) Pflanzen

c) Fische

d) Märchenfiguren

Moderlieschen? Ernsthaft? So eine Frage musste ja kommen. Das ist dann wohl der erste Joker.

»Gott, mir tun die Füße weh.«

Ich ließ mich auf Alexanders Sofa fallen und streckte die Beine von mir. Heute war ein guter Tag gewesen. Ein Journalist vom *Fehmarnschen Tageblatt* hatte angerufen, weil er im Vorfeld über die Piratenparty berichten wollte, und im Café war richtig viel los gewesen. Wir hatten Eistee und Limonade en masse verkauft und sogar zwischendurch Nachschub zubereiten müssen, und auch die Eiscreme hatte beinah nicht gereicht. Das war natürlich großartig, aber da wir nur zu zweit gewesen waren – Ida hatte sich etwas eingefangen und unbedingt nach ihrer Mama verlangt –, hatten wir ziemlichen Stress gehabt. Überhaupt merkte ich allmählich die Belastung. Jeden Tag von morgens bis abends im Café zu stehen und keinen freien Tag zu haben war anstrengend. Ich dachte an Markus' Worte, schob sie aber gleich wieder beiseite.

»Und das machst du seit einem Jahr mit?«, fragte ich Alexander. »Ohne Pause? Wahnsinn.«

Schulterzuckend setzte er sich neben mich. »Anfangs hatte ich ja noch Personal, und danach ist Carmen dann und wann eingesprungen. Im Dezember und Januar habe ich das Café komplett geschlossen. Aber ja, es *ist* anstrengend und manchmal nervtötend. Im letzten Sommer haben mich meine Freunde noch zu Grillfesten oder Segeltörns eingeladen, aber mittlerweile haben sie es aufgegeben.«

»Das wird sich auch wieder ändern. Heute lief es doch richtig gut«, versuchte ich, ihn zu trösten.

Alexander schnaubte. Vermutlich dachte er wie ich an die Flaute der letzten Regentage. Eine Schwalbe machte noch keinen Sommer, und ein paar gut laufende Tage retteten noch kein Café. »Ja, heute«, brummte er. »Und was ist mit morgen und übermorgen und überübermorgen?«

»Mach dir keinen Kopf«, sagte ich. »Die Piratenparty kommt erst noch. Sie wird das *Blackbeard* bekannter machen, und dann folgen eventuell die Beachparty und das Lagerfeuer-Event. Hast du eigentlich darüber nachgedacht?«

Er stieß die Luft aus. »Nein, ehrlich gesagt nicht. Solche Events kosten viel Zeit, Nerven und Geld, und ob es sich am Ende rentiert, wissen wir nicht.«

Er klang ein wenig genervt, aber davon ließ ich mich nicht abschrecken. »Das kann man nie wissen, aber ich glaube nicht, dass alles ein Flop wird.«

»Und was, wenn es regnet? Darf ich dich daran erinnern, dass du darauf selbst hingewiesen hast, als Carmen und ich wegen der Piratenparty so enthusiastisch waren?«

*Nur ruhig bleiben. Nicht ärgern.* Ich fuhr mir durch die Haare, nahm sie nach hinten und drehte sie ein. »Es wird nicht regnen, die Wettervorhersage sieht gut aus. Überhaupt ist die Prognose für die nächsten Wochen hervorragend, und Jugendliche sind lange nicht so empfindlich, was Regen angeht. Ansonsten können wir immer noch Pavillons oder so was aufstellen.«

Auch Alexander fuhr sich durch die Haare, doch dieses Mal hatte diese Geste nichts an sich, was sexy wirkte. Obwohl es heute so gut gelaufen war, war er sichtlich frustriert. »Ich weiß nicht.«

Ich drehte mich zu ihm, um ihn besser ansehen zu können. »Ich verstehe deine Zweifel und natürlich auch deinen Wunsch, alles sorgfältig abzuwägen, aber wir haben nicht ewig Zeit. Es muss noch einiges organisiert werden, wenn wir uns dafür entscheiden. Das kann ich übernehmen, keine Sorge. Es geht mir in erster Linie darum, dass übermorgen dieser Hinrichs vom *Fehmarnschen Tageblatt* wegen der Vorabberichterstattung zur Piratenparty ins *Blackbeard* kommt. Es wäre gut, wenn wir ihn dann auch schon auf die anderen Events hinweisen könnten. Oder auch nur auf eines. Wir müssen ja nicht beide machen und könnten auch erst mal schauen, wie die Beachparty ankommt, bevor wir den Lagerfeuerabend angehen.«

Alexander nickte und fuhr sich über die Stirn. »Lass mich noch mal eine Nacht darüber schlafen. Heute will ich das nicht mehr entscheiden, ich bin ziemlich fertig.«

»Klar, dann lasse ich dich mal in Ruhe.« Ich stand auf, blieb aber noch einen Moment stehen. Die Spannung zwischen uns war unerträglich. Warum konnte es nicht wieder so sein wie vor dem Abend beim Griechen? Morgen würde ich für den

Rest meiner Zeit auf Fehmarn in die Ferienwohnung von Alexanders Tante ziehen, daher war heute Abend die beste und wahrscheinlich vorerst letzte Gelegenheit, in Ruhe mit Alexander zu reden. Danach würden wir uns nur noch im Café sehen, und selbst an ruhigen Tagen war das *Blackbeard* nicht der richtige Ort für ein klärendes Gespräch. »Alexander, ich …« Langsam drehte ich mich zu ihm um und verstummte wieder. Er sah wirklich müde aus, aber obwohl er mich in diesem Moment fragend ansah, winkte ich ab. »Ach nichts, hat sich erledigt. Schlaf gut.«

»Evie, warte mal.«

Ich hatte das Wohnzimmer schon halb durchquert, als Alexander mich zurückhielt. Erwartungsvoll drehte ich mich noch einmal um. »Ja?«

Er zögerte kurz. »Wie wär's, wenn du dir morgen freinimmst? Es würde dir bestimmt guttun. Vormittags ist im Café ohnehin nicht viel los, und nachmittags kann Carmen aushelfen. Ida geht es schon wieder besser. Dann kannst du ausschlafen, in Ruhe deine Sachen packen und sie in Johannas Ferienwohnung bringen. Ich leihe dir gern mein Auto für den Transport.«

Ich war enttäuscht, obwohl sein Angebot wirklich nett war. Aber für einen kurzen Augenblick hatte ich doch tatsächlich geglaubt, er könne die angespannte Atmosphäre zwischen uns auch nicht länger ertragen. »Das ist nett«, sagte ich und bemühte mich um ein Lächeln. »Danke, dass du mich zwei Nächte ertragen hast.«

*

An Ausschlafen war nicht zu denken gewesen. Alexander war leise gewesen, trotzdem war ich aufgewacht, als er aufgestanden war und sich fertig gemacht hatte. Ich war liegen geblieben, bis ich die Wohnungstür ins Schloss hatte fallen hören. Erst dann hatte ich geduscht und mich angezogen, eine Kleinigkeit gefrühstückt und meine Sachen in die Ferienwohnung gebracht. Nun schlenderte ich wie unzählige andere Touristen durch Burg. Es war bald Mittag, aber ich verspürte absolut keine Lust, mich in ein Café zu setzen und mir ein zweites Frühstück zu bestellen. Obwohl ich bisher kaum etwas gegessen hatte, hatte ich keinen Appetit.

Ich kam an einem Frisörsalon vorbei: *Hairlich!* Arbeitete hier nicht Carmen? Ob sie wohl gerade Schicht hatte und vielleicht sogar ein wenig Zeit? Ein neuer Haarschnitt konnte so oder so definitiv nicht schaden, also öffnete ich die Tür. Eine Klingel kündigte meine Ankunft an. Es roch nach süßlichen Parfums, nach Haarspray und Kaffee. Zum Glück nicht nach Tönungs- oder Dauerwellenmittel.

»Einen kleinen Moment«, ertönte eine weibliche Stimme aus dem hinteren Bereich.

Ich blieb am Empfang stehen und wartete. Einen Moment fragte ich mich, ob es eine gute Idee gewesen war hierherzukommen. Was, wenn Carmen wirklich hier war und Zeit für mich hatte? Dann würde sie mich doch garantiert ausquetschen, wie es zwischen ihrem Bruder und mir lief, und ich war nicht sicher, ob ich darauf antworten wollte. Ob ich überhaupt darauf antworten *konnte*, denn ich wusste selbst nicht, in welcher Beziehung wir zueinander standen. Im Moment war sie eindeutig rein beruflich, aber zumindest für einen kurzen Augenblick war zwischen uns auch einmal mehr gewesen. Bevor ich dieses Mehr durch mein Verhalten im Keim erstickt hatte. Was würde Carmen nur von mir denken? Gut, vielleicht war es auch gar nicht schlecht, mit jemandem zu sprechen, der Alexander besser kannte als ich. Vielleicht hatte Carmen einen Tipp, wie ich das Ganze wieder geradebiegen konnte. Bis Ende September waren es noch einige Wochen, und wenn ich Alexander und das *Blackbeard* nicht im Stich lassen wollte, mussten wir in dieser Zeit irgendwie miteinander auskommen.

»Guten Morgen, was kann ich für Sie tun?«, fragte die Friseurin schon von Weitem. Eine vertraute Stimme, es war tatsächlich Carmen. »Evie, was für eine Überraschung. Was machst du denn hier?« Sie nahm mich kurz in den Arm, was sich seltsam tröstlich anfühlte.

»Morgen, Carmen. Dein Bruder hat mir heute freigegeben, und ich dachte, ich schaue mal bei dir vorbei, aber ich will dich gar nicht stören.«

»Das ist ja nett. Komm mit. Möchtest du einen Kaffee?« Sie führte mich in den hinteren Bereich des Salons, der hell und freundlich wirkte, obwohl er nur ein Oberlicht hatte.

»Lieber ein Wasser. Und einen Haarschnitt, solltest du es zeitlich einrichten können.«

Sie lächelte. »Du hast Glück, meine nächste Kundin kommt erst in einer knappen Stunde. Setz dich doch.« Sie verschwand hinter einem Vorhang und kehrte nur eine halbe Minute später mit einem Glas Wasser in der Hand zurück. »Bitte schön. Was kann ich denn für dich tun? Hast du dir schon was überlegt?«

Ich trank einen Schluck und stellte das Wasserglas auf die Ablage vor dem Spiegel. »Ehrlich gesagt nicht, das war eine spontane Entscheidung. Was sagt denn die Expertin?«

Sie musterte mich einen Moment, während sie mir mit

ihren Fingern durch die braunen Haare fuhr. »Etwas kürzen, vorne ein wenig stufig schneiden.« Unsere Augen trafen sich im Spiegel. »Hattest du schon mal einen Pony? Vielleicht einen schrägen?«

Ich nickte. »Das ist aber schon ewig her. Ich vertraue dir, du solltest nur wissen, dass meine Haare nie das tun, was sie sollen.«

Sie grinste. »Dann komm mal mit rüber zum Waschbecken.«

Ich folgte ihr, setzte mich auf den Stuhl und lehnte den Kopf nach hinten. Schloss für einen Moment die Augen, während Carmen warmes Wasser über meine Haare laufen ließ und sie anschließend shampoonierte. Es war wie eine kleine Kopfmassage, und sie schenkte mir diese Zeit zum Entspannen, statt mich mit Fragen zu löchern. Doch als ich wieder vor dem Spiegel saß, hielt sie es nicht mehr aus.

»Wie läuft es denn im *Blackbeard?*«

»Gestern lief es richtig gut, wir kamen kaum hinterher. Wenn die Gäste uns nicht ab sofort jeden Tag das Café einrennen, wird es aber wahrscheinlich trotzdem nicht reichen. Wir müssen mehr machen, nur ist Alexander in dieser Hinsicht ziemlich zurückhaltend.«

»Inwiefern?« Carmen legte den Kamm beiseite und griff nach der Schere.

»Ich habe ihm empfohlen, mehr für Jugendliche zu machen, immerhin bleiben die auf der Insel, wenn die Touristen längst fort sind. Live-Musik, Cocktails, verschiedene Events. Beachparty, Lagerfeuer. So was in der Art.«

Carmen nickte. »Das klingt doch großartig und würde bei den Jugendlichen sicher gut ankommen. Und Alex ist dagegen?«

»Nicht direkt dagegen. Prinzipiell findet er die Ideen gut, aber irgendwie kann er sich nicht dazu durchringen, sein Okay zu geben. Dabei haben wir abends gerade vermehrt Jugendliche im Café. Wir sollten sie an uns binden, bevor es zu spät ist.«

Carmen schob meinen Kopf sanft nach rechts. »Soll ich mal mit meinem Bruder reden? Manchmal braucht er einen Schubs in die richtige Richtung.«

Ich zögerte, denn ich fürchtete, es könnte dieses Mal den gegenteiligen Effekt haben, wenn wir zu zweit Druck auf Alexander ausübten. Warum auch immer, er schien sich gerade nach und nach zurückzuziehen, und das in jeder Hinsicht. »Lieber nicht«, sagte ich also. »Wir hatten das Thema gestern Abend, und er meinte, er würde gern noch mal darüber schlafen. Vielleicht ist er inzwischen zu einer Entscheidung gekommen.« Ich seufzte innerlich. Wie sich Alexander entschieden hatte, würde ich nicht vor morgen erfahren, denn ich hatte nicht vor, heute ins *Blackbeard* zu gehen.

»Zu einer Entscheidung bestimmt. Die Frage ist nur, ob es die richtige ist«, bemerkte Carmen, doch wir konnten beide nicht darüber lachen. »Bist du jetzt eigentlich in die Ferienwohnung gezogen?«

Ich wollte nicken, ließ es aber lieber bleiben, da Carmen mit der Schere zugange war. »Heute Vormittag.«

»Und wie war es mit meinem Bruder? Ich hoffe, er hat sich benommen.«

»Er hat auf dem Sofa geschlafen, falls du das wissen wolltest«, rutschte es mir heraus.

»Also Evie, was denkst du denn von mir?« Erneut schob sie meinen Kopf mit leichtem Fingerdruck in die richtige Position. »Aber wenn wir schon bei dem Thema sind: Wie läuft es denn zwischen euch? Bei unserem gemeinsamen Essen hatte ich das Gefühl, ihr versteht euch inzwischen echt gut.«

»Das war auch so, aber seitdem ist einiges passiert.«

Carmen hielt inne und sah mich im Spiegel an. »Was ist los? Was hat er angestellt?«

»Gar nichts, es war allein meine Schuld.«

Sie runzelte die Stirn. »Das glaube ich nicht, dafür kenne ich meinen Bruder zu gut. Also, was ist passiert?«

Seufzend erzählte ich Carmen die ganze Geschichte: von der Situation am Strand, dem Essen beim Griechen, meinen Worten Alexander gegenüber und seiner Reaktion darauf. Und dass wir uns seitdem immer mehr voneinander zu entfernen schienen. Zwischenzeitlich war ich gezwungen, die Augen zu schließen, da sich Carmen an meinen Pony gemacht hatte, aber vielleicht war es auch besser so. Ich wollte ihren mitleidigen Blick lieber nicht sehen. »Ich fürchte, ich habe alles falsch gemacht«, endete ich und öffnete die Augen wieder. Ich hatte richtig vermutet: Carmen bedachte mich mit einem mitleidigen Blick.

»Ach Evie, das ist doch Blödsinn. Mein Bruder hat nur einen völlig falschen Schluss gezogen, was du ihm im Übrigen nicht verübeln kannst.«

Nun runzelte ich die Stirn. »Wie meinst du das?«

»Na ja, er ist ein Mann. Er hat wörtlich genommen, was du gesagt hast. Alex hat sich zurückgezogen, weil er nicht damit rechnet, dass du ihn eigentlich magst und nur aus Verlegenheit so reagiert hast. Aber so ist es doch, oder? Du magst meinen Bruder.«

Ich zögerte. Sollte ich meine Karten wirklich auf den Tisch legen? Ich hatte es mir ja selbst kaum eingestanden. Aber was würde es nützen zu lügen? Carmen hatte mich längst durchschaut. »Ja, ich mag ihn«, antwortete ich und senkte den Blick.

»Alex mag dich auch. Genau deshalb verhält er sich so seltsam. Er will euer professionelles Verhältnis wahren, weil er meint, dass er dich nicht haben kann.«

Ungläubig erwiderte ich ihren Blick im Spiegel. Mein Herz klopfte schneller. »Das kann nicht sein. Hast du mit ihm über mich geredet?«

»Das nicht, aber ich kenne ihn. Er ist schließlich mein Bruder.«

»Aber er ist so … distanziert. Wenn er mich mögen würde, dann …«

»Dann was?«, fragte Carmen, als ich nicht weiterredete. »Würde er es dir zeigen? Es dir vielleicht sogar irgendwann sagen? Das wäre der normale Weg, sicher. Aber warum sollte Alex das tun? Nach deiner Ansage muss er denken, dass er sich einen Korb holen würde.«

»Aber ich würde ihm keinen Korb geben«, sagte ich leise und dachte an den Kuss, der kein Kuss gewesen war. Ich stockte. Konnte sie etwa recht haben? Alexander hatte mich damals aus einem Impuls heraus geküsst. Was, wenn er mich gar nicht zum Schweigen hatte bringen wollen? Was, wenn er es auch getan hatte, weil er mich ein kleines bisschen mochte? Damals schon?

»Das weiß er aber doch nicht.« Carmen strich mir eine nasse Haarsträhne aus dem Gesicht. »Süße, du hast ihm klipp und klar gesagt, dass du nicht auf ihn stehst.«

»Schon, aber ich bin rot geworden, habe herumgestammelt und dummes Zeug geredet. Das war ziemlich offensichtlich.«

Carmen schüttelte den Kopf. »Nicht für meinen Bruder. Deine Worte und deine körperliche Reaktion mögen sich widersprochen haben, aber natürlich hört Alex auf das, was du sagst.«

»Ich wollte mich nicht vor ihm blamieren, weil ich dachte, er hat so gar kein Interesse an mir«, murmelte ich.

Seufzend schüttelte Carmen den Kopf. »Tja. Alex denkt aber, dass du aus welchem Grund auch immer nichts mit ihm anfangen willst. Und da ihr zusammen arbeitet …« Sie ließ den Satz unbeendet und hob die Schultern.

Ich starrte in den Spiegel und versuchte, ihre Worte zu verstehen. *Guter Gott!* Wenn sie recht hatte, hatte ich wirklich alles falsch gemacht. Ich hätte ihm sagen müssen, dass er sich am Strand nicht falsch mir gegenüber verhalten hatte. *Gefällt dir, was du siehst?* Das hatte er mich am Strand gefragt. *Ja, verdammt!* Das hätte ich sagen sollen. Stattdessen hatte ich ihn bis jetzt im Glauben gelassen, seine Frage sei mir unangenehm gewesen, und das nur, weil ich nicht den Mut hatte, ihm die Wahrheit zu gestehen. Natürlich hielt er sich seitdem zurück. Unser Arbeitsverhältnis war vielleicht kein klassisches, aber er wollte sicher dennoch nicht riskieren, dass ich mich von ihm sexuell belästigt fühlte. Dabei wollte ich nichts sehnlicher, als dass er mich endlich einmal als Frau wahrnahm und nicht nur als Kurzzeit-Angestellte.

Ich suchte Carmens Blick. Sie verteilte gerade irgendeinen Schaum in meinen Haaren. »Und was soll ich jetzt machen?«

Carmen lächelte. »Ihm die Wahrheit über deine Gefühle sagen?«, schlug sie vor, während sie sich die Hände an einem Handtuch sauber wischte und nach dem Föhn griff.

*

Alexander balancierte in jeder Hand zwei Tassen und schaute sich nur kurz nach mir um, doch dann hielt er inne und riskierte einen längeren Blick. »Warst du beim Frisör?«

Offenbar hatte Carmen ihm nichts von meinem Besuch und unserem Gespräch erzählt. Auf sie war eben Verlass, auch wenn sie Alexanders Schwester war.

»Ich habe Carmen gestern einen Besuch bei *Hairlich!* abgestattet«, antwortete ich. Danach war ich noch shoppen gewesen und hatte mir ein wunderschönes Kleid gekauft, das ich jetzt trug – pastellfarben, mit Blumenmuster, luftig und tief ausgeschnitten.

»Steht dir«, sagte Alexander nur.

Er wandte sich ab, um die Getränke zu servieren, und ich spürte meine Nervosität. Meinte er die neue Frisur oder das Kleid? Oder sogar beides? Carmens Worte schwirrten immer noch in meinem Kopf herum wie Bienen um eine Blüte. Mochte Alexander mich wirklich und verhielt sich so seltsam, weil er dachte, bei mir keine Chance zu haben? Aber was, wenn sie ihn doch nicht so gut kannte und sich irrte? Das würde peinlich werden. Richtig peinlich.

»Willst du da Wurzeln schlagen?«, fragte Alexander, als er von der Terrasse zurückkehrte und ich immer noch im Eingang stand. »Ich könnte Hilfe gebrauchen. Es ist nicht mehr viel Himbeer-Limonade da.«

»Ja, natürlich. Komme sofort«, erwiderte ich und stellte schnell meine Tasche hinter dem Tresen ab. Dann verschwand ich in die Küche, während Alexander vorne im Café blieb. So hatten wir kaum Gelegenheit, uns zu unterhalten, aber wenn ich ehrlich war, hätte ich es wahrscheinlich eh nicht geschafft, ihm meine Gefühle zu gestehen. Hier und jetzt war nicht der richtige Zeitpunkt dafür.

Zwei Stunden später hatten wir schon wieder alle Hände voll zu tun. Knuth war vorbeigekommen, um einen kleinen Plausch mit mir zu halten, doch ich hatte kaum Zeit für ihn, obwohl er sich extra an den Tresen gesetzt hatte. Eine Damenrunde war im *Blackbeard* eingefallen, alle schon etwas älter und jede mit einem Sonderwunsch: die Himbeer-Pfirsich-Basilikum-Limonade ohne Basilikum, den Flammkuchen ohne Speck und die Waffeln mit tropischen Früchten ohne Ananas, dafür mit Papaya. Da es sich bei den Damen um Einheimische zu handeln schien, versuchte ich, möglich zu machen, was möglich war. Die Damen waren zwar etwas anspruchsvoller, aber wenn sie regelmäßig ihre Treffen bei uns abhielten, hätten wir einige Stammkunden mehr.

»Was ist das?«, fragte Alexander. Er war gerade mit dem Arm voller Sirupflaschen durch die Schwingtür gekommen und schnupperte in der Luft. Dann erst entdeckte er die Damen, die während seiner Abwesenheit gekommen waren.

»Süßliches Damenparfum«, antwortete Knuth. »Das habe ich schon eine Ewigkeit nicht mehr gerochen. Magda hatte ein ähnliches. Habe ich ihr mal zu Weihnachten geschenkt.«

Ich sah von meinen Kaffeespezialitäten auf, für die Alexander den Sirup aus dem Lager geholt hatte, und lächelte Knuth aufmunternd zu.

Alexander hingegen zuckte zusammen und entspannte sich erst wieder, als er gesehen hatte, dass nur Knuth seinen Kommentar gehört hatte. Er reichte mir eine Flasche Vanillesirup und sortierte die restlichen ins Regal. »Mist, jetzt habe ich die Cola vergessen. Ich bin noch mal schnell unten.« Damit verschwand er wieder.

Ich brachte den Kaffee zu den Damen und verteilte ihn,

ohne fragen zu müssen, wer was geordert hatte. Ich versuchte immer, mir die Bestellungen zu merken, auch wenn es bei größeren Gruppen oder vollem Café eine Herausforderung war. Aber es beeindruckte die Gäste und gab ihnen das Gefühl, wichtig zu sein.

Eine der Frauen, eine Brünette mit Dauerwelle, sah mich mit einem Mal eindringlich an. Ich wollte schon fragen, ob ich ihre Bestellung verwechselt hatte, als sie plötzlich die Augen noch weiter aufriss. »Jetzt weiß ich, woher ich Sie kenne. Haben Sie nicht bei dieser Quizshow mitgemacht?«

*Ach du liebes bisschen!* Offensichtlich war die Sendung inzwischen ausgestrahlt worden, ohne dass ich es mitbekommen hatte. Ich versuchte, nicht rot zu werden, mich ertappt umzusehen oder sonst wie zu verraten. »Ich? Wie viel habe ich denn gewonnen?«, fragte ich mit unschuldigem Lächeln.

»Wissen Sie das denn nicht mehr? Eine Million Euro.«

Die Gespräche der anderen Damen verstummten, jetzt starrten mich alle an. So ein Mist. Aus dem Augenwinkel sah ich zur Schwingtür, Alexander schien noch im Lager zu sein. »Eine Million? Schön wär's.« Ich lachte, wahrscheinlich ein wenig zu bemüht. »Nein, es tut mir leid, Sie müssen mich verwechseln. Ich habe noch nie bei einer Fernsehsendung mitgemacht, und selbst wenn, hätte ich garantiert nicht das Glück, so viel Geld zu gewinnen.«

Die Brünette runzelte die Stirn. »Sind Sie sicher? Ich könnte schwören, Sie waren das gestern Abend. Hat denn keiner von euch die Show mit Detlef Straub gesehen?« Sie blickte in die Runde, und mir brach der Schweiß aus, doch keine der anderen Damen schien am Abend zuvor die Sendung gesehen zu haben.

»Wissen Sie, ich habe ein Allerweltsgesicht«, sagte ich leichthin und verteilte die restlichen Getränke. »Ich wurde schon öfter verwechselt. Erst neulich hat mich doch jemand für Josefine Preuß gehalten. Die Schauspielerin, wissen Sie?«

Die Brünette verzog keine Miene und schien nach wie vor nicht überzeugt. »Ich hätte schwören können …«, murmelte sie vor sich hin.

»Ich dachte auch zuerst, unsere charmante Bedienung wäre die Gewinnerin von gestern Abend«, kam mir in diesem Moment Knuth unerwartet zu Hilfe. »Aber die hatte viel dunklere und längere Haare und auch keinen Pony. Und sie war auch ein bisschen kräftiger, finden Sie nicht?«

Die Brünette zog die Augenbrauen zusammen und überlegte einen Moment. »Stimmt, jetzt, wo Sie es sagen. Sie war wirklich ein bisschen pummelig.« *Na vielen Dank auch!* Sie wandte sich mir zu. »Entschuldigen Sie, ich habe Sie tatsächlich verwechselt.«

Ich winkte ab, erleichtert, dass die Kuh vom Eis war. Was für ein Glück, dass ich gestern beim Frisör gewesen war und vielleicht sogar das eine oder andere Pfund verloren hatte. Vielleicht stimmte aber auch die Behauptung, man sehe im Fernsehen immer dicker aus. »Ach was, kein Problem«, sagte ich schnell. »Wie gesagt, das passiert mir häufiger.« Ich ging zurück zum Tresen und bedankte mich lautlos bei Knuth. Er zwinkerte mir zu.

»Alles okay?«, fragte Alexander, der die Schwingtür mit dem Unterarm aufstieß, eine Kiste Cola in den Händen tragend.

»Ähm, klar. Was sollte denn nicht stimmen?«

Die Antwort auf meine Frage blieb er mir schuldig. Stattdessen drehte sich Alexander schulterzuckend um, um die

Colaflaschen in den Kühlschrank zu räumen. Hatte er etwa das Gespräch mitbekommen? Oder die Sendung gestern Abend vielleicht sogar selbst gesehen? Möglich war auch, dass Carmen sie gesehen und ihm davon erzählt hatte. Allerdings hatten sie beide um die Zeit im Café gestanden. Es sei denn, einer von beiden war früher nach Hause gegangen … Mir wurde ein wenig schwindelig, so sehr rasten die Gedanken durch meinen Kopf. Alexander hätte doch sicherlich etwas gesagt, wenn er von meinem Gewinn erfahren hätte, oder nicht? War heute Morgen irgendetwas anders gewesen als sonst?

Erst jetzt wurde mir bewusst, dass Alexander die Flaschen längst weggeräumt hatte und mitbekam, wie ich ihn immer noch anstarrte. Ich räusperte mich, sollte schleunigst etwas sagen. »War … gestern viel los?«, improvisierte ich.

»Es hielt sich in Grenzen«, erwiderte Alexander.

»Schade, aber dann konntet ihr wenigstens pünktlich Feierabend machen, was?«

»Soweit ich weiß, hat Carmen sogar ein bisschen früher geschlossen, weil abends nicht viel los war. Sie hat mich um halb acht nach Hause geschickt, damit ich auch mal einen freien Abend habe.«

*Halb acht.* Mein Herz klopfte schneller. Alexander konnte die Sendung also durchaus gesehen haben. Aber wie konnte ich das möglichst unauffällig in Erfahrung bringen? War es überhaupt wichtig, ob er die Sendung gesehen hatte und von meinem unverhofften Reichtum wusste? Schließlich hatte er keinen Grund, beleidigt zu sein, weil ich ihm bisher nichts erzählt hatte. Im Gegenteil – allein der Gewinn ermöglichte es mir, eine Auszeit zu nehmen und bei ihm zu arbeiten.

»Sonst noch was?«, fragte Alexander.

Ups, ich starrte ihn wohl schon wieder an. »Ähm, ja. Hast du dir das mit der Beachparty überlegt? Ich will dich nicht nerven, aber nachher kommt Herr Hinrichs, und wir sollten uns vorher überlegen, was wir ihm erzählen.«

Alexander stieß ein leises Seufzen aus. »Sag ihm, dass wir im August eine Beachparty geben und noch mehr für die Jugendlichen auf der Insel planen. Das Wochenende ist mir egal, such dir eins aus.«

Obwohl ich schon nicht mehr damit gerechnet hatte, dass er zustimmen würde, und ich mich eigentlich darüber freuen sollte, konnte ich es nicht. »Ich? Wollen wir das Interview nicht zusammen geben?«

Alexander schüttelte den Kopf. »In erster Linie werden ihn die Neuheiten im Café interessieren. Die Piratenparty, weitere Events, vielleicht noch die neue Karte. Das kannst du alles viel besser erklären als ich.«

»Du bist der Besitzer. Er wird mit dir sprechen wollen.«

Alexander hob die leere Cola-Kiste hoch und zuckte mit den Schultern. »Das glaube ich nicht, aber wenn, kannst du mich ja rufen.« Damit verschwand er wieder durch die Schwingtür.

*Ojemine.* Was hatte ich mir nur dabei gedacht? Einen Journalisten ins *Blackbeard* zu holen, ausgerechnet am Tag nach der Ausstrahlung der Quizshow. Jetzt hatte ich den Salat. Ob sich Lokaljournalisten abends Quizshows ansahen? Ich hoffte stark, dass sie dazu zu beschäftigt waren. Immerhin fanden zahlreiche Veranstaltungen genau dann statt. Trotzdem musste ich mir etwas für den Fall überlegen, dass Hinrichs mich erkannte. Dann nämlich würde das Interview garantiert in eine völlig falsche Richtung gehen. Außerdem würde Alexander alles erfahren, und das war mir nicht so recht. Es war besser, wenn er es von mir selbst erfuhr. Allerdings nicht jetzt.

# Kapitel 12

**32.000 Euro**
Wofür steht der Name der Lebensmitteleinzelhandelskette ALDI?
a) Albrecht Diskont
b) Albert Dietmar
c) Alle Lebensmittel dieser Irden
d) Ahrens labor delectat immensere

Markus hat mit Sicherheit noch nie im Leben bei ALDI eingekauft.

Vor dem Interview war ich so nervös gewesen, dass ich jede Viertelstunde zur Toilette hatte rennen müssen, doch zum Glück hatte Hinrichs mich nicht erkannt. Das Gespräch mit ihm war gut gelaufen, und auch der Artikel, der nur wenige Tage später im *Fehmarnschen Tageblatt* erschien, war voll des Lobes. »Der alte Bart ist ab – neues Konzept und neue Karte im Strandcafé *Blackbeard*«, hatte er getitelt. Alexander hatte recht gehabt, Hinrichs hatte sich vor allem für die Piratenparty und die neue Karte interessiert:

> *Im* Blackbeard *weht frischer Wind. Besitzer Alexander Petersen bekommt seit Neuestem Unterstützung von der charmanten Evie Sommer, und gemeinsam haben sie das Café*

*zwischen Meeschendorf und Burgtiefe komplett umgekrempelt. Die neue Karte dürfen Sie sich ebenso wenig entgehen lassen wie die Piratenparty, die am letzten Wochenende im Juli stattfindet.*

Und der Artikel zeigte Wirkung: Es kamen deutlich mehr Gäste zu uns als zuvor. Alexander und ich waren morgens früh im Café, um alles für den Tag vorzubereiten, und blieben abends noch länger als sonst, um das Piratenfest und die Beachparty zu planen.

Nach wie vor versuchte ich, aus Alexander schlau zu werden und herauszufinden, ob er wirklich etwas für mich empfand, wie Carmen behauptet hatte. Jeden Tag fürchtete ich, er könnte hinter mein Geheimnis kommen und sauer auf mich sein. Nie schien der richtige Zeitpunkt zu sein, um in Ruhe mit ihm zu reden. Vielleicht hätte ich es doch direkt an jenem Abend machen sollen, als ich das letzte Mal bei ihm übernachtet hatte, aber hinterher war leicht schlau sein.

Es war der Freitag vor der Piratenparty. Das *Blackbeard* war bereits geschlossen, und Alexander und ich standen hinter dem Tresen und kontrollierten noch einmal, ob alles für den nächsten Tag bereit war. Ich hatte eine Liste angefertigt, über die wir uns nun beugten und auf der wir alle erledigten Punkte abhakten.

»Hüpfburg?«, fragte Alexander.

Ich machte einen Haken. »Check. Sie wird morgen früh um acht Uhr geliefert und aufgebaut, sodass sie um zehn Uhr einsatzbereit ist. Abbau ist Sonntagabend, achtzehn Uhr.«

»Sehr gut. Clown?«

»Der kommt morgen um halb zehn in seinem Kostüm und weiß so weit Bescheid.«

»Kostüme?«

»Meins hängt am Kleiderschrank, die von Carmen und Fred hoffentlich auch. Was ist mit deinem?«

»Check«, erwiderte Alexander. »Wie sieht's mit den Piratenhüten für die Kids aus? Den Luftballons?«

Ich machte zwei weitere Haken auf der Liste. »Alles erledigt. Carmen und ich haben mindestens drei Dutzend Piratenhüte, Augenklappen und Säbel besorgt, außerdem vierhundert Ballons. Sie und Fred bringen sie morgen früh mit, dann müssen wir sie nur noch aufblasen.«

»Vierhundert Ballons? Ein Kinderspiel.«

Ich grinste. »Deine Schwester bringt auch eine Luftpumpe mit, und wir müssen ja nicht alle Ballons morgen früh aufpumpen. Die eine Hälfte für Samstag, die andere für Sonntag.«

Alexander nickte. »Hört sich schon besser an. Musik?«

»Ich habe den Soundtrack von *Fluch der Karibik* besorgt. Auch wenn wir ihn danach vermutlich alle nicht mehr hören können, lassen wir ihn die beiden Tage rauf und runter laufen. Außerdem habe ich die Buchausgabe von *Die drei ??? und der Super-Papagei* gekauft. Dann kann sich einer von uns gegebenenfalls mit den Kindern ins Café zurückziehen und ihnen vorlesen. Ich würde jeweils drei Termine am Tag einplanen. Die Plakate mache ich morgen früh noch schnell fertig.«

»Du hast extra das Buch gekauft?«, fragte Alexander nach einer Weile.

»Ja. Ist doch in Ordnung, oder?«

Er nickte. »Ja, natürlich. Mehr als das.«

Wir sahen uns an. In seinem Gesicht, das für mich so oft so unlesbar war, meinte ich dieses Mal Verblüffung und echte Freude sehen zu können. »Spiele«, fuhr ich schließlich fort, weil ich nicht wollte, dass sich zwischen uns unangenehmes Schweigen ausbreitete. »Die Äpfel und das Fass warten im Lager auf ihren Einsatz, ebenso die Stelzen für das Wettrennen. Auf der Terrasse werden wir Blätter und Buntstifte bereitlegen, damit die Kinder eine Schatzkarte malen können. Knuth hat versprochen, pünktlich um zehn Uhr hier zu sein und die Aufsicht zu übernehmen und den Kindern schaurige Geschichten zu erzählen.«

»Hervorragend. Und für Essen und Getränke ist auch gesorgt.«

Ich machte den letzten Haken auf der Liste. »Jawohl. Das Lager ist gut gefüllt, Eistee und Limonade sollten eine Weile reichen, aber wir können jederzeit Nachschub machen. Grill, Kohle, Würstchen, Brötchen und frisches Obst werden morgen früh geliefert. Senf und Ketchup stehen in der Küche bereit, der Waffelteig ist im Kühlschrank, und die Flammkuchen habe ich auch bereits aus der Truhe geholt, damit sie morgen aufgetaut sind. Außerdem konnte ich in letzter Minute einen Süßigkeitenstand organisieren, mit Liebesäpfeln, Zuckerwatte und allem, was man vom Jahrmarkt kennt. Die Betreiberin kommt morgen um halb zehn, um alles aufzubauen, und bleibt bis Sonntagabend. Und keine Sorge, mit der Stadt habe ich alles geklärt. Der Herr am Telefon war sehr freundlich. Er hat selbst Kinder und will am Wochenende vorbeikommen.«

Alexander schüttelte den Kopf. »Das Fest wird bestimmt ein Erfolg. Das muss es einfach.«

»Das wird es schon, mach dir mal keine Sorgen. Laut Vorhersage haben wir perfektes Wetter – trocken und warm, aber nicht zu heiß. Ach, und Hinrichs vom *Fehmarnschen Tageblatt* kommt am Wochenende auch noch mal vorbei, um einen Nachbericht über die Piratenparty zu schreiben. Er hat vorhin angerufen.« Ich warf einen letzten Blick auf die Liste, auf der alle Punkte abgehakt waren, und faltete sie zusammen. »Lass uns Schluss machen für heute und nach Hause gehen. Es ist spät, und die nächsten beiden Tage werden sicher anstrengend.«

»Warte mal.«

Ich wollte mich nach meiner Tasche bücken, doch dazu kam ich nicht. Alexander griff nach meinem Arm. Fassungslos sah ich auf die Stelle, wo seine Finger meine Haut berührten. Sofort ließ er mich los und wich einen Schritt zurück. Er fuhr sich mit derselben Hand ein wenig verlegen durch die Haare, als fürchtete er, schon wieder zu weit gegangen zu sein. Ich hätte mich treten können. Warum um alles in der Welt hatte ich nicht anders reagiert? Ich hatte nicht gewollt, dass er mich loslässt, sondern war nur überrascht von der plötzlichen Berührung gewesen. Der ersten seit Wochen.

»Ja?«, fragte ich und schenkte ihm ein aufmunterndes Lächeln.

»Ich … ich wollte mich nur bei dir bedanken. Du hast das alles großartig gemacht.«

»Ich hatte tatkräftige Unterstützung.«

»Sei nicht immer so bescheiden. Die Idee, die vielen Details, die ganze Organisation … Du hast in den letzten Tagen wirklich viel gestemmt, und dafür möchte ich dir danken. Unabhängig davon, ob das Fest ein Erfolg wird oder nicht.« Er trat einen Schritt auf mich zu. »Ich würde dir gern eine Gehaltserhöhung bieten. Nimmst du stattdessen eine Umarmung?«

»Alexander …«

»Schon gut, ich will dir nicht zu nahe treten.« Wieder wich er einen Schritt zurück.

*Jetzt oder nie.* Vielleicht hatte Carmen recht, ganz sicher sogar, und falls nicht, war es mir in diesem Moment egal. Dann würde ich mich halt blamieren. Ich konnte einfach nicht anders, als ihn zu küssen, und ich tat es: energisch und zärtlich zugleich. Alexander stand stocksteif da, war völlig überrumpelt. Schnell gab ich ihn wieder frei. Mist, das war wohl doch keine gute Idee gewesen. »Entschuldigung«, murmelte ich und wich zurück, bis ich die Arbeitsplatte des Tresens in meinem Rücken spürte. Gläser klirrten gegeneinander.

»Warum entschuldigst du dich?« Alexander lächelte schief.

Ich blinzelte. »Ähm, ich dachte …«

»Hör auf zu denken.«

Mit zwei großen Schritten war er bei mir, zog mich in seine Arme und presste seine Lippen auf meine. Nicht sanft oder vorsichtig, wie man es erwarten würde, sondern hart, fordernd, heiß. Als wolle er verhindern, dass ich erneut zurückwich. Ich spürte durch den dünnen Stoff meines Shirts, wie seine warmen Hände über meinen Rücken fuhren; unsere Oberkörper waren so eng gegeneinandergepresst, dass kein Blatt Papier zwischen uns gepasst hätte.

Er ließ nicht von mir ab, löste nur seine Lippen von meinen, als er fragte: »Zu schnell?«

Ich deutete ein Kopfschütteln an, um mich nicht zu weit von ihm zu entfernen, und drückte meine Lippen wieder auf seine. Dieser Kuss durfte nicht enden, dafür fühlte es sich viel zu gut an. So etwas hatte ich noch nie erlebt, auch nicht mit Markus. Nicht einmal in unserer Anfangszeit.

»Warum haben wir so lange gewartet?«, fragte Alexander und zog mit seinem Mund eine Spur aus Küssen – unter meinem Ohrläppchen, auf den Hals, die Schulter.

»Weil du so abweisend warst«, murmelte ich.

»Ich?« Er sah kurz auf. »*Du* hast doch Fräulein Rühr-mich-nicht-an gespielt.«

»Nein. Ich war heiß auf dich, seit ich dich beim Kitesurfen gesehen habe. Du hast das nur alles völlig falsch verstanden.«

Alexander hielt inne und sah mich an. »Tatsächlich? Warum hast du nichts gesagt?«

»Weil auch du ziemlich gut darin bist, den Unnahbaren zu spielen. Können wir jetzt aufhören zu reden?«

»Nichts lieber als das.«

Grinsend hob er mich hoch und setzte mich auf den Tresen. Ein Glas kippte um, doch das störte keinen von uns beiden. Ich schlang meine Beine um Alexanders Hüften und zog ihn so eng wie möglich an mich. Er schnappte nach Luft, und dieses Mal grinste ich, bis er meine Lippen mit einem weiteren, nicht enden wollenden Kuss verschloss.

Alexander legte eine Hand an meinen Hinterkopf, die andere an meine Hüfte, während der Kuss immer intensiver wurde. Prickeln breitete sich in meinem Innersten aus, sprang von einem Körperteil zum nächsten wie ein Feuer. Ich wollte diesen Mann so sehr, hatte aber nach wie vor Angst, es zu überstürzen oder ihn zu verschrecken. Oder – der plötzliche Gedanke verschlug mir den Atem – war das alles ein Spiel, und Alexander interessierte sich nur deshalb plötzlich für mich, weil er von meinem Gewinn erfahren hatte und dringend Geld brauchte?

*Nein, nein, nein.* Ich versuchte, den kleinen Teufel zu verscheuchen, der sich auf meine Schulter geschlichen hatte, um mir das einzureden. So lange hatte ich auf diesen Kuss gewartet, jetzt durfte ich mir den Augenblick nicht vermiesen lassen. Ich stellte mir vor, wie ich das Teufelchen auf meiner Schulter wegschnipste, und hätte fast gelacht.

»Was ist so lustig?«, fragte Alexander.

»Gar nichts«, murmelte ich und zog seinen Kopf wieder zu mir.

*

»Melanie, hier ist Evie. Störe ich?« Es war schon ziemlich spät, und ich hätte eigentlich ins Bett gehen oder wenigstens die Plakate für morgen vorbereiten sollen. Aber ich musste unbedingt mit jemandem reden, und da Freitagabend war, hatte ich gehofft, meine Cousine noch wach zu erwischen.

»Evie, ist alles okay?«

Melanie klang verschlafen, und ich verspürte ein schlechtes Gewissen. »Ich hab dich geweckt, oder? Tut mir leid, ich rufe einfach die Tage noch mal an.«

»Nein, kommt gar nicht infrage.« Jetzt klang ihre Stimme alarmiert, fast ein bisschen schrill.

»Was ist?«, hörte ich Stefans Stimme im Hintergrund. Auch er hatte offenbar schon geschlafen.

»Alles gut. Schlaf weiter, Schatz.« Ich hörte, wie sie ihm ein Küsschen gab und das Schlafzimmer verließ.

»Tut mir leid«, entschuldigte ich mich erneut und ließ mich auf mein Bett fallen.

»Quatsch, ich bin doch froh, wenn du dich mal meldest. Also, was ist los? Oder hattest du einfach nur Sehnsucht nach mir?«

»Natürlich habe ich Sehnsucht.« Das war nicht einmal gelogen. Wie schön wäre es gewesen, von Angesicht zu Angesicht mit meiner Cousine zu sprechen. »Ähm, ich hab dir doch von dem Cafébesitzer erzählt, oder?«

»Oh mein Gott, du schläfst mit ihm.«

»Was? Nein!« Ich spürte die Hitze in meinen Wangen. Woher wusste meine Cousine, dass zwischen Alex und mir etwas lief? Wir hatten uns geküsst, bis unsere Lippen rau gewesen waren und wir keine Luft bekommen hatten, und wir hätten beide mehr gewollt. Das war offensichtlich gewesen. Aber keiner von uns hatte den ersten Schritt gewagt, und wahrscheinlich war es auch besser so. Wir hatten Zeit, zumindest ein wenig. Noch zwei, maximal drei Monate würde ich auf der Insel sein, dann aber musste ich schauen, wie es weiterging.

»Nicht?«, fragte Melanie überrascht. »Ich war mir so sicher, dass du was mit ihm anfängst. Ich meine, es muss doch einen Grund geben, dass du diesem Kerl aus der Patsche hilfst, und das wäre mal ein Motiv gewesen.«

»Motiv«, murmelte ich. Das klang wie in einem schlechten Krimi.

»Na ja, du weißt doch, was ich meine. Ich dachte wirklich …«

»Alexander und ich haben uns geküsst«, gestand ich.

»Ha! Hab ich's doch gewusst. Und, wie war's? Ich will alle Details.«

»Ja, ich mag ihn. Ja, er ist heiß, und ja, ich hätte durchaus mehr gewollt.«

»Aber?«, hakte Melanie nach. »Sag mir nicht, es liegt an Markus.«

Ich schnaubte. »Bleib mir bloß mit Markus vom Leib. Der ist längst Geschichte.« Ob er das auch so sah, wusste ich nicht, da mein Handy nach wie vor zumeist ausgeschaltet war. Und wenn ich es mal einschaltete, so wie jetzt, ignorierte ich die unzähligen eingegangenen Anrufe und Nachrichten.

»Wollte dieser Alexander etwa nicht?«

Ich schüttelte den Kopf. »Das heute war unser erster Kuss.

Der erste richtige Kuss. Ich denke, er hätte sicher auch mehr gewollt, aber wir fanden es wohl beide ein bisschen früh. Das soll schließlich kein One-Night-Stand werden.«

»›Zu früh‹ ist eine Frage der Definition. Entscheidend ist, wie lange ihr schon umeinander herumscharwenzelt, und wenn deine Antwort ›eine Weile‹ lautet, fände ich persönlich es nicht zu früh. Aber das muss am Ende jeder selbst wissen. Hauptsache, es fühlt sich für beide richtig an. Alles andere ist doch egal.«

»Hm«, brummte ich. Was sie sagte, klang vernünftig. Aber was folgte für mich daraus? Ich wusste immer noch nicht, ob Alexander wirklich mich wollte – oder ob er es nur auf mein Geld abgesehen hatte und mich deshalb auf Abstand hielt. Es hatte sich zwar so angefühlt, als hätte er mich nicht weggestoßen, hätte ich den ersten Schritt gewagt, aber ich konnte mich auch täuschen … Ich schüttelte über mich selbst den Kopf. Es war verrückt, dass ich mir jetzt schon diese Gedanken machte. Wir hatten noch nicht mal definiert, was wir nach dem Kuss füreinander waren.

»Was ist los, Süße?«, fragte Melanie. »Du hast doch nicht bloß angerufen, um mir von eurer Knutscherei zu erzählen.«

Sie kannte mich einfach zu gut. »Stimmt«, gestand ich. »Hast du die Aufzeichnung gesehen?«

»Von Detlef Straub? Na hör mal, was denkst du denn? Deine Mutter hat ein Riesenevent daraus gemacht und die ganze Familie eingeladen. Es gab belegte Brötchen, Käsespieße, Fleischküchle …«

Das ganze Programm also. »Ich habe überhaupt nicht mehr an die Ausstrahlung gedacht und erst im Nachhinein von einem Gast davon erfahren. Und nun frag ich mich …« Ich traute mich kaum, es auszusprechen.

»Was?«, hakte Melanie sanft nach.

»Ob Alexander mich nur des Geldes wegen geküsst hat. Vielleicht hat er die Sendung auch gesehen. Er war vorher so abweisend, und plötzlich ist er es nicht mehr. Andererseits könnte es für seine abweisende Haltung durchaus einen plausiblen Grund geben.«

»Moment mal, ich kann dir nicht ganz folgen.«

»Da bist du nicht die Einzige.« Ich seufzte und erzählte meiner Cousine, was zwischen Alexander und mir passiert war. Sein Verhalten ergab Sinn, und im Prinzip konnte ich mir auch nicht vorstellen, dass Alexander nur hinter meinem Geld her war. Nach dem, was ich nach meinem Millionengewinn zu Hause erlebt hatte, hielt ich allerdings nichts mehr für unmöglich.

»Wann habt ihr euch denn das erste Mal geküsst?«, fragte Melanie. »Heute Abend?«

Ich nickte, denn der Kuss vor dem Café im Regen zählte nicht. »Ja.«

»Wenn es ihm nur um dein Geld geht, hätte Alexander sicherlich nicht so lange gewartet, sondern dich schon früher umgarnt, meinst du nicht?«

»So ist es nicht so auffällig«, erwiderte ich.

»Und er hätte dich heute Abend nach allen Regeln der Kunst verführt.«

»Nicht, wenn er mich nicht verschrecken will oder mich abstoßend findet.«

»Du hast doch gesagt, dass seine Schwester dir längst verraten hat, dass Alexander auf dich steht.«

»Vielleicht hängt sie ja mit drin«, meinte ich, auch wenn ich es selbst nicht glaubte. Nicht Carmen. Außerdem hatte sie es mir vor der Ausstrahlung erzählt.

»Evie!« Melanie stöhnte. »Manchmal bist du unmöglich. Mach dir nicht so viele Gedanken, sondern genieß es. Du wirst es schon merken, wenn er wirklich nur dein Geld will und nicht dich. Oder frag ihn halt einfach.«

Ich stand auf und ging in die Küche, um mir ein Glas Wasser zu holen. »Wie sieht das denn aus? Außerdem will ich keine schlafenden Hunde wecken.«

»Verstehe ich, aber glaubst du nicht, du solltest es ihm ohnehin sagen? Wenn ihr jetzt zusammen seid und das was Ernstes werden soll …«

Sie ließ den Satz offen, aber ich wusste, was sie sagen wollte. Wenn das zwischen uns was Ernstes war, hatte Alexander die Wahrheit verdient. Angenommen, wir würden uns richtig ineinander verlieben und Alexander würde es irgendwann in zwei Monaten erfahren – dann wäre er vermutlich gekränkt, und das zu Recht. Selbst wenn er keinerlei Ansprüche stellen würde. Dennoch hatte ich Angst, es ihm zu sagen. Des Geldes wegen waren schon Freundschaften zerbrochen, und ich wollte Alexander nicht gleich wieder verlieren. Dafür fühlte es sich viel zu gut an. Und es gab noch ein Problem: Mein Heimatort war neunhundert Kilometer weit weg. Wie sollte es mit Alexander und mir weitergehen, wenn meine Zeit auf Fehmarn abgelaufen war?

»Bist du noch da?«, fragte Melanie.

»Ja, sicher.« Seufzend schüttelte ich den Kopf. »Ich glaube, du hast recht. Ich mache mir viel zu viele Gedanken.«

»Endlich siehst du es ein, also genieß es. Alles andere wird sich früher oder später finden.«

Ich sollte meine Cousine beim Wort nehmen.

*

»Guten Morgen. Entschuldigt bitte, ich habe verschlafen.« Ich wusste selbst nicht, wie das hatte passieren können. Und das ausgerechnet heute. Irgendwie hatte ich den Wecker überhört, nachdem ich gestern Nacht entgegen meinen guten Vorsätzen noch lange wach gelegen und gegrübelt hatte. Wieder einmal fragte ich mich, wie ich es überhaupt geschafft hatte, die Million zu gewinnen. Ich war kein spontaner, impulsiver Mensch und dachte hin und wieder viel zu viel nach. Wie ich es fertiggebracht hatte, die siebzehn Fragen plus vorheriger Auswahlfrage bis zur Million zu beantworten, ohne den armen Detlef in den Wahnsinn zu treiben, war mir schleierhaft. Inzwischen hatte ich mir die Sendung in der Mediathek angesehen, und zu meiner Überraschung hatte ich keinen inkompetenten oder zögerlichen Eindruck gemacht. Offenbar reagierte man auf diesem Stuhl tatsächlich völlig anders als im normalen Leben.

Völlig abgehetzt lief ich auf Alexander, seine Schwester und seinen Schwager zu, die bereits am Strandabschnitt vor dem Café herumwuselten. Wir waren um acht Uhr verabredet gewesen, jetzt war es kurz vor neun. Die Hüpfburg stand bereits, und auch der Grill, die Würstchen und alles andere waren längst geliefert worden.

»Es tut mir so leid«, entschuldigte ich mich noch einmal und ließ meine Tasche sowie die handgeschriebenen Plakate in den Sand fallen.

Alexander, Carmen und Fred wirkten allerdings weder gestresst noch verärgert. Sie schienen alles im Griff zu haben. Carmen war damit beschäftigt, die Ballons aufzublasen, während Alexander und Fred Tische und Bänke aufbauten und Ida in ihrem Captain-Hook-Kostüm über den Strand flitzte. Auch die anderen trugen wie ich bereits ihre Kostüme. Eigentlich hatte ich in normaler Kleidung kommen und mich erst später auf der Toilette umziehen wollen, aber als ich vorhin einen Blick auf die Uhr geworfen hatte, hatte ich mich spontan umentschieden. Carmen und Fred waren als Elizabeth und Will aus *Fluch der Karibik* verkleidet, und Alexander gab einen richtig guten Jack Sparrow ab. Ich selbst hatte mir die Piratenbraut ausgesucht und trug ein goldenes Corsagenkleid, eine Netzstrumpfhose, schwarze Stiefel, dazu einen schwarzen Mantel und einen schwarzen Hut mit goldenen Elementen. Bei der ersten Anprobe zu Hause vor dem Spiegel hatte ich es noch ziemlich sexy gefunden, jetzt allerdings kam mir das Kleid ein wenig arg knapp vor.

Ich wusste nicht recht, wo ich hinschauen und wie ich mich verhalten sollte. Hatte Alexander seiner Schwester und seinem Schwager von uns erzählt? Erwartete er einen Begrüßungskuss, oder wollte er lieber nicht, dass schon alle Welt von uns erfuhr? Fragen über Fragen, dabei hatte ich mir heute Morgen nach dem Aufwachen geschworen, nicht mehr zu grübeln. So viel zu meinem guten Vorsatz.

»Ich bereite auf der Terrasse alles fürs Schatzkartenmalen vor«, sagte ich und deutete auf das *Blackbeard*, ohne wirklich Anstalten zu machen, den Strand zu verlassen.

»Evie?« Alexander wandte sich zu mir um. Unsere Blicke trafen sich, und auf seinen Lippen zeichnete sich ebenso wie auf meinen ein Lächeln ab.

Obwohl ich jetzt eigentlich noch nervöser werden sollte, wurde ich ruhiger. Er hatte den Kuss weder vergessen, noch wollte er ihn ungeschehen machen. »Hi.«

»Hi«, erwiderte er.

Gott, wir benahmen uns wie zwei verliebte Teenager. Kein Wunder, dass Carmen und Fred einander einen vielsagenden

Blick zuwarfen. Während ich noch überlegte, ob ich Alexander nun doch küssen sollte, hatte er sich längst entschieden. Entschlossen trat er auf mich zu, zog mich in seine Arme und küsste mich mit derselben Leidenschaft wie am Abend zuvor. »Hoppla«, hörte ich Fred wie durch Nebel sagen. Und auch ich dachte: *Wahnsinn.* Ich versank in Alexanders Armen und in unserem Kuss. Seine Lippen fühlten sich fantastisch an. Wenn er mir tatsächlich nur etwas vormachte, hatte er definitiv seinen Beruf verfehlt. In diesem Fall sollte er weder Kfz-Mechaniker noch Cafébesitzer sein, sondern Schauspieler. Oder ich war einfach zu leicht zu beeindrucken.

Viel zu schnell löste Alexander seine Lippen von meinen. »Du siehst heiß aus«, flüsterte er mir ins Ohr und zog meinen Körper noch einmal gegen seinen, bevor er mich freigab und sich wieder der Arbeit widmete, als wäre nichts gewesen.

Einen Moment stand ich völlig perplex da. Ich fing Carmens und Freds amüsierte Blicke auf, doch keiner von beiden sagte ein Wort, was mich insbesondere bei Carmen wunderte. »Ähm, wenn mich jemand sucht … ich bin auf der Terrasse«, stammelte ich. »Gleich kommen der Clown und die Frau vom Süßigkeitenstand.«

»Warte, ich helfe dir«, sagte Carmen, legte die Ballonpumpe zur Seite und eilte hinter mir durch den Sand und über die Stufen zum *Blackbeard*. Sie schwieg, bis wir außer Sicht- und Hörweite waren, doch dann platzte es aus ihr heraus: »Was habe ich verpasst? Seit wann läuft das zwischen euch?«

Ich musste lächeln. »Du hast nichts verpasst. Wir haben uns gestern Abend das erste Mal geküsst, und offensichtlich ist dein Bruder einer Fortsetzung nicht abgeneigt.«

»Oh ja, was ich gerade gesehen habe, schreit eindeutig nach einer Fortsetzung in trauter Zweisamkeit.«

»Carmen!« Ich spürte, wie mir das Blut in die Wangen schoss. Um das zu überspielen, ging ich ins Café, um die Blöcke und Buntstifte zu holen, die ich gestern Mittag besorgt hatte. Wir verteilten die Blöcke auf den Tischen und sicherten sie mit Steinen, auch wenn im Moment nur eine leichte Brise vom Meer heraufwehte. Dann stellten wir die Buntstifte in Plastikbecher und verteilten diese ebenfalls auf den Tischen. Zuletzt dekorierten wir alles mit den Kaubonbon-Goldtalern, die ich am Tag zuvor mühevoll aufgetrieben hatte. Ida war inzwischen zu uns auf die Terrasse gekommen und setzte sich sofort an einen der Tische, um ihre eigene Schatzkarte anzufertigen. Carmen wollte sie auffordern, damit zu warten, doch ich schüttelte den Kopf.

»Lass sie ruhig, wir haben genug Papier.«

»Das ist wirklich gut geworden«, sagte Carmen zu mir. »Die Kinder werden es lieben.«

»Das hoffe ich. Sag mal, hat Alexander mit euch schon wegen der Vorlesezeiten gesprochen?«

Sie nickte. »Du kannst uns jederzeit einteilen. Schön, dass das mit dir und Alex endlich hingehauen hat.« Sie strich mir über den Arm und wollte wieder zu den anderen gehen.

»Carmen?« Sie drehte sich zu mir um. Ich sah sie an: »Glaubst du, dein Bruder meint es wirklich ernst?«

»Warum zweifelst du daran?«

Ich zuckte mit den Schultern. »Gute Frage. Keine Ahnung, ich scheine mich gern verrückt zu machen. Vergiss einfach, dass ich gefragt habe.«

Carmen verharrte einen Moment an Ort und Stelle, um dann doch zu mir zurückzukehren. Sie senkte die Stimme, als sie sagte: »Alexander ist mein Bruder, deshalb möchte ich eigentlich nicht so gern darüber nachdenken, aber ich bin sicher: Wenn ihr zwei gerade eben allein gewesen wärt, hätte er dir die Kleider vom Leib gerissen. Habt ihr euch gestern wirklich nur geküsst?«

»Leider ja«, entfuhr es mir. Ich hätte mich ohrfeigen können. Wofür musste sie mich jetzt halten? Ich war wirklich ganz und gar nicht der Typ, der beim ersten Date mit jemandem ins Bett stieg. Und Alexander und ich hatten nicht einmal ein Date gehabt.

Sie lächelte. »Mein Bruder kann tatsächlich ein Gentleman sein, wenn er will. Mach dir mal keinen Kopf. Er ist verrückt nach dir.«

# Kapitel 13

**64.000 Euro**

In welchem Star-Wars-Film fallen die berühmten Worte: »Nein … Ich bin dein Vater!«

a) Episode 1
b) Episode 3
c) Episode 5
d) Episode 7

Hä? »Ich bin dein Vater, Luke.« Oder nicht?

»Puh, das wäre geschafft.« Carmen ließ sich auf einen Stuhl fallen und strich sich eine Haarsträhne aus dem Gesicht. »Gott, mir tun die Füße weh.«

Ein Déjà-vu. Alexander und ich grinsten uns an, während Fred vor seine Frau trat und ihr die Hände entgegenhielt, um sie hochzuziehen. Auch Ida hatte an beiden Tagen wild und schier unermüdlich mitgefeiert, war aber schon vor Stunden von ihrer Oma abgeholt worden. »Lass uns nach Hause gehen. Ich lasse dir ein warmes Bad ein, und wenn du willst, massiere ich dir nachher die Füße.«

»Das klingt himmlisch. Ihr braucht uns doch nicht mehr, oder?«

Schnell schüttelte ich den Kopf. Es war Sonntagabend, die letzte Spülmaschine lief, und ansonsten sah das *Blackbeard* aus wie immer. Außer unseren Kostümen erinnerte nichts mehr an die Piratenparty. »Vielen Dank, ihr wart eine große Hilfe. Ohne euch hätten wir das nicht geschafft.«

Die Piratenparty war ein voller Erfolg gewesen. Zeitweise hatten wir so viele Gäste gehabt, dass wir mit dem Würstchengrillen und Waffelbacken nicht hinterhergekommen waren. Wir hatten zwar noch keinen Kassensturz gemacht, aber Alexander hatte auf jeden Fall deutlich mehr eingenommen, als er hatte investieren müssen. Bis neunzehn Uhr war der Strandabschnitt vor dem *Blackbeard* proppenvoll gewesen, obwohl die Piratenparty offiziell um achtzehn Uhr hätte beendet sein sollen. Wir hätten also noch weitermachen können, hätten die Betreiber der Hüpfburg diese nicht endlich abbauen wollen – und wären wir nicht restlos ausverkauft gewesen. Keine einzige Bratwurst war mehr übrig.

»Es war uns ein Vergnügen. Nächstes Jahr könnt ihr uns wieder einplanen«, sagte Fred.

Ich blickte zu Alexander. »Was meinst du? Findet die Piratenparty nächstes Jahr noch einmal statt?«

Er überlegte nicht lange. »Wenn es das *Blackbeard* dann noch gibt, auf jeden Fall. Wir machen ein jährliches Event daraus, wie du vorgeschlagen hast. Das habe ich auch schon diesem Hinrichs vom *Tageblatt* gesagt.«

»Sehr gut«, erwiderte Carmen. »Du wärst auch schön blöd, wenn du es nicht tun würdest.«

Wir verabschiedeten uns voneinander, dann sahen Alexander und ich Carmen und Fred einen Moment lang hinterher. Fred hatte den Arm um Carmens Schulter gelegt, sie ihren um seine Hüfte, und so verließen sie völlig erschöpft, aber glücklich das Café. Die beiden waren wirklich ein hübsches Paar. Carmen hatte mir heute Mittag beim Waffelbacken erzählt, dass sie und Fred sich schon seit der Schulzeit kannten. Sie war sechzehn gewesen, er achtzehn, als sie ein Paar geworden waren, und sie sahen immer noch so verliebt aus wie am ersten Tag. Ich beneidete die beiden ein wenig darum. Bei Markus hatte ich von Anfang an nicht das Gefühl gehabt, dass wir zusammen alt werden könnten, eingestanden hatte ich mir dies aber erst in den letzten Wochen. Und vor Markus? Hatte ich viele Dates gehabt, auch die eine oder andere Beziehung, aber am Ende hatte es nie gepasst.

»Und, wie sieht's bei dir aus? Möchtest du auch ein Bad oder eine Fußmassage?«

Alexanders raue Stimme und sein intensiver Blick jagten mir einen Schauer über den Rücken. Die letzten beiden Tage hatten wir viel Zeit miteinander verbracht, aber kaum Zeit füreinander gehabt. Auch jetzt war der Abend vorangeschritten. Zudem waren wir beide müde, aber die gegenseitige Anziehung putschte uns auf.

Er betrachtete mich eingehend, und mir war klar, dass er auf eine Antwort wartete. Er war wahrscheinlich genauso unsicher wie ich und wollte wissen, woran er bei mir war. Ich nahm all meinen Mut zusammen, packte ihn am Schultergurt seines Kostüms und zog ihn näher zu mir. Alexander schien auf diese Reaktion gehofft zu haben. Seine Hände legten sich auf meine Hüften, seine Lippen trafen auf die meinen. Der Piratenhut rutschte mir vom Kopf, als wir uns sehnsüchtig, fast gierig küssten. Seit Freitag war immer irgendwer um uns herum gewesen, und so hatten wir uns höchstens hier und da ein Küsschen stehlen können, so wie in alten Jane-Austen-Romanen, sofern sie sich da überhaupt geküsst hatten. Nun hatten wir einiges aufzuholen. Die Emotionen hatten sich in uns beiden angestaut und brachen sich nun Bahn. Prickeln,

Sehnsucht, heißes Verlangen flossen durch meine Adern und ließen mich instinktiv handeln, ohne über die Konsequenzen nachzudenken. Der Kuss reichte nicht, ich wollte mehr, und Alexander ging es ebenso. Ich stolperte rückwärts, zog Alex mit mir. Dann prallte ich gegen den Stuhl, auf dem Carmen kurz zuvor noch gesessen hatte, und spürte den Tisch in meinem Rücken.

Alexander hob mich hoch, setzte mich auf die Tischplatte. Er öffnete die Schleife an meinem Mantel, ließ ihn nach hinten über meine Schultern gleiten, während er meinen Hals küsste, mein Dekolleté und den Ansatz meiner Brüste. Mir entfuhr ein Seufzen, und unsere Lippen fanden wieder zueinander. Seine warmen Handflächen bewegten sich von meinen Schultern weiter abwärts, über die Hüften, zu den Außenseiten meiner Beine, die er immer und immer wieder entlangstrich. Gänsehaut breitete sich auf meinem Körper aus. Ich packte Alexanders Weste, zog ihn noch näher zu mir. Er vertiefte den Kuss, unsere Zungen fanden zueinander. Dann schob er den Saum meines Piratenkleids nach oben und ließ eine Hand zu den Innenseiten meiner Schenkel wandern.

Ich krallte meine Hände in seine Weste, genoss einen Moment lang das Prickeln, das sich immer weiter ausbreitete. Dann fuhr ich mit meinen Händen über Alexanders muskulösen Bauch weiter nach unten. Ich zerrte das weiße Hemd aus seiner Hose, nestelte am Verschluss herum. Alexander schnappte nach Luft – und trat einen Schritt zurück. Unsere Blicke trafen sich. Er stand einen Moment nur da und sah mich an, bevor er sich die Haare zurückstrich und sein Hemd langsam zurück in seine Hose schob.

*Oh!* Gänsehaut und Verlangen verschwanden sofort und machten Enttäuschung Platz. Wie hatte ich mich nur so gehen lassen können? Ich senkte den Blick, richtete mein Kleid und zog mir schnell den Mantel wieder über. Am liebsten hätte ich ihn auch noch vor der Brust zusammengehalten, aber dafür war er nicht breit genug.

»Entschuldige, ich hätte dich nicht so überfahren dürfen«, murmelte ich, ohne Alexander anzusehen. Hatte er mich nicht ebenso leidenschaftlich geküsst und berührt? Ich rutschte vom Tisch und wollte an ihm vorbei, doch er packte mein Handgelenk und drehte mich zu sich, sodass wir wieder nah voreinanderstanden. Obwohl ich es nicht wollte, blickte ich in seine Augen und sah dort das gleiche Verlangen, das ich kurz zuvor selbst noch gespürt hatte. Ich schluckte.

»Warum entschuldigst du dich?«

Jetzt verstand ich gar nichts mehr. »Ich dachte …«

»Hör auf zu denken.« Alexander lächelte vorsichtig und gab mir einen Kuss. Mit beiden Händen umfasste er meine Schultern. »Ich … ich wollte das Ganze nicht so abrupt beenden oder dir das Gefühl geben, dass ich dich nicht begehre, denn das entspricht nicht einmal ansatzweise der Wahrheit. Es ist nur …«

»Es geht dir zu schnell«, beendete ich seinen Satz und nickte.

Alexander schüttelte den Kopf. »Ganz und gar nicht. Am liebsten würde ich dich an Ort und Stelle …«

*Dann tu's doch*, wollte ich schreien. Stattdessen schwieg ich.

»Ich dachte nur … Das ist unser erstes Mal, und vielleicht sollte es etwas … romantischer sein.«

»Romantisch?«, fragte ich und musste dabei wohl so ungläubig aussehen, dass er zu lachen begann.

»Ja, du stehst doch auf so was.« Er fuhr sich mit einer Hand durch die Haare, als käme er sich plötzlich dumm vor. »Ich meine, wir haben nicht einmal das Licht gelöscht oder die Tür geschlossen. Theoretisch könnte jeden Moment jemand hereinplatzen oder uns vom Strand aus durch die Fenster beobachten. Aber wenn dir das lieber ist …«

Er wollte mich erneut an sich pressen, doch ich machte mich von ihm los und ging ein paar Schritte rückwärts, ohne ihn dabei aus den Augen zu lassen. Es war so süß von ihm, dass er unser erstes Mal zu etwas Besonderem machen wollte. »Ganz und gar nicht. Zu dir oder zu mir?«

Alexander und ich standen uns im Flur seiner Wohnung gegenüber und waren beide ein wenig verlegen. Die Leichtigkeit und Sehnsucht nacheinander, die wir gerade eben noch verspürt hatten, war fort. Stattdessen fühlte ich mich unbeholfen. Einfach dort anzuknüpfen, wo wir im Café aufgehört hatten, schien mir nicht richtig. Außerdem wollten wir es doch langsamer angehen lassen, romantischer.

»Möchtest du etwas trinken?«, fragte Alexander. »Wasser, Tee, Wein?«

»Wein«, erwiderte ich dankbar. »Rot, weiß, als Schorle oder pur – ganz egal.« Jetzt klang ich wie eine Trinkerin, doch Alexander lächelte nur.

»Kommt sofort. Geh doch schon mal ins Wohnzimmer.«

*Nicht ins Schlafzimmer?*, wollte ich fragen, konnte mir aber gerade noch rechtzeitig auf die Zunge beißen. Gott, warum war ich nur so nervös? Alexander war schließlich nicht der erste Mann in meinem Leben. Während er in der Küche verschwand, blieb ich noch einen Moment unschlüssig im Flur stehen. Sollte ich den Mantel ausziehen oder lieber nicht? Ich wollte keinesfalls das falsche Signal aussenden, aber was wäre falsch? Am Ende schalt ich mich selbst ein dummes

Huhn und hängte den Mantel an die Garderobe, bevor ich ins Wohnzimmer ging. Dort hatte sich seit meinem letzten Besuch nicht viel verändert. Auf dem Wohnzimmertisch stand eine benutzte, aber leere Kaffeetasse, ansonsten war es ordentlich und sauber.

Ich zog meine Stiefel aus und ließ mich auf das Sofa sinken, hielt es dort jedoch nicht lange aus. Zum einen war das Kleid viel zu kurz, als dass ich es mir wirklich hätte gemütlich machen können, zum anderen hatten meine Gedanken viel zu viel Spielraum und kreisten um die merkwürdigsten Dinge. Also stand ich wieder auf und inspizierte erneut Alexanders Schallplattensammlung. Seit dem letzten Mal war natürlich nichts Neues hinzugekommen, trotzdem entdeckte ich Bands, die mir bei meinem letzten Besuch nicht aufgefallen waren. Kurz überlegte ich, eine Platte aufzulegen, um die Stimmung etwas aufzulockern. Alexander besaß zwar keinen Kuschelrock, aber es war auf jeden Fall Musik dabei, die ich mochte, wie Sunrise Avenue oder Michael Jackson. Da ich jedoch keine Ahnung hatte, wie man den modernen Plattenspieler bediente, sah ich stattdessen aus dem Fenster. Wie bezaubernd das Spiel der Wellen im Mondschein war! In der Zwischenzeit war mir die Insel richtig ans Herz gewachsen, ich fühlte mich schon lange nicht mehr wie eine Touristin. Diese Ruhe hier … Natürlich war es auch in Oberschwaben ruhig, aber die Ruhe auf Fehmarn war anders. Ich liebte es, das Meer und den Strand direkt vor der Tür zu haben. Wie es wohl sein würde, in die alte Heimat zurückzukehren? Im Moment konnte ich es mir kaum vorstellen.

Ich blickte hinüber zur Uhr. Wo blieb Alexander nur? Es waren mindestens zehn Minuten vergangen, seit sich unsere Wege im Flur getrennt hatten, eher mehr. Fand er keinen

Wein? Hatte er doch kalte Füße bekommen? Einen Moment war ich versucht, nach ihm zu sehen, aber da das seine Wohnung war, hatte er sich sicher nicht klammheimlich davongestohlen. Oder wollte er mir so dezent zu verstehen geben, dass ich besser gehen sollte? Bevor ich weiter darüber nachdenken konnte, hörte ich ihn im Flur. Schnell strich ich mein Kleid und meine Haare glatt.

Alexander hatte sich weder umgezogen, noch trug er zwei Weingläser in den Händen. Okay, dann eben nicht. Ich musste ohnehin damit aufhören, mir ständig Mut anzutrinken. Wortlos kam Alexander auf mich zu, nahm mich an der Hand und führte mich den Flur entlang. Was sollte das nun wieder?

Er öffnete die Badezimmertür und schob mich sanft hinein. Warmer Dampf und Rosenduft umhüllten mich; Alexander hatte tatsächlich Badewasser eingelassen. Das Badezimmer wurde nur von Kerzenlicht erhellt – unzähligen Kerzen –, und auf der Ablage standen eine Flasche Rotwein, zwei Gläser und eine Schachtel Pralinen.

Wow! Das war romantisch. Das war sogar das Romantischste, was ein Mann je für mich getan hatte. Nie hätte ich gedacht, dass sich ausgerechnet Alexander – ein nüchterner Fischkopp und nicht gerade ein Dekoheld – bei unserem ersten richtigen Date dermaßen ins Zeug legen würde. Ich drehte mich zu ihm um, stellte mich auf die Zehenspitzen und küsste ihn. Ganz sanft dieses Mal. Alexander schob mit dem Fuß die Tür ins Schloss, legte seine Hände auf meine Hüften und erwiderte meinen Kuss. Doch anstatt mich an sich zu ziehen oder den Kuss zu intensivieren, ging er ebenso vorsichtig vor wie ich und ließ ein wenig Abstand zwischen unseren Körpern. Seine Wirkung verfehlte dieser Kuss jedoch ganz und gar nicht. Irgendwann nahm er die Hände dann aber doch hinter meinen Rücken und öffnete langsam den Reißverschluss meines Kleides. Mit einem Knistern landete es auf dem Fliesenboden. Ein Kleidungsstück nach dem anderen folgte, während wir uns gegenseitig nach und nach entblätterten. Es war gar nicht so einfach, nicht die ganze Zeit auf Alexanders nackten Körper zu starren. Allein dieser Oberkörper … Mit den Fingern fuhr ich über das Drachentattoo auf seinem Oberarm. Ob die Muskeln daher kamen, dass er permanent Getränkekästen durchs Café wuchtete?

Er reichte mir eine Hand, sodass ich elegant in die Badewanne steigen konnte. Ich ließ mich ins warme Wasser gleiten, und kurz darauf versank auch Alexanders Körper unter der Schaumdecke. Er griff nach den Weingläsern, reichte mir eines, und wir stießen miteinander auf den Erfolg der Piratenparty an. Dann lehnte er sich zurück, völlig entspannt, und betrachtete mich amüsiert, während die Nervosität in mir stieg.

»Ich bin wirklich froh, dass es so gut gelaufen ist und wir so viel Zulauf hatten«, sagte ich, weil ich nicht recht wusste, was ich sonst sagen sollte. Alexander nickte nur. Ich redete weiter: »Das war nicht selbstverständlich. Ich habe mir schon ein wenig Sorgen gemacht, dass die Besucher ausbleiben und wir auf den ganzen Würstchen sitzen bleiben, aber zum Glück läuft es gerade generell ziemlich gut.« Wieder nur ein Nicken von Alexanders Seite. »Denkst du denn, dass wir das Café retten können, wenn es so weitergeht?«

Der amüsierte Ausdruck auf seinem Gesicht vertiefte sich. »Du bist nervös.«

Ich räusperte mich und hoffte, dass ich nicht schon wieder rot wurde. »Nervös? Warum sollte ich nervös sein? Ich mache das nicht zum ersten Mal, weißt du?« Alexander lachte leise.

Irgendwie lief das Ganze völlig aus dem Ruder. Warum hatte ich meine Klappe nicht halten können und alles Weitere auf mich zukommen lassen? Irgendwie musste ich die Situation retten, doch wie?

Alexander nahm es mir ab, indem er sich langsam in meine Richtung schob. »Mache *ich* dich nervös?« Da war sie wieder, diese raue Stimme, die ziemlich deutlich machte, was er wollte.

Ich schluckte. »Würde es dir denn gefallen, wenn es so wäre?« Nicht nur ich war überrascht über meine halbwegs schlagfertige Antwort.

»Solange du es gleich irgendwann ablegst.«

»Nicht hilfreich«, murmelte ich.

Alexander lachte und schob mir eine Haarsträhne aus dem Gesicht, bevor er sich wieder an sein Ende der Wanne setzte und mit normaler Stimme sagte: »Hey, ganz ruhig. Ich hab das hier nicht gemacht, um Druck aufzubauen. Die letzten Tage waren anstrengend, und ich wollte dir etwas Gutes tun. Außerdem wollte ich nicht, dass unser erstes Mal zwischen Tür und Angel stattfindet. Ich dachte, du bist der romantische Typ. Ich meine, wie du das Café umdekoriert hast, spricht für sich. Aber wenn du nicht willst …«

»Ich will ja«, sagte ich und hoffte, dass es nicht zu sehr nach Eheschließung klang. »Das ist wirklich süß von dir.«

Übertrieben verzog er das Gesicht. »Autsch. *Süß* ist nicht unbedingt das Wort, das Männer hören wollen.«

Was war nur los mit mir? Höchste Zeit, dass ich endlich meine dämliche Nervosität ablegte. Vorhin im Café war ich es auch nicht gewesen, und es gab keinen Grund, es jetzt zu sein. Ich wollte es ebenso wie er. »Nicht?« Ich kam auf die Knie und bewegte mich langsam auf ihn zu. »Wie wäre es dann mit *unwiderstehlich?*« Mit der Hand fuhr ich sein Bein entlang, immer weiter nach oben, bis zu seinem Bauch. *»Sexy?«* Ich küsste ihn auf die Brust. *»Heiß?«* Das Schlüsselbein, den Hals.

»Komm her.« Mit einem Ruck zog Alexander mich auf seinen Schoß. Er legte eine Hand an meinen Hinterkopf, zog mich näher zu sich heran und küsste mich.

*

Ein warmes Gefühl weckte mich. Alexander küsste mich auf den Nacken, den Hals. Lächelnd drehte ich mich zu ihm um. Nur mit Boxershorts bekleidet kniete er neben mir auf dem Bett und hielt mir eine Tasse Kaffee entgegen. Ich setzte mich auf und nahm sie ihm ab. Die Sonne schien durch das Fenster und malte Muster auf seinen nackten Oberkörper, die Bettwäsche und die Wände. Das Gezwitscher von Vögeln drang durch das gekippte Fenster an mein Ohr, und der Kaffeeduft mischte sich mit der herrlich frischen Luft von draußen. Seufzend nahm ich einen Schluck aus meiner Tasse. Wir würden das *Blackbeard* heute erst zur Mittagszeit öffnen, sodass wir noch einige Stunden nur für uns hatten.

»Na, gut geschlafen?«

»Wie ein Stein.« Was auch kein Wunder war nach dem anstrengenden Wochenende – und der letzten Nacht. Es war schon weit nach Mitternacht gewesen, als wir das Licht gelöscht hatten.

»Das habe ich gemerkt«, erwiderte er schmunzelnd.

»Habe ich etwa geschnarcht?«

Alexander hob eine Augenbraue. »Du schnarchst?«

»Ich hoffe nicht.« Zumindest hatte Markus sich diesbezüglich nie beschwert, und auch Melanie hatte nichts gesagt, als wir uns in Köln ein Zimmer geteilt hatten. Sie hätte garantiert nicht die Klappe gehalten, hätte ich sie um ihren Schlaf gebracht.

Alexander grinste. »Keine Sorge, du hast geschlafen wie ein Engel.«

Er gab mir einen leichten Kuss auf den Mund und sprang aus dem Bett. Kurz darauf kehrte er mit einem voll beladenen Tablett zurück: frische Brötchen und Croissants, Orangensaft, Marmelade, Wurst und Käse. Alexander hatte sogar Eier gekocht. Mmh, lecker. Frühstück ans Bett hatte ich mir schon immer gewünscht, allerdings noch nie bekommen. Dieser Mann war einfach perfekt. Ob er das wusste?

»Du warst schon beim Bäcker?«, fragte ich und stellte meine Tasse auf dem Nachttisch ab.

»Ich wäre für dich gegangen, aber das Frühstück haben wir Carmen zu verdanken. Montags hat der Salon Ruhetag, und da legt sie mir immer eine Tüte mit Brötchen vor die Tür.«

»Ach ja«, sagte ich nur und dachte ein wenig wehmütig an meine eigene Familie. Ob es meinen Eltern gut ging? Vielleicht war es an der Zeit, mich mal wieder bei ihnen zu melden.

»Hast du Geschwister?«, wollte Alexander wissen und reichte mir einen Teller.

»Einen Bruder.« Ich nahm mir ein Croissant und griff nach der Brombeermarmelade, die selbst gemacht aussah. »Aber der ist erst achtzehn und lässt sich die Brötchen lieber bringen, statt mir welche zu holen.«

»Dann seid ihr aber ganz schön weit auseinander, oder?«

Ich lachte. »Ich bin einunddreißig, falls du das wissen wolltest. Und ja, ziemlich. Wir leben in völlig verschiedenen Welten.« Um ehrlich zu sein, hatte ich meine Eltern nie gefragt, warum sie erst nach dreizehn Jahren ein zweites Kind bekommen hatten. »Wie alt bist du eigentlich?«

Alexander belegte sein Brötchen mit Wurst und Käse. »Willst du mal raten?«

»Hm. Sechsunddreißig?«

»Fast. Zwei Monate habe ich noch.«

»Dein Geburtstag ist im September?«

»Am einundzwanzigsten. Und deiner?«

»Zweiter Mai«, antwortete ich, doch mit den Gedanken war ich woanders. Zu Alexanders Geburtstag war ich sicher noch auf Fehmarn, aber wie würde es danach weitergehen? Wenn die Saison vorbei war und das *Blackbeard* gerettet, gab es keinen Grund mehr, auf der Insel zu bleiben. Oder doch? Ich warf Alexander einen Seitenblick zu. Ich könnte seinetwegen hierbleiben, aber vielleicht war es noch ein wenig früh, um eine so weitreichende Entscheidung zu treffen. Außerdem – was sollte aus meinem Traum werden, ein eigenes Café zu eröffnen? So oder so, eine Entscheidung musste ich irgendwann treffen, und zwar eher früher als später.

»Alles okay?«, fragte Alexander. Ich nickte und lächelte ihn an, doch so einfach ließ er sich nicht überzeugen. »Du denkst über die Zukunft nach, oder?«

Ich hätte schwindeln können, um es mir einfach zu machen, doch stattdessen nickte ich erneut. »Ich habe mich gefragt, wie es nach dem Ende der Saison weitergeht.«

Alexander legte sein Brötchen beiseite, und ich fürchtete schon, zu weit gegangen zu sein, doch er sah weder sauer noch verschreckt aus. »Mit uns?«

Ich zuckte mit den Schultern. »Auch.«

Er seufzte leise. »Mir war klar, dass diese Frage eines Tages kommen würde, und wir sollten auch irgendwann darüber sprechen, aber vielleicht können wir den Moment genießen und es erst mal eine Weile einfach laufen lassen? Wir haben doch noch etwas Zeit, oder?«

Ich nickte, obwohl mir seine Worte einen kleinen Stich versetzten. Offenbar war er noch nicht bereit, über eine gemeinsame Zukunft mit mir nachzudenken. Dabei konnte ich ihm eigentlich keinen Vorwurf machen. Das mit uns war schließlich noch ganz frisch, und ich war selbst noch nicht bereit, eine Entscheidung zu treffen. »Sicher, wir haben noch zwei oder drei Monate, aber irgendwann muss ich auch wieder nach Hause und Geld verdienen.« Ansonsten brauchte ich mir nicht mehr zu überlegen, was ich mit meinem Millionengewinn anstellen sollte. Dann würde er von Monat zu Monat weiter schrumpfen.

Alexander fuhr sich durch die Haare. »Du bekommst dein Geld. Das habe ich dir versprochen, und ich halte meine Versprechen.«

»Ich weiß, das war auch nicht so gemeint. Es ist nur …«

»Du willst nicht weiterhin in einem Café angestellt sein, weil du dann genauso gut in Oberschwaben bleiben könntest.«

Wieder zuckte ich mit den Schultern, dabei traf er den Nagel auf den Kopf. Ich musste mir wirklich überlegen, wie es weitergehen sollte. Schweren Herzens hatte ich inzwischen bei Peter gekündigt. Er hatte mir zwar angeboten, den Urlaub zu verlängern, doch es wäre einfach nicht fair gewesen, ihn im Ungewissen zu lassen. Zwar wusste ich noch nicht, wie mein Leben ab Oktober genau aussehen würde, aber ich wollte auf keinen Fall einfach dort weitermachen, wo ich vor ein paar Wochen aufgehört hatte.

Einen Moment gestattete ich mir, meine Gedanken auf die

Reise zu schicken. Angenommen, ich blieb hier, arbeitete weiter im *Blackbeard*, und Alexander und ich wurden glücklich miteinander – allerdings nicht bis zu unserem Lebensende. Würden wir uns trennen, hätte ich nichts: keine Familie in der Nähe, vermutlich nicht einmal einen Job und schon gar kein eigenes Café. Irgendwann würde es zu spät sein, um sich diesen Traum zu erfüllen. Ich war jetzt jung, hatte die Motivation, die Kraft und das Geld, und eines Tages würde ich zu alt sein, um dieses Risiko noch einzugehen. Und ich konnte doch kein eigenes Café hier auf Fehmarn eröffnen.

»Was hält dich denn in Oberschwaben?«, fragte Alexander. Er sah mich prüfend an. »Und warum bist du überhaupt weg von dort?«

Ich stellte meinen Teller beiseite, denn das Croissant hatte ich schon seit einigen Minuten nicht mehr angerührt. Jetzt war der perfekte Moment, um Alexander die Wahrheit zu sagen, ihm von meinem Gewinn zu erzählen. Melanie hatte recht: Früher oder später musste er es erfahren, und je eher, desto besser. Aber ich konnte es nicht. Nicht jetzt. Wir hatten gerade zum ersten Mal die Nacht zusammen verbracht, und jetzt dachte ich über unsere Zukunft nach, als wären wir schon Monate zusammen. Das ging zu schnell, nicht nur für ihn.

Ich schob die Bettdecke beiseite, sodass ich nackt vor Alexander saß. Er beobachtete mich, als ich das Tablett auf den Boden stellte und mich dann nach vorne beugte, um auch seinen Teller wegzustellen. Langsam krabbelte ich nach vorne, auf seinen Schoß, legte meine Arme um seinen Nacken und küsste ihn. Alexander erwiderte den Kuss, fuhr mit seinen Händen meinen Rücken hinab bis zu meinem Po.

»Alles wieder gut?«, fragte er leise, als wir unsere Lippen für einen kurzen Moment voneinander lösten.

Dieser Mann war wirklich der Wahnsinn. Ich war gerade dabei, ihn zu verführen, und er riskierte es tatsächlich, mich zu fragen, ob alles gut war. Ich nickte. »Alles bestens. Du hast recht, wir denken darüber nach, aber nicht heute. Nicht jetzt. Lass uns den Moment genießen.«

Er sagte nichts, packte mich an den Hüften und setzte mich neben sich. Mein Herz klopfte schneller. Sicher hatte er bereits genug von mir. Doch er zog sich die Boxershorts aus, ohne mich dabei aus den Augen zu lassen. Dann küsste er mich, während er mich langsam auf den Rücken legte und sich auf mich schob.

# Kapitel 14

**125.000 Euro**
Wer oder was ist schuld daran, dass Schokoküsse nicht von Deutschland nach Italien exportiert werden können?
a) Die italienischen Hygienevorschriften
b) Die EU
c) Der Klimawandel
d) Der Luftdruck

Ähm, ich weiß, warum es im Sommer kein Mon Chéri gibt.

Wir hatten Glück, und das sommerliche Wetter hielt sich während der nächsten Wochen. Durch die Piratenparty hatten wir einige Stammgäste gewonnen. Viele von ihnen verschwanden leider mit dem Ende ihrer Ferien, aber es waren auch Einheimische unter ihnen, die uns nun regelmäßig einen Besuch abstatteten. Die Gästezahl blieb konstant gut, dennoch machte ich mir Sorgen, dass es nicht reichen würde, um das *Blackbeard* zu retten. Ich hätte Alexander längst nach konkreten Zahlen fragen sollen, denn ich hatte keine Ahnung, wie viel er der Bank schuldete, doch das hatte ich ebenso verpasst, wie ihm von meinem Auftritt bei Detlef Straub zu erzählen. Und jetzt wusste ich nicht mehr, wie ich es anstellen sollte.

Inzwischen waren wir seit ein paar Wochen zusammen, und es erschien mir immer unangebrachter, meine Million noch zu erwähnen. Dabei lief es zwischen Alexander und mir gut. Obwohl wir Tag und Nacht zusammen verbrachten, fielen wir uns nicht gegenseitig auf die Nerven. Das Thema Zukunft klammerten wir allerdings nach wie vor aus, obwohl die Tage nur so an uns vorbeiflogen und wir bereits Ende August hatten. Nur noch einen Monat, maximal zwei, dann würde über das Schicksal des *Blackbeard* entschieden. Und über mein Schicksal.

Kurz vor der Beachparty hatten Alexander und ich wieder alle Hände voll zu tun, auch wenn es sich im Vergleich zur Piratenparty in Grenzen hielt. Wir mussten keine Hüpfburg oder Spiele organisieren, sondern im Wesentlichen einen guten DJ, den wir zum Glück auch relativ schnell – und für vergleichsweise wenig Geld – fanden. Allerdings mussten wir für die Beachparty Eintritt verlangen, damit es sich am Ende für uns rechnete, denn um Cocktails und Grillwürstchen würde sich ein Standbetreiber kümmern. Das *Blackbeard* würde Bier und Softdrinks anbieten, außerdem hausgemachte Limonaden. Alexander hatte zwar zuerst protestiert, weil er fand, dass kein Jugendlicher Limo trinken würde, aber ich hatte ihn überzeugen können. Nicht jeder ging auf eine Party, um sich zu betrinken.

Auch was den Süßigkeitenstand anging, musste ich Überzeugungsarbeit leisten, denn die Frau, die bereits bei der Piratenparty vor Ort gewesen war, ließ es sich nicht nehmen, erneut ihren Stand aufzustellen. Alexander war zuerst skeptisch gewesen, doch am Ende hatte er meiner Einschätzung vertraut, dass die jungen Leute das mit Sicherheit retro und deshalb cool finden würden. Wer hatte denn keine schönen Kindheitserinnerungen an Zuckerwatte oder Liebesäpfel?

Tatsächlich sorgte der Süßigkeitenstand für Begeisterung, als am Samstagabend die ersten Partygäste eintrudelten. Die Sonne war noch nicht untergegangen und die Party noch nicht wirklich in Schwung, obwohl der DJ bereits mit der Arbeit begonnen hatte. Ich hatte mir extra Ohropax besorgt, doch zu meiner Erleichterung war die Musik zumindest im Moment weder zu laut noch zu technomäßig. Die jungen Erwachsenen verteilten sich am Strand, tranken Bier, Cocktails und unsere Limonaden. Und sie aßen Würstchen und Zuckerwatte.

»Siehst du«, konnte ich es mir nicht verkneifen, zu Alexander zu sagen.

»Eigentlich sollen sie tanzen und nicht Zuckerwatte futtern«, grummelte er.

»Jetzt mal ganz ruhig. Die Stimmung ist doch gut. Hauptsache, sie haben ihren Spaß. Sie werden schon noch tanzen. Lass erst mal die Sonne untergehen.«

»Wie du meinst.« Schulterzuckend machte sich Alexander wieder daran, Bier-, Cola- und Wasserflaschen aus den Kästen auf den Tisch zu stellen, damit es später beim Bedienen schneller ging.

Hoffentlich irrte ich mich nicht. Im Prinzip war es egal, ob die jungen Leute die Nacht mit Tanzen oder Quatschen verbrachten, aber der Erfolg einer Beachparty beruhte nun einmal darauf, dass sie tanzten, denn auch diese Aktion sollte nächstes Jahr wiederholt werden. Quatschen konnten die Jugendlichen überall, am Strand zu tanzen hingegen war etwas ganz Besonderes.

Es dauerte noch eine halbe Stunde, bis endlich die Dämmerung einsetzte. In der Zwischenzeit waren kaum neue

Gäste gekommen, und Alexander und ich warfen uns immer wieder besorgte Blicke zu. Allmählich musste sich etwas tun, sonst würden die Jugendlichen weiterziehen und sich eine andere Location suchen. Es würde zu kalt werden, um die ganze Zeit im Sand zu sitzen, ohne sich zu bewegen.

Ich hatte zwar eine Idee, aber keine Ahnung, ob sie funktionieren würde. Ein Blick in die Runde ließ mich weiter zweifeln, aber es waren nicht nur Jugendliche hier, sondern erstaunlich viele Studenten, die Anfang bis Mitte zwanzig sein mussten. Mein Plan konnte also funktionieren. Als Alexander mir einen weiteren verzweifelten Blick zuwarf, beschloss ich, es einfach zu riskieren. Im schlimmsten Fall würden mich alle auslachen, aber das musste ich in Kauf nehmen, wenn ich Alexander helfen wollte. Ich ging hinüber zum DJ und bat ihn, zwei ganz bestimmte Lieder aufzulegen.

Alexander sah mich fragend an, als ich auf ihn zuging. »Mach einfach mit«, sagte ich, nahm ihn bei der Hand und zog ihn weg vom Getränkestand zur imaginären Tanzfläche.

Nur wenige Sekunden später startete das markante Intro von *Ai Se Eu Te Pego!*, dem Sommerhit von 2012. *»Nossa, nossa, assim você me mata …«*, sang Michel Télo – und sofort kam Bewegung in unsere Gäste. Der Tanz dazu war selten einfach. Alexander machte zuerst große Augen, als ich mit den Handbewegungen begann, doch zu meiner Überraschung hatte er keine Schwierigkeiten mitzumachen. Und es dauerte auch nicht lange, bis sich die weiblichen Gäste uns anschlossen und lachend mittanzten. Wahnsinn, es klappte.

Schon verklangen die letzten Töne des brasilianischen Hits, aber es ging direkt weiter mit dem Intro von *Summer of 69*. Das Lied mochte nicht das neueste sein, aber ich ging davon aus, dass Klassiker immer und zu jeder Zeit gut ankamen. Und ich behielt recht, Bryan Adams' Song zog auch die letzten Tanzmuffel auf die Tanzfläche.

Zufrieden wollte ich mich wieder zu meinem Limonadenstand begeben, doch Alexander nahm meine Hand und wirbelte mich zu sich herum. »Hey, ich will mit dir tanzen. Das ist eines meiner Lieblingslieder.«

»Dein Lieblingslied?« Mein Herz klopfte ein kleines bisschen schneller, als er eine Hand an meine Schulter und die andere an meine Hüfte legte.

»Das war eine tolle Idee«, raunte Alexander mir ins Ohr. »Ich hab schon befürchtet, wir können die Beachparty abschreiben.«

»Das habe ich auch gedacht«, gab ich zu. »Aber ich hoffe, wo einmal der Anfang gemacht ist, kommt sie noch in Schwung.«

Alexander grinste. »Das wird sie schon, ansonsten packen wir den *Ketchup Song* aus.«

Lachend schüttelte ich den Kopf. »Den kennst du noch? Und woher kennst du eigentlich den Tanz zu *Ai Se Eu Te Pego!*? Als das Lied im Radio rauf- und runterlief, warst du sieben- oder achtundzwanzig.«

»Und du vierundzwanzig, also auch schon etwas zu alt dafür.«

*Punkt für ihn.* Trotzdem konterte ich: »Man ist nie zu alt, um Spaß zu haben.« Er sah mich weiterhin fragend an, also fügte ich hinzu: »Meine Cousine Melanie ist zwei Jahre jünger und wollte in den Clubs nicht allein tanzen. Und was hast du für eine Ausrede?«

»Junggesellenabschied, Mallorca, zu viel Bier. Muss ich noch mehr sagen?«

Erneut schüttelte ich den Kopf. Die Ballermann-Kultur

hatte ich nie verstanden, aber ich hielt Alexander zugute, dass seitdem einige Jahre vergangen waren und er sich weiterentwickelt hatte.

*Summer of 69* war verklungen, inzwischen spielte der DJ *Despacito*, ebenfalls einen Sommerhit. Alexander ließ mich nicht los, wir tanzten einfach weiter. Momentan war der Getränkestand unbesetzt, und es gab nur Cocktails zu trinken, doch das war mir egal. Ich sah hinaus aufs Meer, auf dem sich das Mondlicht spiegelte, sah in den klaren Himmel, an dem unzählige Sterne funkelten. Ich hatte Alexander vor der Aktion mit der Badewanne nie für einen Romantiker gehalten, auch wenn er das gern selbst von sich behauptete. Tatsache war jedoch, dass ich mit ihm die schönsten Dinge überhaupt erlebte. Wir tanzten so eng zusammen wie Baby und Johnny in *Dirty Dancing*. Es hatte etwas Aufreizendes, und ich spürte ein Prickeln in mir, aber noch viel mehr als das. Was ich für Alexander empfand, ging weit über diese unglaubliche Anziehungskraft hinaus.

Er beugte sich zu mir und sagte nahe an meinem Ohr: »Warum auch immer du deine Heimat verlassen hast – ich bin froh, dass du es getan hast und auf Fehmarn gelandet bist.«

Falls ich es bisher nicht hatte in Worte fassen können, jetzt konnte ich es: Ich hatte mich Hals über Kopf in Alexander verliebt.

*

»Mama, ich bin's.«

»Evie? Oh mein Gott, Evie! Geht es dir gut? Ist alles in Ordnung? Helmut, das ist Evie.«

Meine Mutter schrie schon wieder so laut, dass ich das Handy schnell vom Ohr weghielt. Fast hätte ich ihr Schluchzen überhört. »Weinst du etwa?«, fragte ich und spürte sofort das schlechte Gewissen, das ich bei der ganzen Arbeit in den letzten Wochen in den Hintergrund gedrängt hatte. »Es tut mir leid, Mama, ehrlich.«

»Mein Gott, Kind, ich habe mir solche Sorgen um dich gemacht. Warum haust du denn einfach ab, anstatt mit uns zu reden? Es hätte doch Gott weiß was passieren können, und wir hatten keine Chance, dich zu erreichen. Die meiste Zeit wusste nicht einmal deine Cousine, ob es dir gut geht.«

Ich schluckte. Sie hatte recht, und ich fühlte mich auf einmal ziemlich mies. Mich so abzuschotten war ganz schön egoistisch gewesen. »Es tut mir so leid«, entschuldigte ich mich erneut.

»Jetzt mach ihr keine Vorwürfe, sonst legt sie gleich wieder auf«, sagte mein Vater.

»Ich mache ihr keine Vorwürfe«, widersprach meine Mutter. »Ich will doch nur, dass sie weiß, was für Sorgen wir uns um sie gemacht haben.«

»Gib mir mal den Hörer.«

»Helmut, lass das.«

Ein Rauschen war in der Leitung zu hören, dann war mein Vater am Apparat. »Evie, geht es dir gut? Wo bist du?«

»Hallo, Papa. Es geht mir gut.« Es ging mir mehr als gut, zumindest bevor ich gemerkt hatte, was ich meinen Eltern in den vergangenen zwei Monaten angetan hatte. Was hatte ich mir nur dabei gedacht, einfach so von der Bildfläche zu verschwinden? »Macht euch keine Sorgen um mich, es ist alles bestens.«

»Sicher?«

Ich trat hinaus auf die Terrasse, sah auf das kleine Gartenstück vor mir. Die Schaukel bewegte sich in der leichten Brise, und obwohl sich der Sommer bald verabschieden würde, war es immer noch herrlich warm in der Sonne. Das Meer konnte ich von hier aus nicht sehen, aber ich konnte es riechen. Diese herrlich frische Luft mischte sich mit dem Duft der Blumen, die in diesem Garten wachsen durften, wie sie wollten. Musste es nicht traumhaft sein, auf dieser Insel aufzuwachsen? Hier zu leben? »Ganz sicher.« Eine Möwe zog kreischend ihre Kreise hoch über mir, und fast bildete ich mir ein, das Rauschen der Wellen zu hören.

»Bist du etwa am Meer?«, fragte mein Vater.

»Sie ist am Meer?« Erneutes Rascheln, dann war meine Mutter wieder am anderen Ende der Leitung. »Evie, du bist am Meer?«

Ich zögerte nur einen kurzen Augenblick. »Ja, das bin ich.«

»Wo genau? Evie, bitte. Es würde mir so viel besser gehen, wenn ich wüsste, dass du in Sicherheit bist. Du bist doch nicht in die Türkei geflogen, oder? Oder gar nach Griechenland? Diese schrecklichen Waldbrände, die dort überall toben …«

Ich holte tief Luft. Warum sollte ich meinen Eltern weiterhin verschweigen, wo genau ich mich aufhielt? Auch wenn ich nach wie vor nicht entschieden hatte, wie es mit allem weitergehen sollte, gab es dafür keinen Grund mehr. »Nein, Mama, ich bin in Deutschland. Auf Fehmarn, um genau zu sein.«

»Das ist gut. Fehmarn, sagst du? Diese Nordseeinsel?«

»Ostsee.«

»Wie dem auch sei. Was machst du denn auf Fehmarn?

Warum kommst du nicht wieder nach Hause, Liebes? Du fehlst uns, wir können doch über alles reden.«

»Ich weiß, Mama.« Barfuß ging ich über den kühlen Rasen hinüber zur Schaukel und setzte mich. »Es tut mir leid, dass ich einfach abgehauen bin und mich nicht regelmäßig bei euch gemeldet habe. Das war nicht fair und richtig mies von mir. Es war nur … Markus, Tante Elvira, du und Henrik, sogar der Bankdirektor, Bürgermeister Birnbaum – ihr alle hattet Pläne für das Geld, das ich gewonnen habe.«

»Der *Bürgermeister?*«, unterbrach meine Mutter mich. »Der Franz? Nicht zu fassen, ich muss mal ein ernstes Wort mit Beate wechseln. Das ist dem Franz seine Frau, weißt du. Wir sehen uns einmal in der Woche bei den Landfrauen. Ich kann nicht glauben, dass sie nie etwas gesagt hat.«

»Bitte nicht, Mama. Die Birnbaums sind nicht schuld, dass ich Oberschwaben verlassen habe, und das ist auch nicht der Punkt. Ich war es einfach leid, dass alle besser wussten, wie ich mein Geld am besten anlegen oder investieren könnte, und nur ich keine Ahnung hatte, was ich damit machen sollte. Ich wollte einfach in Ruhe darüber nachdenken können, ohne mich permanent rechtfertigen oder jemanden vor den Kopf stoßen zu müssen. Deshalb hatte ich auch das Handy immer aus. Das hat gar nicht mehr aufgehört zu klingeln.«

Meine Mutter schwieg einen Moment. »Verstehe, aber du hattest doch jetzt genügend Zeit, um über alles nachzudenken. Willst du nicht endlich wieder nach Hause kommen? Zu deiner Familie?«

Ich unterdrückte ein Seufzen. »Das geht leider nicht, und das hat nichts mit euch zu tun. Ich muss hier vorher noch was klären.«

»Gut, und wie lange wird das dauern?«

Nun seufzte ich doch. »Ich habe jemanden kennengelernt, Mama.«

»Du hast …? Aber was ist mit Markus?«

»Markus?«, fragte ich. Was hatte er damit zu tun? »Wir haben uns getrennt. Hat Papa dir das nicht erzählt?«

»So genau wusste dein Vater auch nicht Bescheid, Liebes. Außerdem hat er von Liebesdingen keine Ahnung, nichts für ungut, Helmut. Ich dachte, du und Markus … das renkt sich wieder ein.«

»Eher nicht. Mama, das zwischen Markus und mir ist endgültig vorbei. Wir sind einfach zu verschieden. Alex hingegen …«

»Ich verstehe das alles nicht, Evie«, unterbrach meine Mutter mich erneut. »Was soll das bedeuten? Willst du etwa auf Fehmarn bleiben, bei diesem Alexander? Er heißt doch Alexander?«

»Ja und nein. Oder … Ich weiß es noch nicht, okay? Ich weiß im Moment überhaupt nicht, wie es weitergehen soll. Ich weiß nur, dass ich mich verliebt habe.«

»Verliebt«, murmelte meine Mutter.

»Verliebt?«, fragte mein Vater. Seine Stimme klang ungewohnt schrill. »Evie hat sich verliebt? Was soll das heißen?«

Gott, das war wie bei Stille Post, nur umgekehrt.

»Ich weiß es nicht und sie auch nicht«, erwiderte meine Mutter. »Hier, sprich du mit ihr. Du kannst das besser. Vielleicht kannst du sie überzeugen, nach Hause zu kommen.«

Wieder das Rascheln in der Leitung. »Ist alles in Ordnung, Evie?«, fragte mein Vater. »Deine Mutter sagt, du weißt nicht, ob du nach Hause kommen willst?«

Ich stieß ein erneutes Seufzen aus. »Das habe ich so nicht

gesagt. Ich habe nur gesagt, dass ich noch nicht weiß, wie es weitergehen soll, weil ich mich verliebt habe.«

»Verliebt«, wiederholte mein Vater, und ich hätte am liebsten geschrien. »Ich hoffe, er ist ein anständiger Kerl.«

Gegen meinen Willen musste ich schmunzeln. »Ja, Papa, das ist er. Er hat Ahnung von Autos, und er besitzt ein eigenes Café.«

»Ein eigenes Café? Das war doch auch mal dein Traum, oder hat sich das geändert?«

Ich schluckte. Meinen Eltern gegenüber hatte ich diesen Traum nur ein einziges Mal erwähnt, und das war schon Jahre her. Und er erinnerte sich daran? Oder hatte Melanie etwas gesagt? »Ja, das stimmt.«

»Das könntest du doch jetzt eröffnen. Bad Buchau könnte sicherlich noch eins gebrauchen.«

»Ein Café?«, hörte ich meine Mutter fragen. »Sie will ein Café eröffnen? Seit wann das denn?« Doch mein Vater antwortete ihr nicht.

»Das überlege ich«, sagte ich, »aber ich bin nicht sicher, ob ich es wirklich wagen soll. Es könnte schiefgehen.«

»Das könnte es. Du könntest von Außerirdischen entführt oder von der Mafia zu Schutzgeldzahlungen gezwungen werden. Oder noch schlimmer – die Welt könnte untergehen, bevor du schwarze Zahlen schreibst.«

Ich lachte, auch wenn mir eigentlich gar nicht danach zumute war. »Danke, Papa.«

»Wofür?«

»Dafür, dass du an mich glaubst.«

Er seufzte. »Ach, Evie. Natürlich tue ich das, das tun wir alle. Wir stehen hinter dir, was auch immer du mit deinem Gewinn vorhast.«

»Danke«, sagte ich noch einmal und wischte mir eine Träne aus dem Augenwinkel. Genau diese Worte hatte ich von meiner Familie gebraucht.

»Okay, und nun zurück zu diesem Mann.«

»Er heißt Alex.«

»Alex. Er ist doch nicht hinter deinem Geld her, oder?«

»Nein, er weiß nicht einmal von meinem Gewinn«, sagte ich, obwohl ich mir nicht hundertprozentig sicher war. Aber hätte er mich nicht längst darauf angesprochen, wenn er es wüsste? Es sei denn, er spielte ein Spiel mit mir, doch das konnte nicht sein. Das zwischen uns fühlte sich so wahrhaftig an, so richtig und gut. Das konnte er nicht vortäuschen.

»Und du möchtest seinetwegen auf Fehmarn bleiben?«, bohrte mein Vater weiter nach.

Ich stieß mich mit den Füßen vom Boden ab und holte Schwung, schaukelte immer höher und höher. Einen Moment lang fühlte ich mich frei. Ja, ich wollte mit Alexander zusammen sein, und wenn wir in Zukunft keine Fernbeziehung führen wollten, musste ich hierbleiben, da es für ihn unmöglich war, die Insel zu verlassen. Es sei denn, das *Blackbeard* ging unter. »Wir haben noch nicht darüber gesprochen.«

»Verstehe. Lass dich nur nicht ausnutzen, Liebes.«

»Das werde ich nicht, Papa. Du siehst, ich muss mir noch über einiges klar werden, und das geht hier besser als zu Hause, aber ich melde mich wieder bei euch. Versprochen.«

»Ist gut, meine Kleine. Nimm dir die Zeit, die du brauchst.«

»Warte mal, du willst auflegen? Einfach so? Aber …« Die schrille Stimme meiner Mutter verstummte, und es war nur noch das Besetztzeichen zu hören.

Ich bremste die Schaukel ab, schaltete das Handy auf Lautlos und ließ es in die Wiese fallen. Dann nahm ich noch einmal Schwung. Früher hatte mir das Schaukeln immer geholfen, meine Gedanken für eine Weile zu vergessen, und vielleicht würde das ja heute auch funktionieren.

*

Alexander und ich saßen an einem Tisch mit Blick aufs Meer, doch keiner von uns sah auch nur einmal aus dem Fenster. Vor uns lagen unzählige Papiere, Briefe und Ordner ausgebreitet, doch wie wir es auch drehten und wendeten – das Ergebnis blieb dasselbe.

Lange sagte keiner von uns ein Wort. Alexander wollte sicher nicht die Fassung verlieren, und ich wusste nicht, was ich sagen sollte. Es würde auch nichts ändern. Wir waren über den Punkt hinaus, wo Worte etwas bewirken konnten.

Schließlich stand Alexander auf. »Ich mache mir einen Kaffee. Willst du auch etwas?«

Ich schüttelte den Kopf und blickte nun doch einen Moment aus dem Fenster. Der Himmel hatte sich zugezogen, und das Meer sah so aufgewühlt aus, wie ich mich fühlte. Die Wellen peitschten mit solch einer Kraft gegen den Strand, wie ich es seit meiner Ankunft auf Fehmarn nicht erlebt hatte. Es würde ein Gewitter aufziehen, das spürte ich überdeutlich. Das Schlaueste wäre gewesen, nach Hause zu gehen, bevor es zu regnen und blitzen begann. Das *Blackbeard* war ohnehin längst geschlossen, doch weder Alexander noch ich machten Anstalten aufzubrechen. Ich griff erneut nach dem Ordner mit den Bankunterlagen und blätterte darin herum, ohne genau zu wissen, wonach ich eigentlich suchte.

»Lass es gut sein«, sagte Alexander und ließ sich wieder auf seinen Stuhl mir gegenüber fallen.

»Irgendetwas müssen wir doch tun können. Es lief so gut in letzter Zeit. Soll das alles umsonst gewesen sein?«

Alexander seufzte leise. »Es war nicht umsonst. So ist das *Blackbeard* immerhin mehr wert als noch vor ein paar Wochen.«

»Und was bringt dir das, wenn es zwangsversteigert werden muss, weil du die Raten bei der Bank nicht tilgen kannst?« Ich spürte Wut in mir, tiefe Wut, als würde ich gerade mein eigenes Café verlieren. »Es war alles umsonst. Die ganzen Investitionen, die Arbeit. Alles umsonst.«

Alexander stand auf, umrundete den Tisch, setzte sich neben mich und legte mir einen Arm um die Schultern. »Es war nicht umsonst, Evie. Hör auf, das zu sagen, denn es stimmt nicht. Es ist der Wahnsinn, was du in so kurzer Zeit aus dem *Blackbeard* gemacht hast. Wir haben Stammgäste, bekommen super Feedback. Endlich schreiben wir schwarze Zahlen.«

»Und warum reicht es dann nicht, um das Café zu retten?«, fragte ich wie ein kleines Kind, das gerade erfahren hat, dass sein Pony eingeschläfert werden muss.

Sanft strich Alexander mir über den Arm. »Das ist nicht deine Schuld, Süße. Du hast alles getan, aber es war einfach schon zu spät. Ich hätte dich eher kennenlernen und einstellen müssen.« Er lächelte, doch seine Augen sahen ebenso traurig aus, wie ich mich fühlte. »Es tut mir leid, dass ich dich in das alles mit hineingezogen habe. Ich habe dich in dem Glauben gelassen, für das *Blackbeard* gäbe es noch Hoffnung, doch die gab es nicht mehr. Ich wollte es nur nicht wahrhaben.«

Warum fühlte ich mich dann so, als hätte ich vollkommen versagt? Ich schüttelte den Kopf. Meine Gefühle waren unerheblich, schließlich ging es hier um Alexanders Existenz. »Und wie geht es dir damit? Die Frage ist blöd, ich weiß, aber du hast anfangs gesagt, dass du das Café gar nicht wolltest.«

Er antwortete nicht sofort. »Du hast recht, im Grunde war es immer mein Traum, mit Autos zu arbeiten, und dieser Traum wurde mir genommen. Aber das hat sich geändert, *ich* habe mich geändert. Durch die Arbeit mit dir habe ich gesehen, wie viel Spaß dieser Job machen kann, und ich hätte das Erbe meines Vaters gern erhalten. Das *Blackbeard* fühlt sich nicht mehr wie ein Klotz am Bein an, sondern wie ein Teil von mir.«

Frustriert schüttelte ich noch einmal den Kopf. Es war vermutlich dämlich und naiv, aber ich war noch nicht bereit aufzugeben. Wir hatten immer noch einen ganzen Monat Zeit, und wir konnten auch noch mal mit der Bank sprechen. Vielleicht würden sie Alexander eine Fristverlängerung gewähren, jetzt, wo das Geschäft angezogen hatte. »Wir müssen doch irgendetwas tun können«, sagte ich. »Das Café noch attraktiver machen, zum Beispiel für Familien.« Ich dachte an den letzten Morgen zurück, an dem ich mit meinen Eltern telefoniert hatte. »Wie wäre es, wenn wir eine Schaukel am Strand aufstellen? Sie würde Familien nicht nur anziehen, sondern mit Sicherheit ins Café locken. Auch Ida wäre begeistert, und die Eltern von größeren Kindern wären sicher froh, wenn sie in Ruhe ihr Eis genießen könnten, während die Kinder beschäftigt sind.«

Alexander seufzte. »Evie …«

»Und was ist mit dem Lagerfeuer-Event? Die Beachparty ist doch noch richtig gut gelaufen. In zwei Wochen kriegen wir alles organisiert, und dann …«

»Evie«, wiederholte Alexander dieses Mal so leise, dass ich verstummte. »Ich weiß es zu schätzen, dass du nicht aufgeben willst, aber es ist zu spät. Das alles würde nichts ändern. Auch wenn wir noch mehr Gäste ins Café bekommen und eine Veranstaltung mit Gewinn machen … Es wird trotzdem nicht reichen, um meine Tilgungsschuld bei der Bank zu begleichen.«

Ich nickte, denn ich wusste, dass er recht hatte. Wir brauchten ein Wunder, und für Wunder war ich leider nicht zuständig. Ein letzter Versuch: »Und wenn wir mit der Bank reden? Das Café läuft doch besser. Das müssen sie einsehen.«

»Die Saison ist so gut wie gelaufen«, erwiderte Alexander. »In wenigen Wochen sind die Touristen von der Insel verschwunden, und was dann? Dann werde ich vermutlich wieder monatelang keinen Gewinn machen, wenn nicht sogar Verlust. Darauf wird sich keine Bank einlassen.«

Daran hatte ich nicht gedacht. Die Hoffnung wich aus mir wie Luft aus einem lecken Luftballon. Ich stützte mich mit den Ellenbogen auf dem Tisch ab und ließ den Kopf in meine Hände sinken. Tränen liefen mir über die Wangen und tropften auf die Tischplatte, und ich konnte sie nicht daran hindern. Ich hatte versagt und Alexander falsche Hoffnungen gemacht. Natürlich hatte ich gewusst, dass es schwer werden würde, das *Blackbeard* zu retten, aber dass wir im Grunde gar keine Chance gehabt hatten, obwohl wir wirklich alles gegeben hatten? In diesem Moment war es mir egal, was das für meinen Traum, ein eigenes Café zu eröffnen, bedeutete. Das *Blackbeard* war mir ebenso ans Herz gewachsen wie Alexander, ich wollte nicht mitansehen müssen, wie er es verlor.

Das erste Donnergrollen erfüllte die dunkle Nacht und ließ mich zusammenzucken, doch ich blickte nicht auf.

»Hey.« Alexander rückte näher an mich heran und strich mir über den Rücken. »Mach dir keine Vorwürfe, und rede dir nicht ein, du hättest kein Talent oder so etwas in der Art. Wir hätten es schaffen können, wenn wir nur mehr Zeit gehabt hätten.«

Ich richtete mich wieder auf und sah Alexander mit tränenverschleiertem Blick an. Ein Lachen entfuhr mir. »Eigentlich sollte *ich dich* aufmuntern, immerhin wirst du dein Café verlieren. Es tut mir so leid, Alex, ich wollte dir so gern helfen.«

Er schüttelte den Kopf. »Du hast mir geholfen, auch wenn du das im Moment vielleicht nicht sehen willst«, sagte er und wischte mir die Tränen von der Wange. Seine Hand ließ er dort liegen. »Auch wenn unsere Rettungsaktion von vornherein zum Scheitern verurteilt war und wir uns jede Menge Zeit und Arbeit hätten sparen können – ich bin froh, dass du in mein Leben getreten bist. Ich liebe dich.«

Er schien über seine eigenen Worte ebenso überrascht zu sein wie ich, doch er sagte die Wahrheit. Ein Blick in seine blauen Augen ließ keinen Zweifel daran. »Ich liebe dich auch«, flüsterte ich.

Ein Lächeln erschien auf seinen Lippen, winzig klein und kaum wahrnehmbar, doch in diesem Moment war ich mir absolut sicher, dass er mir nichts vorspielte. Ihm bedeutete das zwischen uns ebenso viel wie mir, und wir würden schon einen Weg finden, wie das mit uns weiterging.

Er beugte sich zu mir und küsste mich, ganz sanft und vorsichtig. Ein Blitz erhellte das schummerige Café, in dem wir nur eine kleine Lampe eingeschaltet hatten, kurz darauf folgte das Donnergrollen. Regentropfen schlugen immer heftiger gegen die Fensterscheiben, doch das spielte keine Rolle. Wir hatten einander, wir waren in Sicherheit, und bei dem Wetter war da draußen bestimmt niemand unterwegs.

Ich rutschte hinüber auf Alexanders Schoß, legte meine

Hände um seinen Nacken. Er zog mir das Top über den Kopf, warf es auf den Boden. Kurz darauf folgten sein Shirt und mein BH. Seine warmen Hände glitten über meinen Rücken und ließen mich zumindest für einen kurzen Augenblick vergessen, dass ich ihm nicht hatte helfen können, obwohl ich es so sehr gewollt hatte.

Ich hatte Alexanders Herz für mich gewonnen, und in diesem kurzen Augenblick bedeutete mir das mehr als alles andere.

# Kapitel 15

**250.000 Euro**

Mit wem hatte Mick Jagger angeblich keine Affäre?

a) Prinzessin Margaret

b) Sophia Loren

c) Uschi Obermaier

d) David Bowie

David Bowie? Wobei … Ja, doch. Aber Prinzessin Margaret? Die Schwester der Queen? Sie war sicher not amused.

Ich saß auf einem der beiden Stühle im Gang und knetete nervös meine Hände. Dieser Flur wirkte trostlos, fast wie in einem Krankenhaus. Bilder von Burg oder der Steilküste sollten wahrscheinlich die Atmosphäre auflockern, doch zumindest bei mir half es nicht einmal ansatzweise.

Alexander wusste nicht, dass ich hier war, und ich hoffte, er würde nicht wütend auf mich werden, wenn er es erfuhr. Er hatte recht mit allem, was er neulich Nacht gesagt hatte: Ich wollte mit dem Kopf durch die Wand. Tief in meinem Herzen wusste ich das, und doch konnte ich nicht anders, als jede Möglichkeit auszuschöpfen, die ich noch sah.

Die Tür öffnete sich, und sofort schlug mein Herz schneller. Wenn ich jetzt eine Abfuhr bekam, war das *Blackbeard* endgültig Geschichte. Dann musste auch ich einsehen, dass das Spiel verloren war. Ich griff nach meiner Tasche und der Mappe, die mir fast aus den Fingern glitt, und sprang auf. Der Bankdirektor lächelte mir freundlich zu und reichte mir seine Hand, und ich unterdrückte den Drang, meine feuchte Handfläche an meiner Stoffhose abzuwischen, ehe ich seine schüttelte.

Er sah nett aus, war schon etwas älter, hatte grau melierte dunkle Haare und trug eine eckige Brille, die ihm ziemlich gut stand. »Guten Tag, Frau Sommer. Jacobsen mein Name. Schön, Sie kennenzulernen.«

»Gleichfalls. Vielen Dank, dass Sie sich die Zeit für mich nehmen.«

»Das ist doch selbstverständlich. Kommen Sie rein.« Er ließ mir den Vortritt und schloss hinter uns die Tür. »Bitte«, sagte er mit einer Handbewegung auf die beiden Stühle, die vor dem wuchtigen Schreibtisch standen. »Darf ich Ihnen etwas zu trinken anbieten? Wasser? Kaffee?«

»Danke, ein Wasser nehme ich gern«, erwiderte ich, da ich schon jetzt einen trockenen Mund hatte.

Während Jacobsen ein Glas mit Wasser füllte und sich selbst einen Kaffee einschenkte, setzte ich mich auf einen der beiden Stühle und sah mich im Büro um. Es war ziemlich groß und beeindruckend ordentlich. Auf dem Schreibtisch herrschte kein Papierchaos, und nirgends war auch nur ein Staubkorn zu sehen. Auf der langen Fensterbank reihte sich ein Bilderrahmen an den nächsten: Familienfotos, wie es aussah, aber auch Fotos mit Freunden und Kunden. Durch die fast komplett verglaste Front wirkte der Raum hell und freundlich, obwohl sich am Himmel die Regenwolken türmten. Es kam mir vor wie ein schlechtes Omen. *Der Sommer ist so gut wie vorbei, schauen Sie doch selbst.* Wenn Jacobsen so argumentieren würde, konnte ich nicht viel dagegen sagen.

»Bitte.« Der Bankdirektor reichte mir das Wasserglas und nahm mir gegenüber Platz. »Ihr Anliegen klang am Telefon sehr dringend.«

»Ja, das stimmt«, antwortete ich und trank schnell einen Schluck Wasser. »Es geht um das *Blackbeard*, das Café am Strand zwischen Burgtiefe und Meeschendorf.«

»Ich kenne das *Blackbeard* beziehungsweise die Familie Petersen, und ich weiß auch, wie schlecht es um das Café steht.«

Gut, so konnte ich wenigstens gleich zum Punkt kommen. »Stand, denn inzwischen läuft es richtig gut. Mit unseren Aktionen und Neuerungen konnten wir neue Kunden gewinnen und halten. Wenn Sie einmal selbst sehen wollen.«

Jacobsen nahm die Mappe entgegen, die ich ihm reichte, schlug sie jedoch nicht direkt auf. »Sagen Sie, das Café ist aber nach wie vor im Besitz von Alexander Petersen, richtig?«

Ich schluckte und setzte ein Lächeln auf. »Das ist richtig, aber er hat mich quasi zur Geschäftsführerin ernannt, damit ich ihm helfe, wieder schwarze Zahlen zu schreiben. Und das ist uns innerhalb nur weniger Wochen gelungen.« Okay, das Wort *Geschäftsführerin* war nie gefallen, aber ich konnte es nicht riskieren, dass Jacobsen das Gespräch an dieser Stelle abbrach.

Ohne ein weiteres Wort öffnete er die Mappe und ging die Papiere durch. Ich trank einen Schluck Wasser und unterdrückte sowohl den Drang, meine Hände zu kneten, als auch den Drang, die Stille mit Worten zu füllen, während sich die Sekunden wie Kaugummi dehnten. Aufmerksam betrachtete Jacobsen die Zahlen.

»Ich habe von der Piratenparty in der Zeitung gelesen«, sagte er schließlich. »Sie muss ja wirklich ein voller Erfolg gewesen sein. Gern wäre ich selbst mit meinen Enkelkindern vorbeigekommen, aber wir haben an dem Wochenende Verwandte in der Lüneburger Heide besucht.«

Ich lächelte, auch wenn mir klar war, was das alles zu bedeuten hatte. Jacobsen wollte nicht gleich mit der schlechten Nachricht rausrücken und machte mir deshalb ein Kompliment. Offensichtlich fiel es ihm allerdings auch nicht leicht, mir zu sagen, dass es für das *Blackbeard* keine Zukunft mehr gab. »Ja, das Familienfest kam wirklich gut an, sowohl bei den Touristen als auch bei den Einheimischen. Der Plan war eigentlich, ein jährliches Ereignis daraus zu machen.«

Seufzend nahm Jacobsen seine Brille ab. »Im Prinzip klingt das vielversprechend, aber ich fürchte, Ihre Bemühungen kommen einige Monate zu spät.«

»Und da kann man wirklich nichts machen?«, fragte ich, obwohl ich keinesfalls betteln wollte. »Wir haben es in nur zwei Monaten geschafft, dem *Blackbeard* neuen Glanz und neues Leben einzuhauchen, und ich weiß, dass wir noch viel mehr erreichen könnten, wenn wir nur mehr Zeit hätten.«

»Das glaube ich Ihnen sogar. Es ist erstaunlich, wie gut sich das Café in so kurzer Zeit erholt hat«, sagte Jacobsen und legte eine Hand auf die Mappe. »Aber die diesjährige Hauptsaison ist so gut wie gelaufen, die kalte Jahreszeit steht vor der Tür.«

»Wir haben gerade mal Anfang September, und der Herbst verspricht wie der Sommer schön zu werden.«

Jacobsen lächelte, aber es wirkte alles andere als munter. »Mag sein, auch wenn ich den Wettervorhersagen ungern Glauben schenke. So oder so: Spätestens im November wird der Strom der Touristen abreißen, und dann haben wir bis

März die nächste Flaute. Sehen Sie, das ist wie mit den Winterreifen. Von O bis O – von Ostern bis Oktober – haben wir auf den Inseln Saison. Alles andere ist Glückssache, und darauf können wir als Bank nicht setzen. Es ist mehr als wahrscheinlich, dass sich das *Blackbeard* in den kommenden Monaten gerade so über Wasser halten kann. Herr Petersen hat seine Einnahmen vielleicht um ein Vielfaches steigern können, trotzdem ist er nicht in der Lage, seine Tilgungsschuld zu begleichen, geschweige denn die monatlichen Raten regelmäßig zu zahlen, und daran wird sich bis zur nächsten Saison sicher auch nichts ändern.« Er setzte seine Brille wieder auf und schüttelte den Kopf. »Es tut mir sehr leid, aber unter den Bedingungen können wir keine Fristverlängerung gewähren. Anders sähe es aus, wenn Herr Petersen zumindest die ausstehenden Raten tilgen könnte, aber so ...«

»Ich verstehe«, sagte ich leise. Das war es dann wohl. »Trotzdem vielen Dank, dass Sie sich die Zeit genommen haben.«

»Natürlich, das habe ich sehr gern gemacht. Wissen Sie, ich kannte Robert Petersen, Alexanders Vater, und ich hätte gern bessere Nachrichten für Sie, aber ich kenne die meisten Unternehmer im Umkreis, und wenn ich jedem aus Sympathie helfen würde, könnte die Bank ihre Pforten schließen.«

Ich nickte. Alexander hatte es genau so vorausgesagt, und im Grunde hatte ich selbst gewusst, dass es darauf hinauslaufen würde. Dennoch war es ernüchternd, diese Worte aus dem Mund des Bankdirektors zu hören. Damit war jede Hoffnung dahin. Wenn Alexander nicht bis zum Ende des Monats den Jackpot im Lotto abräumte, mussten wir das *Blackbeard* aufgeben.

*Jackpot, Lotto.* Mein Herz schlug schneller. *Jackpot, Lotto.*

Wir brauchten nur mehr Zeit, da waren Jacobsen und ich uns einig. Und diese Zeit könnten wir uns mit Geld erkaufen, wenn das Geld denn da wäre.

Für einen kurzen Moment schloss ich die Augen. *Ich* hatte das Geld, ich konnte Alexander helfen. Und ich hatte genug Vertrauen in seine und meine Fähigkeiten, um das Risiko einzugehen. Allerdings bedeutete das gleichzeitig, dass ich meinen Traum von einem eigenen Café vorerst zurückstellen musste. Alexander würde mir das Geld zurückzahlen, aber es würde dauern, bis er dazu in der Lage sein würde. Und trotz meiner Zuversicht bestand immer noch die Möglichkeit, dass es nicht funktionieren würde. Dass wir das Unvermeidliche nur hinauszögerten und das *Blackbeard* doch eines Tages schließen musste.

*Lass dich nur nicht ausnutzen, Liebes.* Die Warnung meines Vaters kam mir in den Sinn. Zugegeben, theoretisch war es möglich, dass Alexander von meinem Gewinn wusste und sich nur auf mich eingelassen hatte, weil er mich dazu bringen wollte, in sein Geschäft zu investieren, aber das glaubte ich nicht. Liebe macht zwar ohne Zweifel gelegentlich blind, doch so blind war ich nicht. Alexander spielte keine Spielchen mit mir, seine Gefühle waren echt. Blieb nur die Frage, ob mir Alexander und das Café so viel bedeuteten, dass ich seine Schulden übernehmen würde.

»Geht es Ihnen gut, Frau Sommer?«, riss Jacobsen mich aus meinen Grübeleien.

»Ähm, ja, entschuldigen Sie.« Ich trank einen Schluck Wasser, um etwas Zeit zu gewinnen. Die Gedanken waren mir nicht zum ersten Mal gekommen, aber ich hatte sie bisher immer zurückgedrängt. Jetzt jedoch musste ich eine Entscheidung treffen. »Sie haben gerade erwähnt, dass das Ganze anders aussähe, wenn wir zumindest die ausstehenden Raten tilgen würden. Könnten Sie das genauer ausführen?«

Jacobsen atmete geräuschvoll aus. »Ich will Ihnen wirklich nicht zu nahetreten, Frau Sommer, aber solch hypothetische Annahmen führen zu nichts. So traurig es ist …«

»Ich frage nicht hypothetisch«, fiel ich ihm ins Wort. »Schauen Sie zufällig die Quizsendung mit Detlef Straub?«

Mein Herz schlug viel zu schnell, als ich wenig später das Café betrat. Stimmengewirr empfing mich, leise Musik im Hintergrund und Kaffeeduft. Ich bereute nicht, was ich getan hatte, aber ich war mir nicht sicher, wie Alexander es aufnehmen würde. Er wusste weder von meinem Gewinn, noch konnte er ahnen, dass ich gerade eben das *Blackbeard* gerettet hatte. Möglicherweise würde er wütend auf mich sein, wenn er es erfuhr. Er bat nicht gern um Hilfe – dafür war er zu stolz –, und ich hatte ihn nicht um Erlaubnis gefragt, sondern lediglich um einen freien Vormittag gebeten …

Mein Blick glitt über die voll besetzten Tische, dabei war das Wetter heute wirklich nicht das beste, und obwohl ich mich freute, dass das Café gut besucht war, wünschte ich mir zum ersten Mal, es wäre weniger los. Nur für eine Stunde. Ich musste dringend mit Alexander sprechen und ihm sagen, was gerade bei der Bank passiert war, auch wenn ich dieses Gespräch nur zu gern weiter hinausgeschoben hätte. Es war schon so schwer genug, die richtigen Worte zu finden, um ihm alles zu beichten.

An einem der Tische entdeckte ich Knuth. Da Alexander nirgends zu sehen war, ging ich kurz zu ihm hinüber. »Hallo, Knuth. Du isst das Matjesbrötchen mit Kartoffelsalat?« Unser Menu für Glückliche – ich konnte nicht anders als lächeln.

Knuth lächelte zurück. »Der Matjes ist ausgezeichnet, und ich habe in meinem Leben schon einige Fischbrötchen gegessen. Wo bekommt ihr den Fisch her, wenn ich fragen darf?«

In diesem Moment trat Alexander durch die Schwingtür, in den Händen zwei Salatschüsseln. Er wirkte gestresst und im Gegensatz zu Knuth alles andere als glücklich. Unsere Blicke trafen sich, und mich überkam das ungute Gefühl, dass irgendetwas nicht stimmte. Es verstärkte sich, als Alexander wie angewurzelt an der Theke stehen blieb, anstatt das Essen zu servieren.

Ohne meinen Blick von Alexander zu wenden, sagte ich zu Knuth: »Das verrate ich dir später, ja? Ich muss mich an die Arbeit machen.« Dann ging ich hinüber zu Alexander. Einen Moment schwiegen wir beide. »Hey. Tut mir leid, dass ich dich den Vormittag über allein gelassen habe«, begann ich, doch er nickte nur. »Ähm, Alex, können wir kurz miteinander reden? Ich weiß, es ist gerade ungünstig, aber es ist wirklich wichtig.«

Wieder nickte er. »Geh schon mal in die Küche, ich komme sofort nach.«

Ich drückte die Schwingtür zur Küche auf. Hier herrschte das reinste Chaos. Es war nicht zu übersehen, dass Alexander in den letzten Stunden alles allein hatte machen müssen und keine Zeit gehabt hatte, zwischendurch aufzuräumen. Im Grunde hätte er längst zusätzliches Personal einstellen müssen, zumindest einen Koch, aber das war bisher einfach nicht drin gewesen und hatte sich so kurz vor Saisonende auch nicht gelohnt.

Ich schluckte, als ich Alexander hinter mir die Küche betreten hörte, und drehte mich zu ihm um. Noch etwas hatte ich entschieden, ohne vorher mit ihm darüber zu sprechen:

Ich würde vorerst hierbleiben. Krampfhaft überlegte ich, wie ich beginnen sollte, doch er kam mir zuvor.

»Ich wollte auch mit dir reden. Der Journalist vom *Fehmarnschen Tageblatt* war vorhin im Café und hat nach dir gesucht.«

Ich runzelte die Stirn. »Was wollte er denn von mir?«

»Ein Exklusivinterview mit der Millionengewinnerin aus Detlef Straubs Quizshow.«

Mist! Wie zum Geier hatte Hinrichs davon erfahren? Hatte mich jemand verraten? Hatte er die verdammte Quizshow in der Mediathek gesehen? Viel wichtiger war allerdings, dass Alexander jetzt Bescheid wusste, und er schien wütend zu sein. »Bist du sauer auf mich?«, fragte ich leise.

Er wirkte verwirrt. »Sauer? Warum sollte ich sauer sein?«

»Weil ich dir nichts von dem Gewinn erzählt habe.« Ich trat einen Schritt auf ihn zu, ließ jedoch weiterhin Raum zwischen uns, da ich nicht sicher war, wie viel Nähe er jetzt wollte. »Es tut mir so leid, Alex. Ich wollte dir davon erzählen, aber ich wusste nicht, wie, und dann verging Tag für Tag, und irgendwann wusste ich gar nicht mehr, wie ich es dir noch sagen sollte.«

Er schüttelte den Kopf. »Was für ein Blödsinn. Warum solltest du es mir erzählen? Das ist allein deine Sache. Und in der Situation, in der wir uns befunden haben, verstehe ich sogar, dass du nichts gesagt hast.«

Mir fiel ein Stein vom Herzen. »Alex, du glaubst gar nicht, wie froh ich bin, das zu hören. Weißt du, bei mir zu Hause hat jeder Ansprüche gestellt. Jeder hat behauptet zu wissen, was das Beste für mich sei und wofür ich das Geld verwenden soll. Deshalb bin ich auch weggefahren. Ich habe es einfach nicht mehr ausgehalten.« Ich atmete tief durch. Jetzt würde alles gut werden, jetzt wusste ich auch, wie ich ihm erklären konnte, was ich heute Vormittag getan hatte. Ich wollte ihn umarmen, doch bevor ich dazu kam, verschränkte er die Arme vor der Brust.

»Jacobsen, der Direktor der Bank, hat übrigens vor einer halben Stunde angerufen. Ich bräuchte mir keine Sorgen mehr zu machen, eine Frau Sommer hätte mir noch mal aus der Patsche geholfen.«

So ein Mist! So wütend und verletzt hatte ich Alexander noch nie gesehen. »Hör zu, ich weiß, wie das aussieht …«

»Ach ja? Für mich sieht es so aus, als hättest du mich entmündigt.«

Ich schluckte. Ich hatte Jacobsen wirklich sympathisch gefunden, doch nun war ich sauer, weil er seinen Mund nicht hatte halten können. *Ich* hatte Alexander alles gestehen wollen, mit meinen eigenen Worten. Dann hätte ich ihm alles erklären können, doch dafür war es nun zu spät. »Alex, nein. Bitte, du weißt, dass ich so etwas niemals tun würde. Ich wollte auch nicht hinter deinem Rücken handeln.«

»Warum warst du dann ohne mich bei der Bank? Hast vorher nicht mit mir über deine Pläne gesprochen? Und jetzt sag nicht, dass du mich überraschen wolltest, denn darauf scheiße ich.«

Tränen brannten in meinen Augen. »Du siehst das völlig falsch, so war das nicht.«

»Ach nein? Wie dann?«

»Ich … ich wollte doch nur mit dem Bankdirektor sprechen und ihn überreden, dir und dem Café noch eine Chance zu geben«, erwiderte ich leise. »Mir war klar, dass du dagegen bist, das hast du neulich Abend ziemlich deutlich gemacht. Und du hattest recht. Jacobsen war sehr nett, aber er hat mir auch klipp und klar gesagt, dass das *Blackbeard* so keine Chance hat. Ich …« Nun lief mir doch eine Träne über die Wange, hastig wischte ich sie weg. Ich wollte jetzt nicht weinen. »Ich wollte dir nur helfen. Ich konnte doch nicht zulassen, dass man dir das Café wegnimmt.«

»Tja, jetzt hast *du* es mir weggenommen.«

»Nein! Alex, bitte.« Weitere Tränen folgten, und ich wischte mir schnell mit beiden Händen übers Gesicht. »Ich hatte nicht vor, deine Schulden zu übernehmen. Das musst du mir glauben. Ich wollte dir wirklich nur helfen. Es war eine spontane Aktion, weil ich keine andere Möglichkeit gesehen habe. Das *Blackbeard* ist immer noch deins. Ich habe lediglich einen Teil der Tilgungsschuld bezahlt, um die Bank milde zu stimmen, und für dich gebürgt. Die Bank hat die Frist verlängert, sodass du jetzt bis Ende der nächsten Saison Zeit hast, das Café wieder richtig aufzubauen und dann regelmäßig deine Raten zu begleichen. Ich habe uns nur die Zeit verschafft, die wir brauchen. Wir können weiter zusammenarbeiten, zusammen sein. Ist das nicht toll?«

»Toll?«

Ich schluckte erneut. »Ich dachte, dass du dir das auch wünschst«, flüsterte ich. »Ich dachte, du willst mit mir zusammen sein.«

Alexander schloss für einen Moment die Augen und fuhr sich durch die Haare. Die Geste hatte etwas Verzweifeltes, als müsse er sich beherrschen, um die Kontrolle nicht zu verlieren. »Aber doch nicht so. Ich will keine Partnerin, die über meinen Kopf hinweg wichtige Entscheidungen trifft. Ich will eine Frau, die mich einbezieht und mich nicht demütigt.«

Meine Stimme zitterte, als ich sagte: »Alex, ich habe nicht … Ich wollte nicht …«

»Hast du aber. Herzlichen Glückwunsch! Jetzt hast du endlich das Café, das du immer wolltest.«

Er machte auf dem Absatz kehrt und stürmte aus der Küche. Kurz darauf hörte ich die Eingangstür ins Schloss fallen. Am liebsten wäre ich ihm hinterhergerannt, aber das würde nichts bringen. Inzwischen kannte ich ihn gut genug, um zu wissen, dass er erst mal Zeit brauchte, um sich zu beruhigen. Außerdem musste sich irgendwer ums Café kümmern. Die Gäste waren schon lange genug auf sich allein gestellt, und die Kasse war ohne Aufsicht. Trotzdem blieb ich wie angewurzelt stehen und starrte auf die Tür, durch die Alexander gerade verschwunden war und die immer noch leicht hin- und herschwang. Dann gaben meine Beine unter mir nach. Ich ließ mich auf den Küchenboden sinken, legte den Kopf auf die Knie und begann zu weinen.

»Evie?«

Ich schreckte hoch und wischte mir die Tränen aus dem Gesicht.

Knuth betrat zögerlich die Küche, doch als er mich auf dem Boden sitzen sah, die Augen gerötet, kam er direkt auf mich zu und hockte sich vor mich. »Kann ich irgendetwas für dich tun?«

Ich schüttelte den Kopf. Er hatte nicht gefragt, was passiert war, also musste ich davon ausgehen, dass er und wahrscheinlich auch noch viele andere Gäste den Streit zwischen Alexander und mir mitbekommen hatten. »Wie laut waren wir?«

Knuth machte eine wegwerfende Handbewegung. »Keine Sorge, die meisten Gäste waren zu sehr mit ihrem Essen beschäftigt, um euch zu belauschen. So laut wart ihr dann auch wieder nicht. Was war denn los? Ich habe nur Bruchstücke gehört.«

Ich zögerte nicht, Knuth in alles einzuweihen. Er war ein guter Mensch, und ich brauchte jemanden zum Reden. »Alex hätte das Café verloren, wenn ich nicht bei der Bank für ihn gebürgt hätte. Er ist sauer, weil ich es getan habe, ohne ihn um Erlaubnis zu bitten, aber das war keine böse Absicht. Ich musste schnell handeln – und habe alles falsch gemacht. Wieder einmal.«

Knuth deutete ein Kopfschütteln an und strich mir über den Arm. »Dein Alexander ist ein stolzer Mann. Was er auch anpackt, er will es allein schaffen, und du hast ihn in seiner Ehre verletzt. Aber du hast dich nicht falsch entschieden, das wird er schon noch merken.«

»Glaubst du das wirklich?« Wie sollte es nur weitergehen, wenn Alex mir nicht verzeihen würde? Ich wollte das *Blackbeard* nicht ohne ihn führen und es schon gar nicht übernehmen. Das war nie meine Absicht gewesen.

Knuth nickte. »Sicher, ich kenne Männer wie Alexander. Ich war früher selbst so einer.« Er lachte. »Na komm, soll ich dir einen Tee machen? Oder vielleicht doch lieber einen Cappuccino mit extraviel Milchschaum und Zimt?«

Ich musste lächeln. Unser Rezept für Liebeskummer. Ich war nie scharf darauf gewesen, seine Wirkung selbst auszuprobieren. »Danke, das ist lieb, aber ich sollte zurück nach vorne. Die Gäste werden sicher ungeduldig.«

»Mach dir keine Sorgen. Ich hatte ein Auge auf alles und hab Elsa gebeten, ein paar Minuten auf die Kasse zu achten. Sie ist eine alte Freundin der Familie und sehr vertrauenswürdig. Sie sagt Bescheid, wenn was ist.«

Ich zögerte, denn ich war nicht abgeneigt, noch ein paar

Minuten hier hinten zu bleiben und mich zu sammeln. Ich musste schrecklich aussehen, völlig verheult. So konnte ich ohnehin nicht unter die Gäste treten.

»Du siehst gut aus«, sagte Knuth, als hätte er meine Gedanken gelesen, »aber ich dachte, du brauchst vielleicht noch einen Moment für dich.«

Ich nickte. »Ja, du hast recht. Ein Cappuccino mit extraviel Milchschaum und Zimt wäre super – wenn du mit der Kaffeemaschine klarkommst.«

»Na hör mal.« Mit gespielter Empörung sah Knuth mich an. »Das kriegt ein alter Seemann wie ich ja wohl noch hin. Bin sofort zurück, und dann helfe ich dir im Café.«

Ich schüttelte den Kopf. »Nein, Knuth, das geht doch nicht.«

»Warum denn nicht? Traust du mir das etwa auch nicht zu? Kaffee durch die Gegend tragen kann ich hervorragend, und Waffeln backen ist meine Spezialität.«

»Natürlich traue ich dir das zu, aber …«

»Kein Aber. Das Café ist gerammelt voll, du wirst Unterstützung brauchen. Und so leid es mir tut: Dein Alexander kommt vermutlich nicht so schnell zurück. Also keine Widerrede.« Er schenkte mir ein aufmunterndes Lächeln und verschwand durch die Schwingtür.

Er hatte wieder einmal recht. Alexander würde heute sicher nicht mehr ins Café zurückkommen, dafür war er zu aufgebracht. Und allein wäre ich überfordert, dafür war heute zu viel los. Ich überlegte, Carmen anzurufen, verwarf den Gedanken aber wieder. Vielleicht war Alexander ja zu ihr gegangen. Und wenn ich ehrlich war, hatte ich Angst, sie anzurufen. Immerhin war sie Alexanders Schwester. Was, wenn sie nun ebenfalls sauer auf mich war?

Irgendwie brachte ich den Tag im Café und eine schlaflose Nacht hinter mich. Mehr als einmal war ich versucht, Alexander anzurufen, aber ich ließ es bleiben. Er würde ohnehin nicht ans Telefon gehen, Knuth hatte absolut recht: Alexander brauchte Zeit, um sich zu beruhigen und zu erkennen, dass ich ihm nichts Böses gewollt hatte. Doch wie viel Zeit war genug?

Als ich am nächsten Morgen das *Blackbeard* aufschloss und es verlassen vorfand, schwappte die Enttäuschung über mich wie eine Welle. Tief in meinem Innern hatte ich gehofft, Alexander würde hier sein. Immerhin war es sein Café, er trug die Verantwortung dafür, aber das schien ihm momentan egal zu sein. Ich schluckte meine Enttäuschung hinunter, machte mich an die Arbeit. Jedes Mal, wenn sich die Tür öffnete, schlug mein Herz ein kleines bisschen schneller. Doch Alexander kam nicht.

Ich brachte auch diesen Arbeitstag hinter mich. Es war wieder viel los, und ich hätte zwischenzeitlich am liebsten selbst das Handtuch geworfen und das Café einfach abgeschlossen, aber das konnte ich nicht tun. Es gehörte zwar Alexander, doch auch ich trug nun Verantwortung für seinen Erfolg. Immerhin hatte ich die Bürgschaft übernommen. Wie auch immer es mit uns und dem *Blackbeard* weitergehen würde – ich hatte nicht so viel riskiert, um das Café jetzt einfach kampflos aufzugeben. Und ein Gutes hatte der ganze Stress: Ich hatte kaum Zeit für trübsinnige Gedanken.

Nachdem ich das *Blackbeard* abends geschlossen hatte, fuhr ich, ohne groß darüber nachzudenken, zu Alexanders Wohnung. Ich wollte ihn nicht drängen, aber nur weil wir uns gestritten hatten, konnte er nicht einfach die Arbeit hinschmeißen und alles mir überlassen. Dafür war das Café inzwischen zu gut besucht. Knuth hatte mir zwar auch heute ein paar Stunden unter die Arme gegriffen, aber er kannte die Abläufe nicht und war zudem schon älter. Ich wollte ihn nicht zu sehr belasten. Alexander und ich mussten also eine Lösung finden, wie wir weiter miteinander klarkamen.

Mit klopfendem Herzen drückte ich auf die Klingel, schellte einmal, zweimal, dreimal. Wartete. Niemand öffnete.

Ich zog das Handy aus der Tasche, sprang zwischen Alexanders und Carmens Kontaktdaten hin und her und überlegte, wen und ob ich einen von beiden anrufen sollte. Schließlich steckte ich das Handy unverrichteter Dinge wieder weg, wischte mir eine Träne von der Wange und machte mich auf den Heimweg.

Auch am nächsten Tag fand ich das Café verlassen vor. Wieder hatte ich kaum geschlafen, und so war ich inzwischen völlig erschöpft; nicht nur physisch, sondern auch psychisch. Trotzdem kam mir nicht der Gedanke, das Café im Stich zu lassen. Ich stürzte mich in die Arbeit, plauderte mit den Gästen, um mich abzulenken, und trank den ganzen Tag über einen Cappuccino mit extraviel Milchschaum und Zimt nach dem anderen.

Als sich am Nachmittag die Tür öffnete und ein neuer Gast ankündigte, klopfte mein Herz schon nicht mehr ganz so schnell, denn ich rechnete nicht mehr mit Alexander. Er würde nicht mitten am Tag herkommen, so viel wusste ich mittlerweile. Und obwohl ich es mir so sehr wünschte, war es wahrscheinlich besser. Das Café war nicht der beste Ort, um zu diskutieren.

Mein Gefühl täuschte mich nicht, es war nicht Alexander. Es war Carmen. Nun beschleunigte sich mein Herzschlag doch, und ich stellte den Latte macchiato mit Kokossirup beiseite, den ich gerade zubereitet hatte. Warum war sie hier? Hatte Alexander sie geschickt? Wollte sie mir eine Standpauke halten, wie sie es so oft bei ihrem Bruder getan hatte? Allerdings sah sie alles andere als verstimmt aus. Fröhlich wie immer kam sie auf den Tresen zu, hinter dem ich stand.

»Nicht schlecht. Täusche ich mich, oder kommen jeden Tag mehr Gäste?« Beeindruckt blickte sie sich um.

Ich atmete auf. Hatte sie überhaupt nichts von dem Streit zwischen Alexander und mir gehört? Wie war das möglich?

Ihr Blick glitt zurück zu mir, sie runzelte die Stirn. »Alles okay? Du siehst aus, als hättest du einen Geist gesehen.«

»Ich … Weißt du, wie es Alex geht?«

Nun wirkte sie erst recht verwirrt. »Was ist los, Evie?«

»Wir haben uns gestritten«, antwortete ich leise, bemüht, die Tränen zurückzuhalten.

Carmen ließ sich auf einen Hocker fallen. Einen Moment sah sie mich schweigend an, dann sagte sie: »Alex ist in Hamburg. Er hat heute Morgen angerufen und gesagt, dass er etwas klären muss. Deshalb bin ich hier. Ich wollte schauen, ob ich dir helfen kann.«

Nun gab es kein Halten mehr, die Tränen rollten nur so über meine Wangen. Und in diesem Moment war es mir egal, ob die Gäste mich so sehen konnten und was sie dachten.

Alexander war weg, meinetwegen. Inzwischen hatte er viel Zeit gehabt, um über uns und das Café nachzudenken, und offensichtlich war er zu dem Schluss gekommen, dass er mir nicht verzeihen konnte. Ich hatte das *Blackbeard* retten wollen – und Alexander verloren. Eines wusste ich jetzt mit Gewissheit: Alex war nie hinter meinem Geld her gewesen. Es war dumm gewesen, diese Möglichkeit auch nur in Betracht zu ziehen. Hätte ich ihm nur von Anfang an die Wahrheit gesagt.

*Hätte, hätte, Fahrradkette.* Keine Ahnung, warum mir ausgerechnet jetzt der dämliche Spruch einfiel, den mein Bruder immer brachte.

# Kapitel 16

**500.000 Euro**

Wie viele Kilometer sind bei einem Marathonlauf zurückzulegen?

a) 42,75

b) 42,195

c) 42,0

d) 42,6

Herr im Himmel, woher soll ich *denn das* wissen? Weiß *das* irgendwer?

»Setz dich erst mal hin, ich mache dir einen Cappuccino mit extraviel …«

»Nein«, unterbrach ich Carmen schnell, ließ mich aber auf den Hocker schieben, auf dem zuvor sie gesessen hatte. Inzwischen hatte ich sie in alles eingeweiht, und sie schien mir nicht böse zu sein. Oder sie verschob ihre Standpauke netterweise auf später, weil ich gerade nur ein Häufchen Elend war. »Ich hatte heute schon so viele Cappuccini, dass ich sie gar nicht mehr zählen kann. Vielleicht machst du mir stattdessen einen Erdbeermilchshake?«

Carmen lächelte mir zu. »Natürlich, der Milchshake kommt sofort.«

Sie verschwand durch die Schwingtür in die Küche. Es

schien mir eine Ewigkeit her zu sein, dass sie mir das letzte Mal einen Milchshake zubereitet hatte, dabei war es gerade einmal zweieinhalb Monate her. Damals hatten Alexander und ich uns ebenfalls gestritten, und auch damals war er aus dem Café geflohen. Doch er war wiedergekommen, wir hatten uns vertragen, und ich hatte das erste Mal im *Blackbeard* ausgeholfen. Ob er auch dieses Mal zurückkehren würde und wir uns vertragen würden? Ich wusste es nicht, und das machte mir Angst.

Alexander hatte mir vor so vielen Wochen vorgeworfen, dass ich mich ständig in Dinge einmischte, die mich nichts angingen, und obwohl ich Besserung gelobt hatte, hatte ich mich nicht wirklich daran gehalten. Das musste ich mir wohl eingestehen. Auch wenn ich immer nur sein Bestes im Sinn gehabt hatte – ich hätte wirklich nicht einfach ohne ihn zur Bank gehen und schon gar nicht für ihn bürgen dürfen, ohne vorher mit ihm darüber zu sprechen. Jacobsen hätte uns sicher bis zum nächsten Tag Zeit gegeben, schließlich war die offizielle Frist noch nicht einmal verstrichen gewesen. Ich war selbst schuld, hatte es selbst vermasselt.

Schon wieder füllten sich meine Augen mit Tränen, doch ich blinzelte sie fort. Ich hatte mich endlich halbwegs beruhigt und wollte nicht schon wieder vor den Gästen weinen. Schlimm genug, dass es mir einmal passiert war.

»Bitte schön, der Milchshake.« Carmen kehrte aus der Küche zurück und stellte das Glas vor mir auf den Tresen.

Ich nahm einen großen Schluck. »Danke, Carmen. Und danke, dass du mir keine Standpauke hältst.«

Sie runzelte die Stirn. »Warum sollte ich dir eine Standpauke halten? Wegen Alexander?«

Ich nickte. »Meinetwegen ist er fort …«

»So ein Blödsinn. Alex wird nicht ewig in Hamburg bleiben, glaub mir. Er reagiert manchmal ein wenig heftig und braucht dann Zeit, um sich abzureagieren, aber er wird sich auch wieder einkriegen.«

»Glaubst du das wirklich? Unser Streit ist schon ein paar Tage her, und wenn er heute erst nach Hamburg gefahren ist, scheint er immer noch ziemlich wütend zu sein.«

»Ich denke nicht, dass er erst heute nach Hamburg gefahren ist. Wahrscheinlicher ist, dass er angerufen hat, damit ich mir keine Sorgen um ihn mache. Seine Abwesenheit musste schließlich früher oder später auffallen.«

Hoffentlich hatte sie recht. Dass er seiner Schwester jetzt Bescheid gegeben hatte, bedeutete allerdings auch, dass er nicht vorhatte, in den nächsten Tagen zurückzukehren, was wiederum bedeutete, dass er immer noch wütend war. »Denkst du, er wird mir verzeihen?«, fragte ich leise.

Carmen seufzte. »Ich hoffe es. Wenn er die Insel verlässt, damit niemand ihn aufsuchen und zur Rede stellen kann, ist er wirklich wütend und vielleicht auch verletzt. Auf jeden Fall braucht er Bedenkzeit, und die solltest du ihm geben. Ruf ihn lieber nicht an, denn wenn du ihn jetzt unter Druck …«

»Das habe ich nicht vor, Carmen. Überhaupt tut mir das alles sehr leid. Ich wollte Alex doch nicht verletzen oder gar ›entmündigen‹, wie er es mir vorgeworfen hat. Ich musste eine schnelle Entscheidung treffen, es gab keinen anderen Ausweg, um das Café zu retten. Und trotzdem hätte ich das vorher mit Alex abstimmen sollen.«

Carmen legte ihre Arme auf den Tresen und lehnte sich vor. »Ich verstehe Alex' Reaktion, auch wenn ich finde, dass er übertreibt. Wie kommt er denn auf die Idee, dass du ihm das Café wegnehmen willst?«

Ich senkte den Blick. »Weil es immer mein Traum war, ein eigenes Café zu besitzen. Und er spürt wahrscheinlich, dass ich mich in das *Blackbeard* genauso verliebt habe wie in ihn.«

Carmen nickte und senkte die Stimme. »Verstehe. Und du hast wirklich eine Million Euro gewonnen?«

»Ja, leider.«

»Leider?«

Ich zuckte mit den Schultern. »Bisher hat mir das Geld nur Streit und Ärger eingebracht.«

»Hey, sag so was nicht.« Carmen kam um den Tresen herum und zog mich fest an sich. »Ohne dieses Geld hätte Alex das Café verloren. Wäre dir das lieber gewesen?«

»Nein«, antwortete ich leise, »aber jetzt habe ich ihn verloren. Außerdem scheint er das Café gar nicht mehr zu wollen.«

»Das sagt er jetzt. Irgendwie wird sich das Ganze schon wieder einrenken. Ich rede mit ihm, wenn er sich ein wenig beruhigt hat und zurück auf Fehmarn ist.«

Ich wusste nicht, ob ich dann noch hier sein würde. Wie es jetzt weitergehen sollte. Trotzdem nickte ich. »Danke, Carmen. Ich bin froh, dass wenigstens du nicht sauer auf mich bist.«

»Ach, Süße. Ich muss mich bedanken, weil du das Café nicht im Stich gelassen hast. Das war wirklich nicht selbstverständlich. Warum hast du mich denn nicht längst angerufen?«

»Ich dachte, du wärst auch sauer auf mich«, gestand ich. »Immerhin bist du Alex' Schwester.«

Sie schüttelte den Kopf und strich mir ein letztes Mal über den Rücken, dann kehrte sie hinter den Tresen zurück. »Ich kümmere mich jetzt um die Gäste, und du gehst nach Hause, sobald du deinen Milchshake ausgetrunken hast.«

»Nein!« Ich schrie fast. »Schick mich nicht nach Hause, da

fällt mir nur die Decke auf den Kopf.« Zwar hätte ich mich tatsächlich am liebsten ins Bett verkrochen, aber gleichzeitig wusste ich, dass das nicht gut für mich war. Ein wenig Ablenkung und Gesellschaft wären jetzt die bessere Medizin.

»Du darfst natürlich hierbleiben, ich zwinge dich zu nichts«, sagte Carmen und machte sich bereits daran, die nächste Bestellung zuzubereiten: einen hausgemachten Eistee und eine Himbeer-Pfirsich-Basilikum-Limonade. Die Gäste hatten inzwischen lange genug warten müssen; ein Wunder, dass sie nicht längst gegangen waren. »Ich dachte, du brauchst mal Zeit für dich, immerhin schmeißt du den Laden hier allein, seit Alex abgehauen ist. Aber wenn du lieber arbeiten möchtest, habe ich natürlich nichts dagegen, im Gegenteil.«

Ich nickte. »Ja, das wäre mir lieber. Wenn ich meinen Milchshake ausgetrunken habe. Vielleicht würde ich vorher auch noch kurz telefonieren.« Ich wollte Melanie anrufen, da ich dringend ihren Rat brauchte.

Carmen lächelte. »Nimm dir die Zeit, die du brauchst. Ich halte hier so lange die Stellung.«

»Evie, schön von dir zu hören«, begrüßte meine Cousine mich überschwänglich. »Was bin ich froh, dass deine Eltern inzwischen Bescheid wissen. Es war wirklich nicht einfach, ihren Verhören standzuhalten.«

Ich hatte mich an den Strand gesetzt, direkt neben die Sträucher, um ungestört zu sein. Eine weise Entscheidung, denn sobald ich Melanies Stimme hörte, war es um mich geschehen. Ich verlor erneut die Fassung und schluchzte los.

»Evie? Weinst du? Was ist denn los?«

»Alex …« Mehr brachte ich nicht heraus. Wie gern hätte

ich meine Cousine jetzt hier bei mir gehabt. Sie fehlte mir so sehr.

»Beruhig dich erst mal, Evie. Es wird alles wieder gut, ganz sicher. Was auch immer passiert ist, wir kriegen das schon hin.« Sie redete beruhigend auf mich ein und wartete geduldig, bis ich mich wieder halbwegs gefangen hatte.

Abgehackt und immer wieder von neuen Heulanfällen unterbrochen erzählte ich ihr, was geschehen war. Im Café hatte ich mich angesichts der Gäste während der letzten Tage sehr zusammenreißen müssen, was nicht unbedingt schlecht gewesen war. Doch es tat auch gut, alles herauszulassen. Es hatte etwas Reinigendes.

»So ein Idiot«, sagte meine Cousine, als ich geendet hatte.

»Na ja …«, begann ich, doch sie ließ mich gar nicht zu Wort kommen.

»Doch, er ist ein Idiot, wenn er nicht sieht, was du für ihn getan hast. Es ist wirklich nicht selbstverständlich, einen Millionengewinn in das Geschäft von jemandem zu investieren, den man gerade mal ein paar Wochen kennt. Er hätte sein verdammtes Café verloren, wenn du nicht für ihn gebürgt hättest.«

»Das schon, aber ich kann auch verstehen, dass sich Alex gewünscht hätte, vorher mit mir darüber zu reden.«

»Papperlapapp! Er soll verdammt noch mal froh sein, dass du das für ihn getan hast. Stattdessen läuft er einfach weg und halst dir das Café auf. Ich glaube, ich spinne. Das ist ja wohl das Letzte!« Melanie hatte sich richtig in Rage geredet und hörte nur auf zu sprechen, weil sie Luft holen musste.

»Und was jetzt?«, fragte ich leise.

Melanie antwortete nicht sofort. »Ich kann dich wohl nicht dazu überreden, endlich nach Hause zu kommen, oder?«

Ich unterdrückte ein Schluchzen. Melanie fehlte mir, ebenso meine Familie, aber ich konnte doch jetzt nicht einfach abreisen. Was, wenn sich Alexander wieder beruhigte? Ich hatte mich in ihn verliebt, und ich wollte mit ihm zusammen sein. Wenn er das denn auch noch wollte. Das viel größere Problem stellte in diesem Moment jedoch das *Blackbeard* dar. »Das Café … noch ist Saison, und wir können das *Blackbeard* nicht einfach komplett schließen. Dann kann ich es gleich der Bank überlassen.«

»Was ist denn mit dieser Schwester? Kann die nicht einspringen, bis Alexander zurück ist? Er wird doch nicht ewig in Hamburg bleiben.«

»Carmen? Sie arbeitet eigentlich als Frisörin. Natürlich würde sie einspringen, aber ich will nicht, dass sie nachher noch ihren Job verliert. Außerdem ist mittlerweile echt viel los hier. Ich kann sie nicht im Stich lassen.« Das würde sie auch nicht tun, und ich hatte sie richtig lieb gewonnen.

Meine Cousine knirschte mit den Zähnen. »Und wenn du dein Angebot zurückziehst? Dann wärst du fein raus und nicht länger an Fehmarn gebunden.«

Ich zögerte, dachte einen Moment über ihren Vorschlag nach, obwohl ich wusste, dass er keine Option war. »Das kann ich nicht machen, Melanie.«

Sie seufzte. »Ich hatte befürchtet, dass du das sagst. Und wie stellst du dir das vor? Angenommen, Alexander sieht seinen Fehler nicht ein und will mit dem Café nichts mehr zu tun haben und seine Schwester möchte es auch nicht führen. Willst du das Café dann übernehmen und für immer und ewig da festsitzen? Was ist mit deiner Familie? Mit mir?«

Ich schluckte. Darüber wollte ich gar nicht nachdenken. *Auf Fehmarn bleiben, ganz allein, ohne Alexander …* War das eine Option? Ich blickte auf das glitzernde Wasser, beobachtete einen Moment die Möwen und ließ den Sand durch meine Finger rieseln. »Fehmarn ist wirklich schön, weißt du? Hier fühlt sich jeder Tag wie Urlaub an. Und das Café … Ich wollte es Alexander nie wegnehmen, und ich will es auch nicht ohne ihn führen, aber ich liebe es. Wir haben so viel Zeit, Geld und Ideen hineingesteckt, und allmählich zahlt sich das alles aus. Das soll nicht umsonst gewesen sein.«

Ein Paar betrat den Strand. Sie in einem gelben Kleid, er in Shorts und T-Shirt. Sie nickten mir freundlich zu, und ich lächelte zurück. Zum Glück hatte ich mich inzwischen wieder gefangen.

»Dann willst du wirklich auf Fehmarn bleiben?«, fragte Melanie. Sie klang ein wenig geschockt.

Ich zuckte mit den Schultern, obwohl sie es nicht sehen konnte. »Ich wollte mein Café ohnehin nie in Bad Buchau eröffnen.«

»Und wenn dich Alexander um Verzeihung bittet, bleibst du sowieso auf der Insel.«

»Stimmt.« Ich hatte mich längst entschieden.

»Gibt es irgendein Szenario, in dem du zurückkommst?« Melanies Stimme klang nahezu verzweifelt.

»Ich werde nicht hierbleiben, wenn Alex und ich im Streit auseinandergehen und er das Café weiterführt.«

Meine Cousine gab einen unbestimmten Laut von sich, als hielte sie diese Option für sehr unwahrscheinlich. Ich hingegen hielt sie für die wahrscheinlichste von allen. »Mensch, Evie«, sagte sie. »Mir war klar, dass du nicht ewig in Bad Buchau bleiben wolltest, aber muss es gleich so weit weg sein? Der Bodensee tut es doch auch. Willst du das wirklich durchziehen?«

Das Paar kehrte mir den Rücken zu und schlenderte Hand in Hand hinüber zum Café. Einen Moment sah ich ihm hinterher, bevor ich meinen Blick wieder auf das Meer lenkte. Ich seufzte. »Keine Ahnung, ich weiß es doch auch nicht.«

»Okay, dann Plan B. Ich komme nach Fehmarn.«

Das würde sie für mich tun? Ich war gerührt und konnte mir nichts Schöneres vorstellen, trotzdem konnte ich das Angebot nicht annehmen. »Das geht nicht, Melanie. Zum einen sind die Sommerferien bei euch gerade vorbei, wenn ich das richtig im Kopf habe, zum anderen heiratest du bald. Du kannst jetzt nicht einfach weg.«

»Das meiste ist längst organisiert. Außerdem kann ich Urlaub nehmen.«

Ich musste lächeln. Das war meine Cousine, immer für mich da, wenn ich sie brauchte. »Melanie, du bist *Lehrerin.* Du kannst nicht einfach Urlaub nehmen. Das ist wirklich lieb von dir, aber ich werde schon allein mit allem fertig. Alex kommt sicher bald zurück, so lange halte ich es auf jeden Fall noch aus. Und dann sehen wir weiter.« Es brachte ohnehin nichts, sich über ungelegte Eier den Kopf zu zerbrechen.

»Also gut. Aber du kommst doch zu meiner Hochzeit, oder? Du bist immerhin meine Trauzeugin.«

»Na hör mal, sicher komme ich.« Die Hochzeit meiner Cousine würde ich mir um nichts in der Welt entgehen lassen.

»Wenigstens etwas. Deinen Alexander darfst du natürlich mitbringen, solltet ihr euch wieder vertragen. Ich bin zwar sauer auf ihn, aber was soll's«, murmelte sie.

*Wenn wir uns wieder vertragen.* Nichts wünschte ich mir mehr als das.

*

Der Tag verging, ebenso die Nacht und der nächste Vormittag. Alexander hatte sich nach wie vor weder bei mir noch bei seiner Schwester gemeldet. Wie wir es verabredet hatten, ließen wir ihn in Ruhe und versuchten nicht, ihn zu erreichen, was Carmen überraschenderweise schwerer fiel als mir. Sie hatte im Frisörsalon unbezahlten Urlaub nehmen wollen, doch ich hatte sie davon abhalten können. Letztlich hatte sie einige Schichten getauscht, um so viel wie möglich im Café zu helfen. Doch sie sah müde aus und hatte kaum mehr Zeit für ihre Tochter. Zwar war Ida nachmittags des Öfteren mit im Café und half beim Waffelbacken oder Eisbecherschichten, aber das war nicht das, was ich unter Mutter-Tochter-Zeit verstand. Auch deshalb wuchs meine Wut auf Alexander. Bis Ende der Woche würde ich ihm noch Zeit geben. Hatte er bis dahin immer noch nichts von sich hören lassen, würde ich abreisen, auch wenn mir der Gedanke ein wenig Bauchschmerzen bereitete. Und das nicht nur wegen des *Blackbeard*, denn um das Café würde sich Alexander wahrscheinlich wieder kümmern, wenn ich fort war. Ich würde Fehmarn vermissen, auch wenn ich an den Bodensee ziehen und dort ein Café eröffnen konnte, so wie ich es von Anfang an geplant hatte. Inzwischen glaubte ich fest daran, dass es mir gelingen würde, insofern hatte meine Zeit auf Fehmarn auf jeden Fall etwas Gutes gehabt. Ich wünschte nur, ich müsste nicht mit gebrochenem Herzen heimkehren.

An diesem Mittag war ungewöhnlich viel los. Die Sommerferien waren inzwischen in allen Bundesländern zu Ende gegangen, und die Herbstferien lagen noch in weiter Ferne. Trotzdem riss der Strom der Touristen nicht ab. Selbst das Wetter spielte mit; bis auf ein paar Schleierwolken war der Himmel strahlend blau. Die Tische auf der Terrasse waren voll besetzt, und auch drinnen gab es kaum noch einen freien Platz. Ich hatte schon zum zweiten Mal neuen Waffelteig gemacht und hoffte, dass unser Beerenvorrat bis zum Ende des Tages reichen würde. Zum ersten Mal, seit Alexander verschwunden war, fühlte ich mich wieder ein wenig beschwingt. Das *Blackbeard* lief richtig gut, und daran war ich maßgeblich beteiligt. Das gab mir neues Selbstvertrauen. Gleichzeitig war ich immer noch tieftraurig über Alexanders Verschwinden. Wenn er mir doch wenigstens sagen würde, was Sache war. Dann könnte ich es abhaken und weitermachen. So war ich gefangen zwischen Wut und Hoffnung.

Ein süßlicher Duft hing in der Luft; die Damenrunde war wieder bei uns eingefallen und hatte die Karte einmal rauf und runter bestellt. Natürlich mit etlichen Sonderwünschen, die Carmen aufgenommen hatte, doch wir taten unser Bestes, um sie zu erfüllen.

Inzwischen hatte ein kleiner Bericht über mich im *Fehmarnschen Tageblatt* gestanden. Kein Interview, denn Carmen hatte mich bisher erfolgreich vor Hinrichs abgeschottet. Aber er hatte geschrieben, dass sich die Millionengewinnerin Evie Sommer auf Fehmarn aufhielt und öfter im *Blackbeard* zu finden sei. Tatsächlich hatte ich ein schlechtes Gewissen, weil ich mich seit Tagen vor Hinrichs versteckte. Er machte nur seine Arbeit, und er hatte dem Café mit seinen Artikeln wirklich sehr geholfen. Aber solange ich nicht wusste, wie es weiterging, konnte ich ihm keine Fragen beantworten.

Die Brünette mit der Dauerwelle betrachtete mich gespielt verärgert, als ich die Bestellung zu dem Tisch der Damenrunde brachte. »Ich hab doch gleich gewusst, dass Sie die Gewinnerin aus der Quizshow sind, aber mir wollte hier ja keiner glauben.«

»Es tut mir furchtbar leid, dass ich Sie angeschwindelt habe, aber das musste damals aus privaten Gründen noch geheim bleiben.« Ich lächelte entschuldigend und servierte ihr einen Cappuccino mit Muskat. »Der geht heute für Sie aufs Haus – als Entschuldigung.«

Nun lächelte sie. »Ach, das ist aber nett von Ihnen. Ich bin Ihnen auch gar nicht böse.« Sie sah mir in die Augen. »Wissen Sie ...«

*Oh nein.* Jetzt ging es bestimmt wieder los. Ein neuer Wunsch, eine neue Idee, wie ich mein Geld am besten investierte oder anlegte. Und dieser Dame konnte ich nach allem, was passiert war, einen Wunsch doch nicht einfach abschlagen.

»Ich finde es wirklich toll, dass so ein junges Ding wie Sie trotz eines so hohen Gewinns noch arbeiten geht«, fuhr sie zu meiner Überraschung fort.

»Oh, vielen Dank. Nett, dass Sie das sagen.«

»Nein, wirklich.« Eine Blondine mit eleganter Hochsteckfrisur mischte sich ein. Sie schien die Jüngste in der Runde zu sein oder hatte sich einfach gut gehalten. »Wenn alle so denken würden, hätte dieses Land viel weniger Probleme. Ach, und herzlichen Glückwunsch zu Ihrem Gewinn.«

»Vielen Dank«, sagte ich noch einmal und war ganz verlegen. Für einen Moment vergaß ich die Probleme, die das Geld mit sich gebracht hatte. Dann aber hörte ich eine sehr vertraute Stimme hinter mir meinen Namen sagen.

Oh Gott, er war hier!

# Kapitel 17

**750.000 Euro**
In North Dakota ist es legal, auf amerikanische Ureinwohner zu schießen, allerdings nur
a) mit einem Vorderladergewehr
b) am 4. Juli
c) vom Planwagen aus
d) wenn sie eine weiße Frau ansehen

Echt jetzt? Die Amis und ihre dämlichen Gesetze. Warum hab ich für Sophia Loren einen Joker verschwendet und für die blöde Kilometerfrage gleich zwei?

»Evie.«

Langsam drehte ich mich um. Für einen Moment lehnte ich mich gegen den Tisch, um Halt zu finden. Dann merkte ich, dass ich damit eine Kaffeetasse gefährlich zum Wackeln brachte, und richtete mich wieder auf. Ich konnte den Blick einfach nicht von Markus wenden. Er war tatsächlich hier auf Fehmarn, zusammen mit meiner Mutter.

»Evie.« Dieses Mal war es meine Mutter, die meinen Namen sagte. Sie kam auf mich zu, Tränen in den Augen, und schloss mich fest in ihre Arme. »Gut schaust du aus. Ein wenig müde, aber gut.«

Ich freute mich so sehr, meine Mutter zu sehen, dass ich selbst eine Träne wegblinzeln musste. »Was macht *ihr* hier?«

»Na, wenn der Prophet nicht zum Berg kommt, muss der Berg eben zum Propheten kommen.« Das war Markus.

Einen Moment starrte ich ihn an. Er sah gut aus, charismatisch wie immer, auch wenn unter seinen Augen dunkle Schatten lagen und seine blonden Haare einen frischen Haarschnitt vertragen konnten.

Carmen kam aus der Küche, ein halbes Dutzend Eisbecher auf einem Tablett balancierend, und ich wandte mich zu ihr. »Carmen?«

»Ja?« Sie blieb stehen. »Brauchst du einen Tisch? Ich glaube, auf der Terrasse wird gleich einer frei. Ich schau mal, ja?« Sie wandte sich bereits um, um die Eisbecher zu den Gästen auf der Terrasse zu bringen, doch als ich erneut ihren Namen rief, hielt sie inne.

»Carmen, darf ich dir meine Mutter vorstellen? Das hier ist Markus.« Alexander hatte ich irgendwann von meinem Exfreund erzählt. Ob ich ihn Carmen gegenüber erwähnt hatte, wusste ich nicht mehr, aber sie schien sofort den richtigen Schluss zu ziehen.

»Oh.« Sie stellte das Tablett auf dem Tresen ab und kam zu uns. »Hallo, wie schön, Sie kennenzulernen.« Sie schüttelte den beiden nacheinander die Hand.

»Kannst du mich kurz vertreten?«, fragte ich.

Sie nickte und nahm das Tablett auf. »Ja, sicher, geh nur.«

Ich legte meinen Notizblock und den Stift auf den Tresen, dann verließ ich das Café über die Terrasse und ging hinunter zum Strand. Meine Mutter und Markus folgten mir, ohne etwas zu sagen oder Fragen zu stellen – bis wir am Strand angekommen waren.

»Arbeitest du da jetzt?«, wollte Markus wissen. »Ich dachte, du wolltest dein eigenes Café eröffnen.«

»Und ich dachte, du wärst dagegen«, erwiderte ich, obwohl ich eigentlich nicht sofort hatte scharf schießen wollen.

Markus sah entsprechend geknickt aus. »Es tut mir leid, was ich gesagt habe, Evie«, sagte er ungewohnt leise. »Ich war ein solcher Idiot.«

»Da kann ich dir leider nicht widersprechen.«

Meine Mutter, die ihre Pumps ausgezogen hatte und in der Hand hielt, stand mit den Füßen direkt in der Brandungszone. Tief atmete sie die frische Luft ein. »Ach, ist das herrlich hier. Ich kann verstehen, dass du so lange auf dieser Insel geblieben bist, aber denkst du nicht, es ist an der Zeit, nach Hause zu kommen?« Sie warf mir einen kurzen Seitenblick zu und sah dann wieder hinaus aufs Meer.

Ich stellte mich neben sie, den Blick ebenfalls auf den Horizont gerichtet. In Oberschwaben hatten wir Wiesen, Felder, Wälder. Freiheit. Trotzdem hatte ich mich nie so frei gefühlt wie an diesem Fleck Erde. »Und dann?«

»Dann eröffnest du dein Café, wenn du das noch möchtest. Und solltest du bisher daran gezweifelt haben – wir unterstützten dich natürlich bei allem, was du vorhast.«

»Das weiß ich, aber eigentlich hatte ich mein Café nie in Bad Buchau eröffnen wollen«, gestand ich. Lange schon war es mir in meinem Heimatort zu eng geworden. Ich würde zwar immer wieder gerne dorthin zurückkehren, um meine Familie und Freunde zu besuchen – aber leben wollte ich dort nicht mehr.

»Nicht?« Nun wandte sich meine Mutter mir zu, und ich drehte mich ebenfalls zu ihr.

»Nein. Einen Ort am Bodensee könnte ich mir noch am

ehesten vorstellen.« Wenn es denn schon nicht Fehmarn sein konnte. Ich wusste nicht, wann genau es passiert war, aber ich hatte mich in diese Insel verliebt und fühlte mich hier so heimisch wie schon lange nicht mehr.

Meine Mutter nickte. »Die Bodensee-Region klingt gut. Du hättest deine Familie in der Nähe, deine Heimat. Hauptsache, du bist nicht neunhundert Kilometer weg von uns. Wir sind die halbe Nacht durchgefahren.«

Sie deutete auf Markus, der ein wenig abseitsstand, um uns Zeit und Raum zum Reden zu geben. Das erklärte die dunklen Ringe unter seinen Augen. »Was hat Melanie euch denn erzählt?«, wollte ich wissen. Der Name meiner Cousine war bislang nicht gefallen, dennoch war ich mir sicher, dass sie meine Familie nach unserem Telefonat über die aktuelle Lage informiert hatte.

Meine Mutter wirkte zerknirscht. »Nur Bruchstücke. Dass du hier gerade nicht wegkannst, obwohl du Heimweh hast. Sei nicht sauer auf sie, sie hat es nur gut gemeint.«

»Ich bin Melanie nicht böse.« Natürlich hatte sie es nur gut gemeint, und tatsächlich war ich sogar froh, meine Mutter hier zu haben. Und Markus. Wir waren nicht im Guten auseinandergegangen, und vielleicht würden wir es schaffen, das zu ändern.

»Liebes, Melanie meinte, du möchtest hierbleiben. Für immer. Stimmt das?«

Ich seufzte. »Das weiß ich noch nicht genau. Es hängt von verschiedenen Faktoren ab.«

»Von diesem Mann, von dem du erzählt hast?«

»Auch«, gestand ich. Mein Blick huschte hinüber zu Markus, der vorgab, eine Möwe zu beobachten, die über den Sand hüpfte. »Das Café hier …« Ich deutete mit dem Kopf aufs

*Blackbeard*, dessen weißes Gebäude mit den vielen Fenstern und dem grauen Schieferdach sich wunderbar in die Dünen einbettete. Nie würde ich vergessen, wie ich es zum ersten Mal erblickt und betreten hatte. »Ich arbeite hier nicht nur. Das *Blackbeard* ist mir ans Herz gewachsen, und ich möchte es gut versorgt wissen, bevor ich eine Entscheidung über meine Zukunft treffe.«

Meine Mutter nickte, auch wenn sie unzufrieden wirkte. Sie schien zu spüren, dass sie mir im Moment keine Entscheidung abringen konnte, und ich hatte zum ersten Mal das Gefühl, dass sie mich wirklich verstand, obwohl so viele Worte unausgesprochen geblieben waren.

»Du weißt, dass du immer ein Zuhause hast, nicht wahr, Liebes? Wir unterstützen dich in allem und wollten dir nie Vorschriften wegen des Geldes machen. Es tut mir leid, wenn das auf dich anders gewirkt hat.« Ihre Stimme klang leise, fast schon zittrig.

»Natürlich weiß ich das. Abgesehen von Henrik vielleicht.«

Sie schüttelte den Kopf. »Sag das nicht. Deinem Bruder tut das Ganze furchtbar leid. Er spart auf einen Gebrauchtwagen und wünscht sich nichts sehnlicher, als dass zwischen euch alles wieder in Ordnung ist.«

Armer Henrik, ich musste ihn nachher unbedingt anrufen. »Das war nur ein Scherz, Mama, zwischen Henrik und mir ist alles in Ordnung. Und zwischen uns auch, versprochen.«

»Ach, Evie.« Meine Mutter trat auf mich zu und schloss mich fest in ihre Arme. »Wir haben dich lieb. *Ich* hab dich lieb.«

Ich wusste nicht, wann ich diese Worte zum letzten Mal von ihr gehört hatte. Sie waren Balsam für meine Seele, für mein gebrochenes Herz. »Ich euch auch.«

Wir standen noch eine ganze Weile so da, bevor wir die Umarmung wieder lösten. Verstohlen wischte sich meine Mutter eine Träne aus dem Augenwinkel. »Dann gehe ich mal ins Café und suche uns einen freien Tisch. Der Kuchen sah wirklich gut aus.«

Mein Herz schlug ein kleines bisschen schneller, während ich zusah, wie sie über den Strand lief und die Treppe nach oben stieg. Ich setzte mich in den Sand, und es dauerte nicht lange, bis sich Markus neben mich setzte, die Beine angewinkelt, die Arme darauf abgelegt. Doch er sagte nicht sofort etwas, stattdessen schwiegen wir und blickten gemeinsam auf das Kommen und Gehen der Wellen. Eine leichte Brise wehte den Duft seines Duschgels zu mir herüber, und ich dachte an die vielen schönen Momente, die wir zusammen gehabt hatten. Mehr als einmal hatte Markus mir seine Vorstellung von einem angemessenen Lebensstandard aufdrücken wollen, trotzdem war zwischen uns nicht alles schlecht gewesen.

»Es tut mir so leid, Evie«, sagte er schließlich. »Ganz ehrlich. Ich war so egoistisch, habe nur an mich gedacht und deine Wünsche ignoriert. Ich weiß nicht, was in mich gefahren ist.«

»Deine Worte haben mich schon ziemlich verletzt«, gab ich zu. »Sie haben mir nicht das Gefühl gegeben, dass ich dir je wichtig war.«

Markus sah mich an. »Wie kannst du daran zweifeln?«

»Na ja …«

Er nickte. »Ja, ich weiß. Ich habe es vermasselt. Natürlich musstest du das Gefühl haben, dass mir nur wichtig war, welches Kleid du trägst, wo wir essen gehen oder Urlaub machen, aber das stimmt nicht. Und wenn ich ehrlich bin, warst du mir ohne Kleidung ohnehin immer am liebsten.«

»Markus!« Ich vergewisserte mich, dass uns niemand hören konnte, aber abgesehen von der Möwe waren wir vollkommen allein am Strand.

»Entschuldige, aber du sollst wissen, wie wichtig du mir immer warst. Wie sehr ich dich geliebt habe. Es noch tue.«

»Markus …«, sagte ich erneut, dieses Mal ohne Vorwurf in der Stimme, sondern mit ein wenig Wehmut.

»Ich weiß, dass es einen neuen Mann in deinem Leben gibt und ich keine Chance mehr bei dir habe. So, wie ich mich verhalten habe, bin ich selbst schuld.«

Überrascht blickte ich ihn an. »Und trotzdem hast du den weiten Weg auf dich genommen?«

Er zuckte mit den Schultern. »Das zwischen uns ist alles andere als gut auseinandergegangen. Ich wollte mich entschuldigen, dir meine Gefühle offenbaren, was ich während unserer Beziehung viel zu selten getan habe, und dir versichern, dass du nichts falsch gemacht hast. Es tut mir leid, dass ich nicht an dich geglaubt habe. Eröffne dein eigenes Café, wenn du das noch willst. Geh das Risiko ein. Das Leben ist viel zu kurz, um immer nur auf Nummer sicher zu gehen.«

»Ach, Markus.« Ich lehnte meinen Kopf an seine Schulter. »Danke. Du glaubst gar nicht, wie wichtig mir das ist – auch wenn es für uns zu spät ist.«

Er seufzte. »Tja, Timing ist alles. Ich hätte allerdings längst versucht, dich zurückzuholen, wenn ich gewusst hätte, wo du dich aufhältst.«

Ich verzog den Mund. »Ja, das war blöd von mir.«

»Schon okay. Wer weiß, wofür es gut war. Und wie geht es nun für dich weiter?«

Jetzt seufzte ich. »Wenn ich das wüsste. Alex ist gerade nicht sehr gut auf mich zu sprechen.«

»Dann ist er ein Idiot«, sagte Markus leichthin, ohne zu wissen, worum es ging.

Einen Moment überlegte ich, ihn einzuweihen, doch ich ließ es bleiben. Ich wollte nicht, dass Markus oder meine Mutter schlecht über Alexander dachten. Ich liebte ihn und hoffte immer noch, dass er mir verzeihen würde.

»Alles okay?«, fragte Markus.

»Ja, sicher. Lass uns reingehen und mit meiner Mutter Kuchen essen.«

»Nichts lieber als das. Und dazu hätte ich gern einen Liter Kaffee.«

Ich musste grinsen. »Mache ich dir. Und danke, dass du meine Mutter hergefahren hast. Das war echt lieb von dir.« Einem Impuls folgend drückte ich ihm ein Küsschen auf die kratzige Wange. Dann stand ich auf und klopfte mir den Sand von den Beinen.

Markus stand ebenfalls auf und legte einen Arm um mich, während wir über den Strand zur Treppe liefen. »Ich wünschte, ich hätte früher gesehen, was ich an dir hab.«

Ich setzte zu einer Antwort an, brachte sie jedoch nicht über die Lippen. Stattdessen blieb ich wie angewurzelt stehen und starrte auf den oberen Treppenabsatz, als hätte ich einen Geist gesehen. Dort stand Alexander und starrte mich ebenfalls an.

»Was …?«, setzte Markus an, unterbrach sich jedoch selbst. »Warte, das ist er, oder?«

Ich nickte, weiterhin unfähig, ein Wort über die Lippen zu bekommen. Ich versuchte, in Alexanders Miene zu lesen, und glaubte, so etwas wie Reue zu sehen, aber das konnte auch nur Wunschdenken sein.

»Verstehe.« Markus nahm den Arm von meiner Schulter

und sah mich an. »Ich leiste deiner Mutter Gesellschaft und trinke schon mal einen Kaffee, wenn das okay ist.«

»Mach das«, antwortete ich, löste meinen Blick jedoch nicht von Alexander, der vorerst oben auf der Treppe stehen blieb. Die Männer grüßten sich knapp, und erst als Markus im Inneren des Cafés verschwunden war, stieg Alexander zu mir herunter.

»Hi.«

»Hi«, erwiderte ich seinen Gruß und dachte an den Morgen der Piratenparty zurück, als wir uns ebenso begrüßt und nicht gewusst hatten, woran wir miteinander waren. Damals hatte Alexander mich einfach geküsst, und für einen kurzen Augenblick dachte ich, er würde es auch jetzt tun, doch er tat es nicht. Enttäuschung machte sich in mir breit. Offensichtlich hatte er mir nicht verziehen und war nur zurückgekommen, um mit mir zu besprechen, wie wir mit dem *Blackbeard* verfahren sollten.

»Wollen wir ein paar Schritte gehen?«, fragte er.

Ich nickte, da ich sicher war, dass meine Mutter, Markus und womöglich sogar Carmen uns durch das Fenster beobachteten. Und bei dem, was jetzt kommen würde, wollte ich lieber keine Zuschauer. Alexander würde mir das Herz brechen – ein zweites Mal.

Wir liefen den Strand entlang und trafen schließlich auf den Weg, der von Meeschendorf nach Burgtiefe führte. Ohne uns abzusprechen, gingen wir Richtung Südstrand. Spaziergänger kamen uns entgegen, Radfahrer überholten uns. Tief sog ich die frische Luft ein, die Atmosphäre an diesem herrlichen Spätsommertag, und verspürte Wehmut, als ich daran dachte, dass ich wahrscheinlich schon morgen zusammen mit meiner Mutter und Markus abreisen würde. Ich warf Alexander einen Seitenblick zu. Im selben Moment blickte er zu mir. Er lächelte, und mein Herz machte einen Satz.

»Ich möchte mich bei dir bedanken«, sagte er, die Hände tief in den Taschen seiner Jeans vergraben. Er sah geknickt aus, müde, als hätte er wie ich nächtelang nicht richtig geschlafen. »Es ist nicht selbstverständlich, dass du dich um das *Blackbeard* gekümmert hast.«

Ich zuckte mit den Schultern. »Einer musste es tun.«

Er nickte und schwieg wieder. Als wir den Südstrand erreichten, wurde es voller auf dem Weg. Touristen in Badekleidung mischten sich unter die Spaziergänger und suchten nach einer Erfrischung oder einem Bistro, in das man einkehren konnte, ohne sich vorher zurechtzumachen. Ich zog meine Sandalen aus und lief über den Sand zur Brandungszone, um meinen Weg dort fortzusetzen. Am Strand war es wie immer voll, aber im Wasser war nicht viel los; dort waren vor allem Kinder oder Kitesurfer unterwegs.

Alexander folgte mir, und ich musste daran denken, wie ich ihn hier beim Kitesurfen getroffen hatte. Seitdem war so viel passiert.

Eine ganze Weile liefen wir schweigend nebeneinanderher, wichen Joggern oder kleinen Kindern aus, die im Schlick spielten. Mit jedem Schritt fühlte ich mich unbehaglicher. Vor nicht allzu langer Zeit hatten wir noch miteinander schweigen können, doch heute fühlte es sich erdrückend an.

Wie aus dem Nichts griff Alexander nach meiner Hand, sodass ich stehen bleiben und mich zu ihm umdrehen musste. »Können wir vielleicht miteinander reden?«

Ich runzelte die Stirn. »*Du* wolltest doch ein Stück gehen.«

»Ja, ein Stück, weil ich keine Lust hatte, mich von meiner Schwester beobachten zu lassen.« Seufzend fuhr er sich mit einer Hand durch die Haare. »Hör zu, ich weiß, dass du sauer auf mich bist, und du hast auch jeden Grund dazu. Einfach wegzulaufen, dir die Verantwortung für das Café aufs Auge zu drücken und mich tagelang nicht zu melden, das war echt daneben.«

»Das war es«, sagte ich und fragte mich sofort, ob das die richtige Strategie war, um ihn zurückzugewinnen.

»Das hätte ich nicht tun dürfen, das ist mir jetzt auch klar. Ich war nur so sauer, weil du hinter meinem Rücken gehandelt hast.«

»Das habe ich nicht«, erwiderte ich und verschränkte die Arme vor der Brust. Tagelang hatte ich gehofft, Alexander würde zurückkehren und mir verzeihen, doch erst jetzt, wo er vor mir stand, spürte ich, wie wütend ich wirklich auf ihn war.

»Doch, das hast du. Aber ich habe inzwischen kapiert, dass du mir damit nur helfen wolltest.«

»In der Tat.«

Alexander lächelte, auch wenn ich keine Ahnung hatte, warum. »Du siehst süß aus, wenn du sauer bist«, sagte er. »Aber würdest du mich jetzt bitte ausreden lassen? Ich möchte mich nämlich bei dir entschuldigen.«

Mein Widerstand schmolz dahin wie Erdbeereis bei siebenunddreißig Grad im Schatten, und ich ließ die Arme sinken. Stand Alexander tatsächlich hier vor mir, um mich um Verzeihung zu bitten?

Er griff nach meinen Händen, verschränkte meine Finger mit seinen. »So gefällst du mir schon besser. Es tut mir leid, dass ich so heftig reagiert habe. Ich habe mich entmündigt gefühlt und mir eingeredet, du wolltest mir das Café wegnehmen, dabei ist das völliger Blödsinn. Wenn du nicht gewesen wärst, gäbe es das *Blackbeard* bald nicht mehr.«

Ich schluckte. »Wie bist du auf die Idee gekommen, ich könnte dir das *Blackbeard* wegnehmen wollen? So etwas würde ich nie tun.«

»Ich weiß, ich hätte dir vertrauen und zuhören müssen. Als dieser Journalist vom *Fehmarnschen Tageblatt* plötzlich im Café aufgetaucht ist und nach der Millionengewinnerin Evie Sommer fragte, war das wie ein Schlag ins Gesicht. Dabei habe ich sogar verstanden, dass du mir nichts von dem Geld erzählt hast. Aber als Jacobsen dann noch anrief …«

»Das war so nicht geplant, *ich* hatte dir alles erklären wollen, und ich hätte dir auch von dem Geld erzählen müssen. Dir vertrauen, dich nach deiner Meinung fragen.«

»Sagen wir einfach, wir sind quitt«, meinte Alexander.

Ich schmunzelte. So einfach ließ ich ihn nicht davonkommen. »Wir sind noch lange nicht quitt, mein Lieber. Du hast mich im Stich gelassen. Hast du eine Ahnung, was ich durchgemacht habe? Ich war am Boden zerstört, musste mich aber gleichzeitig um das Café kümmern und hatte niemanden, bei dem ich mich hätte ausheulen können.«

Alexander wirkte verwirrt. »Was ist mit Carmen?«

»Sie ist deine Schwester, wie du dich vielleicht erinnerst. Ich habe geglaubt, sie steht auf deiner Seite. Deshalb habe ich sie nicht kontaktiert. Nachdem du sie angerufen hast, ist sie auf mich zugekommen.«

»Und ich dachte, ihr sitzt jeden Abend zusammen und zerreißt euch über mich das Maul.«

»Das haben wir anschließend getan«, sagte ich, obwohl es nicht der Wahrheit entsprach.

Alexander schmunzelte, wurde aber sogleich wieder ernst. Er trat einen Schritt auf mich zu. »Also: Verzeihst du mir?«

»Du kannst nicht immer wegrennen, wenn es Probleme

gibt.« Ich flüsterte fast. »Wir müssen miteinander über alles reden können, und vor allem muss ich wissen, dass du für mich da bist und mich nicht einfach im Stich lässt. Egal, was zwischen uns ist. Ich muss mich auf dich verlassen können.«

Er trat noch näher auf mich zu, sodass wir nun direkt voreinander standen. »Das verspreche ich dir, Evie. Ich werde dich ab sofort auf Händen tragen und dir so etwas nie wieder antun. Ich war ein solcher Idiot.«

»Das habe ich heute schon mal gehört«, entfuhr es mir.

»Wie?«

»Ach nichts, sprich weiter.«

»Ich liebe dich, Evie. Mehr als alles andere.«

»Das wollte ich hören«, flüsterte ich und zog ihn zu mir.

Die Welt blieb stehen, während wir uns küssten. Ich schlang meine Arme um Alexanders Nacken, und er hob mich ein Stückchen hoch. Es war einfach perfekt.

»Und was nun?«, murmelte er irgendwann an meinen Lippen.

»Nun gehen wir zurück und essen ein Stück Kuchen, ich habe nämlich einen Bärenhunger. Und dann stelle ich dich meiner Mutter vor.« Ich hakte mich bei ihm ein, und wir liefen am Strand entlang zurück zum Café.

Die Sonne schien, wir waren am Meer, und ich hatte den Mann, den ich liebte, an meiner Seite. Was konnte da noch schiefgehen?

# Epilog

**1.000.000 Euro**
Wer gründete 1912 die Universal Studios?
a) Adolph Zukor
b) Erich Ludendorff
c) Charlie Chaplin
d) Carl Laemmle

Oh mein Gott, oh mein Gott, oh mein Gott!

»Wie schön, dass Sie sich die Zeit für ein Interview nehmen.« Hinrichs vom *Fehmarnschen Tageblatt* lächelte mich an und schob sein Smartphone zwischen uns.

»Sehr gern«, erwiderte ich und meinte es völlig ernst. Was auch immer er mich fragen wollte – ich hatte endlich das Gefühl, dafür gerüstet zu sein.

Wir saßen am Tresen des *Blackbeard*, und obwohl es früher Vormittag war und draußen Bindfäden regnete, war das Café gut besucht. Alexander wuselte um uns herum, bereitete Kaffee zu und servierte Kuchen. Ich musste daran denken, wie überfordert er gewesen war, als ich ihn zum ersten Mal allein bei der Arbeit gesehen hatte. Seitdem hatte sich vieles geändert.

»Nun denn, Frau Sommer: Meine erste Frage klingt vermutlich wenig originell, aber wie fühlt man sich, wenn man plötzlich um eine Million Euro reicher ist?«

Ich lächelte ihn an. »Glücklich, aber auch überfordert. Es ist ein unglaubliches Gefühl, aber irgendwann, wenn man das alles realisiert hat, kommen die Fragezeichen. Man hatte vielleicht vorher Träume, die man sich unbedingt erfüllen wollte, doch plötzlich fragt man sich, ob das Risiko nicht zu hoch ist. Ob man das Geld nicht lieber anlegen sollte.«

Obwohl er das Gespräch mit seinem Smartphone aufzeichnete, machte sich Hinrichs ein paar Notizen, bevor er die nächste Frage stellte. »Man hört oft von Lottogewinnern, dass sie von allen Seiten um finanzielle Unterstützung gebeten werden. Ist es Ihnen ebenso ergangen und, wenn ja, wie sind Sie damit umgegangen?«

Ich trank einen Schluck meiner Erdbeer-Limetten-Limonade. »Noch vor wenigen Tagen hätte mich diese Frage in Panik versetzt«, gab ich zu. »Anfangs wusste ich überhaupt nicht, wie ich damit umgehen sollte, dabei klangen viele der unzähligen Anfragen wirklich unterstützenswert. Vielleicht war aber auch genau das das Problem. Eine Million ist zwar viel Geld, und ich wollte damit auch etwas Gutes tun, aber wo soll man Schluss machen?«

Die Tür des Cafés öffnete sich und brachte einen Schwung frische Luft mit sich. Der Herbst näherte sich mit großen Schritten, doch das machte mir keine Angst mehr.

»Und wo ist bei Ihnen Schluss?«, wollte Hinrichs wissen.

»Ich habe einen Fonds einrichten lassen, um den Menschen aus meiner Heimatstadt zu helfen. Der Bürgermeister von Bad Buchau entscheidet jedes Jahr zusammen mit einer Jury, wohin das Geld fließen soll.«

»Und was machen Sie mit dem restlichen Gewinn?«

Auch diese Frage hätte mir vor Kurzem noch Bauchschmerzen beschert, doch das war Vergangenheit. Alexander und ich waren uns jedoch einig, die Finanzspritze für das *Blackbeard* niemandem gegenüber zu erwähnen. »Ich habe einem sehr guten Freund in Nöten ein Darlehen gegeben, um ihm aus der Patsche zu helfen. Außerdem lasse ich mein Elternhaus renovieren und habe meinem Bruder ein Auto versprochen.« Zwar kein neues, aber immerhin eines, mit dem er nicht sofort zur nächsten Werkstatt fahren musste. »Meinen Eltern habe ich darüber hinaus einen kleinen Betrag überlassen, damit sie ihn unter der restlichen Verwandtschaft aufteilen. Ach ja, und meine Cousine bekommt ein Brautkleid. Sie heiratet demnächst.«

Hinrichs runzelte die Stirn. »Haben *Sie* sich denn gar nichts von dem Geld gegönnt? Was ist mit dem Traum, den Sie anfangs erwähnt haben? Sie haben doch sicher auch einen.«

»Den Großteil des Geldes habe ich angelegt. Vielleicht kaufe ich zu gegebener Zeit ein Haus, wer weiß. Mein Traum war es immer, ein eigenes Café zu eröffnen, aber das *Blackbeard* lässt keine Wünsche mehr offen.«

Die Falten auf Hinrichs' Stirn vertieften sich. »Ich verstehe nicht … Sie wohnen doch in Oberschwaben. Heißt das, Sie bleiben dem *Blackbeard* und Fehmarn dauerhaft erhalten?«

»Genau das heißt es«, antwortete Alexander, der die Frage mitgehört hatte und gerade hinter den Tresen trat. »Darf ich euch noch etwas bringen?«

Hinrichs schaltete das Aufnahmegerät aus. »Eigentlich sollte ich auf meine Linie achten, aber der Limettenkuchen sieht einfach zu gut aus, als dass ich widerstehen könnte.«

»Ich hätte gern eine heiße Schokolade mit Himbeersahne«, sagte ich mit einem Lächeln. Wahrscheinlich verriet ich uns, indem ich von der Karte etwas für Verliebte bestellte, doch das störte mich nicht, und auch Alexander schien es egal zu sein, denn er lächelte zurück.

»Hm, ich glaube, ich nehme auch eine.« Er tat den Kuchen auf und servierte ihn, dann zwinkerte er mir zu und verschwand in die Küche.

Hinrichs sah einen Moment von mir zur schwingenden Tür und wieder zurück. Dann schmunzelte er. »Ah, verstehe. Dann wünsche ich Ihnen viel Glück für alles, was Sie sich vorgenommen haben.«

»Danke, das werde ich hoffentlich haben.« Aber da machte ich mir keine Sorgen. Glück gehörte im Leben dazu, und endlich einmal schien es mir hold zu sein.

# Evies Lieblingsrezepte

## Erdbeermilchshake

100 g Erdbeeren
200 ml Milch
100 g Erdbeereis
Evtl. Sahne und Soße

Für ihren Erdbeermilchshake wäscht Evie die Erdbeeren, zerkleinert und püriert sie. Zusammen mit der Milch gibt sie sie dann in einen Mixer, fügt das Erdbeereis hinzu und mixt noch einmal. Besonders lecker ist der Milchshake mit Schlagsahne und Erdbeer- oder Schokoladensoße als Topping.

*

## Himbeer-Pfirsich-Basilikum-Limonade

250 g Himbeeren
250 g Pfirsiche
1 EL Zitronensaft
1 EL Zitronenzucker
1 Stängel Basilikum
1 l gekühltes Mineralwasser

Für ihre berühmte Himbeer-Pfirsich-Basilikum-Limo wäscht, häutet und entkernt Evie die Pfirsiche. Grob zerkleinert gibt sie sie zusammen mit den verlesenen Himbeeren, dem Zitronensaft und dem Zitronenzucker in den Mixer und püriert alles. Das Ergebnis kommt mit Mineralwasser in eine Karaffe. Jetzt nur noch Basilikum hinzufügen, ziehen lassen und kaltstellen.

*

## Früchteeistee mit Saft

1 l Wasser
5 Beutel roter Früchtetee
1 l roter Fruchtsaft
Eiswürfel
Evtl. frische Beeren und Zitronenmelisse oder Minze

Evies leichteste Übung, denn für diesen Früchteeistee wird zunächst ein einfacher Früchtetee gekocht. Evie empfiehlt, dabei lieber mehr Teebeutel zu nehmen und den Tee nicht zu lange ziehen zu lassen. Der Tee muss abkühlen und wird dann mit dem Saft gemischt und kaltgestellt. Vor dem Servieren gibt Evie Eiswürfel und evtl. frische Beeren in ein Glas, das sie dann mit dem Tee auffüllt und nach Wunsch des Gastes mit ein paar Blättchen Zitronenmelisse oder Minze garniert.

*

## Limettenkuchen

125 g Butter
100 g weißer Zucker
50 g brauner Zucker
2 Eier
200 g Mehl
½ Päckchen Backpulver
3 Limetten
100 g Puderzucker

Auch dieser Kuchen ist schnell zubereitet: die Butter mit dem Zucker schaumig schlagen und mit den Eiern verrühren. Die Hälfte des Mehls sieben und mit dem Backpulver unterheben. Zwei Limetten auspressen, mit Wasser auf 100 ml auffüllen und unterrühren. Zum Schluss die zweite Hälfte Mehl mit dem Rest vermischen. Eine Kastenform mit Butter auswischen und mit Mehl bestäuben, anschließend den Teig hineingeben. Bei 180 Grad muss der Kuchen eine Dreiviertelstunde backen. Evie empfiehlt, etwa zehn Minuten vor Ende der Backzeit mit einem Holzstäbchen zu testen, ob der Kuchen schon fertig ist – bleibt das Holzstäbchen trocken und warm, wenn es in den Kuchen gestochen wird, ist er gut; bleibt Teig daran haften, dauert es noch. Für den Guss den Saft einer Limette mit 100 g Puderzucker mischen und den kalten Kuchen damit bestreichen.

# Evies Weg zur Million

**Die Lösungen**

Auswahlfrage: Ordnen Sie die folgenden Personen nach ihrer Größe, von klein nach groß
a) Danny DeVito
b) ChrisTine Urspruch
c) Reese Witherspoon
d) Natalie Portman
Lösung: b (1,32 m), a (1,47 m), c (1,56 m), d (1,60 m)

50 Euro: Redensartlich verhält sich jemand wie ein Elefant im
a) Teeladen
b) Süßwarenladen
c) Porzellanladen
d) Krämerladen
Lösung: c

100 Euro: Viel Lärm um …
a) alles
b) nichts
c) wenig
d) viel
Lösung: b

200 Euro: Einen Vampir kennt man auch als

a) Blutsauger

b) Staubsauger

c) Nasensauger

d) Laubsauger

Lösung: a

300 Euro: Jemanden, den man nett findet, findet man auch

a) sympatisch

b) symphathisch

c) symphatisch

d) sympathisch

Lösung: d

500 Euro: Zu wem gehört kein Harry?

a) Sally

b) Meghan

c) Sonny

d) Stephan

Lösung: c

1.000 Euro: Wer beendete im April 2019 seine Karriere?

a) Dirk Nowitzki

b) Arjen Robben

c) Matthias Steiner

d) LeBron James

Lösung: a

2.000 Euro: Im zweiten Teil des Disney-Klassikers reisen Bernard und Bianca ins

a) Bärenland

b) Känguruland

c) Krokodilland

d) Eidechsenland

Lösung: b

4.000 Euro: »Ein Pferd! Ein Pferd! Mein Königreich für ein Pferd!« ist ein Zitat aus

a) Hamlet

b) Richard III.

c) Heinrich VI.

d) Macbeth

Lösung: b

8.000 Euro: Endet ein Wort auf »-ase« handelt es sich zumeist um

a) einen Zucker

b) einen Alkohol

c) ein Hormon

d) ein Enzym

Lösung: d

16.000 Euro: Das Moderlieschen gehört zur Gattung der

a) Schmetterlinge

b) Pflanzen

c) Fische

d) Märchenfiguren

Lösung: c

32.000 Euro: Wofür steht der Name »ALDI« der Lebensmitteleinzelhandelskette?

a) Albrecht Diskont

b) Albert Dietmar

c) Alle Lebensmittel dieser Irden

d) Ahrens labor delectat immensere

Lösung: a

64.000 Euro: In welchem Star-Wars-Film fallen die berühmten Worte: »Nein ... Ich bin dein Vater!«

a) Episode 1

b) Episode 3

c) Episode 5

d) Episode 7

Lösung: c

125.000 Euro: Wer oder was ist schuld daran, dass Schokoküsse nicht von Deutschland nach Italien exportiert werden können?

a) Die italienischen Hygienevorschriften

b) Die EU

c) Der Klimawandel

d) Der Luftdruck

Lösung: d

250.000 Euro: Mit wem hatte Mick Jagger angeblich keine Affäre?
a) Prinzessin Margaret
b) Sophia Loren
c) Uschi Obermaier
d) David Bowie
Lösung: b

500.000 Euro: Wie viele Kilometer sind bei einem Marathonlauf zurückzulegen?
a) 42,75
b) 42,195
c) 42,0
d) 42,6
Lösung: a

750.000 Euro: In North Dakota ist es legal, auf amerikanische Ureinwohner zu schießen, allerdings nur
a) mit einem Vorderladergewehr
b) am 4. Juli
c) vom Planwagen aus
d) wenn sie eine weiße Frau ansehen
Lösung: c

1.000.000 Euro: Wer gründete 1912 die Universal Studios?
a) Adolph Zukor
b) Erich Ludendorff
c) Charlie Chaplin
d) Carl Laemmle
Lösung: d

# Dank

Zuallererst möchte ich darauf hinweisen, dass alle handelnden Personen und Institutionen in diesem Roman fiktiv sind. Um die Geschichte lebendiger zu gestalten, brauchte ich einen gewissen Cast, was mir hoffentlich niemand übel nimmt.

Nun möchte ich mich als Erstes bei meiner Familie bedanken. Bei Christian, der mir immer mit Rat und Tat zur Seite steht und auch nach einem langen Arbeitstag nicht zu müde ist, um mich zu unterstützen. Und bei Niklas, der sich teilweise in viel Geduld üben muss.

Tausend Dank an meine Agentinnen Diana und Jessica Itterheim von der litmedia.agency, die ebenfalls immer da sind und ein offenes Ohr haben. An dieser Stelle möchte ich vor allem Jessica noch einmal für ihre aufmunternden Worte danken.

Vielen Dank an meine Lektorin Stefanie Heinen und das gesamte Lübbe-Team. Kaum zu glauben: Das ist nun schon mein dritter Lübbe- bzw. mein zweiter Fehmarn-Roman.

Ich hoffe sehr, dass er euch Lesern gefällt. Vielen Dank fürs Lesen, Rezensieren und eure lieben Worte, die mich regelmäßig erreichen.

Und zuletzt möchte ich noch den Buchhandlungen auf Fehmarn für ihre Unterstützung danken, allen voran der Insel-Buchhandlung Rauert in Burg. Bei meinem letzten Besuch dort hatte ich eine tolle Begegnung mit dem Team, und es hat mir gezeigt, was die Buchhandlung für meinen ersten Inselroman – *Sommerglück auf Fehmarn* – alles getan hat. Schaut auf jeden Fall dort vorbei, solltet ihr auf Fehmarn Urlaub machen.